CHRISTIAN HALLER

DER SELTSAME FREMDE

ROMAN

btb

MIX
Papier aus verantwortungsvollen Quellen
FSC® C083411

Verlagsgruppe Random House FSC® N001967
Das für dieses Buch verwendete FSC®-zertifizierte
Papier *Lux Cream* liefert Stora Enso, Finnland.

1. Auflage
Genehmigte Taschenbuchausgabe März 2015,
btb Verlag in der Verlagsgruppe Random House GmbH, München

Umschlaggestaltung: semper smile, München nach einem
Umschlagentwurf von buxdesign, München;
Bildcollage Ruth Botzenhardt unter Verwendung von Fotos
von © Corbis / Ocean, © Corbis / Martin Harvey
Satz: Uhl + Massopust, Aalen
Druck und Einband: CPI – Clausen & Bosse, Leck
KS · Herstellung: sc
Printed in Germany
ISBN 978-3-442-74853-2

www.btb-verlag.de
www.facebook.com/btbverlag
Besuchen Sie unseren LiteraturBlog www.transatlantik.de

für Monique

Es gibt nichts auf der Welt, das nicht einen entscheidenden Augenblick hätte.

Henri Cartier-Bresson

Der Teufel hat eine romantische Leidenschaft für die Vergangenheit; und wenn man die Vergangenheit weit genug zurückführt, wird sie zu dem Chaos, aus dem sich unsere energische, lebhafte Welt herausschälte.

John Cowper Powys

I

DAS ERLEUCHTETE ZIMMER

Es war der dritte Tag mit Nordwind. Der Fluss, die Uferbäume vor den Fenstern steckten wie schon gestern und vorgestern in einer Hülle aus Nebel: Schwaden, in denen schattenhaft Zweige und Äste auftauchten und verschwanden. Doch nun versprach ein Brief, blendend im Licht der Tischleuchte, ein Loch in die herbstliche Trübnis zu stoßen: *We are honoured to invite you* – stand unter den Lettern eines Institutes, das auf schneeigem Weiß den *Dear Sir* bat, für die Präsentation seiner fotografischen Arbeiten in eine ferne, nach meiner Kenntnis warme Gegend zu kommen. Da ich fand, es wäre schon lange an der Zeit gewesen, eine Einladung ins Ausland zu erhalten, beschloss ich, auf jeden Fall zuzusagen.

Der Briefkopf des »Institute for Contemporary and Colonial Studies ICCS« deutete auf eine gewichtige und international tätige Organisation hin, und ich war eben im Begriff, das Blatt mit Genugtuung aus dem Lichtkreis der Lampe zu schieben, als mir noch ein Nachsatz auffiel, der mir bisher entgangen war. Dieser besagte, dass zusätzlich zu meiner Präsentation der Aufenthalt während des Kongresses genutzt werden solle, ein Portfolio zusammenzustellen. Als Thema vorgegeben sei die Stadt und ihre Bewohner, ein Ansinnen, das meine anfängliche Freude etwas dämpfte.

Mein Arbeitstisch aus Spanplatten, die auf Stützen gelegt sind, nimmt die Länge des Zimmers ein. Er bietet neben den beiden Computern, dem LCD-Bildschirm, dem Drucker und Scanner genügend Platz, um Reihen von Fotos auszulegen. Zusätzlich sind an der Wand entlang Drähte gespannt, an denen sich Abzüge mit Magneten befestigen lassen. Durch Legen und Hängen der Bilder, durch Austauschen und Umstellen versuche ich in einem oft langwierigen Prozess, eine Abfolge zu finden.

Ein Portfolio! In fünf Tagen! Mit dem unbescheidenen Thema: »Der Ort und die Menschen« – während ich noch nicht einmal wusste, wo genau die Reise hingehen sollte, keine Ahnung von der Stadt, geschweige denn von ihren Bewohnern hatte.

An den »Mappen«, eine Bezeichnung, die ich von einem alten, verehrten Fotografen übernommen habe, arbeite ich Monate, an einzelnen sogar Jahre. Kannten die Veranstalter überhaupt meine thematisch und formal komponierten Bildfolgen? Würden sie dann tatsächlich vorschlagen, ich solle während eines so kurzen Aufenthalts ein paar Schnappschüsse zu einem Portfolio zusammenstellen? – Egal! Es hatte lange gedauert, bis ich eine so ehrenvolle Einladung erhielt: Jetzt würde ich sie auch annehmen.

An diesem Morgen des 12. November stand ich also von meinem erleuchteten Arbeitstisch überm Fluss auf, trat mit meinen widersprüchlichen Empfindungen hinaus auf die Veranda. Durch das Fenster sah ich auf den Strom. Die neblig duftige Hülle war dauernd in Gefahr, von der Bise zerfetzt und übers Wasser weggetrieben zu werden. In den aufgerissenen Löchern, bevor neue Lagen sie bedeckten, wurden dunkle Einsprengsel sichtbar, Verunreinigungen, aus denen Büsche wuchsen, ein Stück Mauer, die Wiese und der Uferweg auftauchten und wieder unter Schleiern verschwanden.

Die Mappe mit den Flussbildern wäre vielleicht für die im Brief erwähnte Präsentation geeignet. Sie hätte mit meinem Wohnort, der unmittelbaren Umgebung meines Schaffens zu tun: Die Aufnahmen zeugten zudem von einer Arbeit, die mich schon lange beschäftigte, mit einem Lebensgefühl und einer gesellschaftlichen Situation zu tun hatte, die ich charakteristisch für die Gegenwart hielt.

Ich holte die Mappe aus dem Schrank, legte sie vor mich auf den Arbeitstisch, schlug eine beliebige Stelle auf:

Abzug 3: Die Stauung
Zu diesem Foto hatte ich in mein Arbeitsjournal notiert: »*Der Widerspruch von Bewegung und Verharren, von Dauer und Vergehen ist in einem Moment durch ein klares Frühsommerlicht sichtbar geworden, als die schon tief stehende Sonne auf das Wasser fiel*«, und ich hatte nach all den Wochen und Monaten des Beobachtens den mich überraschenden

Moment erwischt, der in einem besonderen Zusammentreffen von Licht, Farbe, Materialität bestanden hatte:

Das Fließen zurückgehalten, verlangsamt, als wirke eine Kraft des Stillstands. Durch sie wird das Wasser einem polierten Speckstein ähnlich, in den unauffällige Muster geschnitten sind. Ketten kleiner Wirbel. Bänder, die um eine Nuance dunkler im Grünton sind, eine leicht gewölbte Oberfläche haben, deren Ränder von gegenläufigen Strömungen aufgeraut werden. Dazu Rippungen oberflächlicher Wellen, vom Wind gegen den Fluss getrieben. Ein fließender Stein. Auf seine eingearbeiteten Muster aus Wirbeln, Bändern, Windschauern legt sich das Spiegeln der Ufer: die Böschung, die Stützmauer, der Bahnhof, das dahinter ansteigende Gelände – Felsen und Büsche –, abgeschlossen von Häusern, deren Giebelzacken eine scharfe Schattenlinie in die Mitte des Stromes ziehen: Ein stehendes, sich dennoch dauernd veränderndes Bild. In diesen Wandel aus Beharren und Fließen, aus Mustern und Spiegelungen zieht ein Kormoran beim Aufsetzen aus dem Flug eine schäumende Linie, kurz, von rasch verströmender Vergänglichkeit.

Zufrieden war ich mit einer Arbeit nie, bei jedem neuen Betrachten fielen mir Einzelheiten auf, die nicht ganz stimmig waren. Ich fürchtete allerdings auch den Perfektionismus. Das ständige Überarbeiten verdarb am Ende das Bild und sein Motiv. Ich blies auf den Glanz des Fotos, um feine Staubpartikel zu entfernen, was mir vorkam, als wollte ich ihm Leben einhauchen, und legte den

Abzug mit skeptischer Miene in die dunkelblaue Mappe zurück.

Drei Leuchten brannten im Zimmer: Die Halogenlampe über dem Arbeitstisch, die Leselampe neben dem Fauteuil, ein Kristalllüster im hinteren, dunklen Teil des Zimmers aus dem Haushalt meiner Großeltern. Drei Lichtkreise, die den Tätigkeiten entsprachen, die meinen Alltag bestimmten: Die Bilder bearbeiten und sichten, Studien betreiben und die Mappen ordnen. Das Einfügen einer neuen Arbeit gehörte zum Lüster, dessen Licht ein weiteres Erbstück beschien, einen massiven Nussbaumschrank mit geschwungenem Aufsatz, der von seitlichen Pfeilern getragen wurde. Das eingedunkelte Holz der Tür war rissig, versehen mit einem verschnörkelten Beschlag aus Messing. Im Innern standen auf den Tablaren die Mappen, aufgereiht in fünf Reihen mit verschieden dicken blauen Rücken. Sie hatten Titel, waren thematisch geordnet – um die vierhundert Stück –, und die Mappe mit den Flussbildern, die ich an ihren Platz zurückschob, trug den Titel »Strom und Fall«.

Ich klickte am Laptop auf das Symbol des Kalenders, kippte hinein in den leuchtenden Raster aus den Tagen eines Monats, ein Netz von Linien, in das einzelne Stunden eingefangen waren, künftige Verpflichtungen, rot die Arbeit betreffend, blau die Vergnügen, zappte einen Monat weiter, und das Netz der Tage und Stunden zeigte einen mäßig beschäftigten Menschen, klar zu wenig für ein ausreichendes Einkommen, und geradezu bedenklich für jemanden, der Ende vierzig auf dem Höhepunkt seiner beruflichen Tätigkeit stehen sollte: Die Zeit der Reise war ohne unverschiebbaren Eintrag, eine Reihe dürftig gefüllter Quadrate. Es wäre ja auch Pech gewesen, hätte ich absagen müssen, Mr. Lang sei *unfortunately* anderweitig verpflichtet, obschon die Reise, der lange Flug auch Strapazen bedeuteten, ganz abgesehen von der Präsentation, bei der mir völlig unklar war, was genau man erwartete. Doch Sarah würde mich begleiten, und ihre Reaktion, als ich sie im Büro anrief, war genau so, wie ich es vorausgesehen hatte.

– Großartig, ich freue mich für dich, Clemens. Ich komme mit! Auf jeden Fall. Wir hängen ein paar Tage an, eine Woche oder so.

Und weg war sie, hatte den Hörer hingelegt, um ihre Agenda zu holen. Endlich!, hörte ich sie im Hintergrund sagen, endlich hast du eine Einladung, war aber auch Zeit, die Rollen des Stuhls gaben ein unterstreichendes Geräusch, als sie sich wieder hinsetzte, und im Hörer tönte das energische Blättern in ihrer Agenda.

– Das ist ja bereits in zweieinhalb Wochen, sagte Sarah, und die Verlangsamung ihrer Worte, das Abgleiten der Stimme in eine tiefere Lage verhießen nichts Gutes, veranlassten mich zum raschen Einwurf, ja, ja, es sei unanständig knapp!, nur um noch hinauszuschieben, was schon Gewissheit war:

– Ich habe Kurs. Ich kann die Vorlesungen nicht ausfallen lassen.

Sarah war Astrophysikerin, hatte einen Lehrauftrag an der Universität, zwar nicht allzu viele Stunden, doch sie musste bedacht darauf sein, dass diese nicht auch noch gestrichen wurden. Vom ehemaligen Institut waren grade mal drei Stellen übrig geblieben. Die Gruppe von Studenten, die sie zu betreuen hatte, war kleiner geworden, und die Sparrunde vor einem Vierteljahr hatte sie und ihre beiden Kollegen in enge Büros unters Dach des Physikgebäudes verbannt.

– Ich kann unmöglich weg, sagte sie, bevor sie auflegte, und ihre Entscheidung klang unwiderruflich.

Die Aussicht, ohne Sarah zu fahren, verdunkelte meine anfängliche Freude noch um ein Beträchtliches. Ich hasste es, allein unterwegs zu sein, obschon ich früher viel gereist war. Doch seit ein paar Jahren machte sich zunehmend ein leidiges »Erbstück« meiner Familie bemerkbar. Mamas »nervöse Leiden« während oder nach der Ankunft einer Reise waren geradezu sprichwörtlich, und ich kannte inzwischen mehr, als mir lieb war, worin diese nervösen Leiden bestanden: Seh- und Wahrnehmungsstörungen, denen oftmals Übelkeit folgte. In Sarahs Begleitung fühlte ich mich besser, sie wirkte beruhigend und gab mir eine Sicherheit, die ich nun in den zu präsentierenden Arbeiten finden müsste. Ich ging deshalb nochmals zum Schrank mit den Mappen, zog diejenige mit dem Titel »Strom und Fall« heraus, meine Flussbilder, wollte nochmals einen Blick hineinwerfen.

Ja, es würde die richtige Entscheidung sein! Die Fotos waren gut, und es ließe sich ausführlich, anhand einzelner Aufnahmen, über die Motive und ihre Umsetzung sprechen:

Abzug 6, Titel: Strömungslinien

Die Stauung. Dieses Verlangsamen des Flusses, das gleichzeitig ein Auf- und Hochschichten des Wassers ist. Ufer verschwinden, der Strom wird zum See, und sein Fließen verbirgt sich unter der beruhigten Oberfläche: Sie ist zur Haut geworden, auf die jedoch wieder und wieder Schauer aus der Tiefe, aus dem felsigen Untergrund, der einstmals zu den Klippen des Falls gehört hat, heraufdringen. Vor einem Jahrhundert sind hier die Wassermassen niedergetost, ein schaumiges Zerfetzen, das jetzt nur noch als Strömungslinien zu sehen ist, in die Fläche projizierte zahme, kaum sichtbare Aufwallungen, die unregelmäßige Kreislinien in einem ununterbrochenen Hochstoßen aussenden – und diese Oberfläche, diese »Haut« abzuziehen, sie aufs Fotopapier zu bringen, war das Ziel der Aufnahme: Sie sollte die untergründige Bewegung, die unauslöschliche Spur des ursprünglichen Gefälles im Bezähmten sichtbar machen, *»die rasche Vergänglichkeit, die sich jetzt unter der Stauung verbirgt – unter diesem fließenden Stillstand unseres heutigen Daseins«.*

II

DER NICHT-ORT

Den Rucksack am Rücken, die Fototasche über die Schulter gehängt, zog ich den Rollkoffer hinter mir her, eingepackt in eine gefütterte Jacke. Sie würde von jetzt an nur noch Ballast sein: Die Glastür schob sich auf, ich betrat die helle, beheizte Abflughalle und ließ die Windböen, die einen Schneeregen durch den Schein der Straßenleuchten trieben, hinter mir zurück.

Eine Rolltreppe schleppte mich und mein Gepäck zu einer Plattform hoch, die eingefasst von Leuchtschriften, Schaltern und Geschäften war. In Abständen dämpfte ein Glockenton den Lärm, eine besänftigende Stimme bat die Passagiere zu ihren Gates, und ich folgte den Hinweistafeln mit Piktogrammen. Trotz all der Bewegungen von Menschen, die nach ihren Zielen strebten, herrschte eine gleichbleibende Atmosphäre, als hätte die Zeit, die hier jedermann bestimmte, kein wirkliches Vorankommen in dem lindgrünen Licht aus Leuchtstoffröhren. Mich erfasste ein Gefühl, als verlöre ich allmählich meinen Körper an die Gepäckstücke: den Arm an den Rollkoffer, Rücken und Brust an den Rucksack, die Schulter mit einschneidendem Schmerz an die Fototasche. Meine Beine wurden stapfend schwer auf dem mit Plastikplatten ausgelegten Boden, belastet von einem Magen, der in ungewohnter Plumpheit unter dem Atmen lastete, als gehöre auch er zum Gepäck.

Meine Blicke führten mich zur *Check-in*-Halle, stellten mich vor eine Anzeigetafel, deren rotierende Plättchen stets neue Flugnummern und Destinationen anzeigten. Eine Zahl wies mich zu einem Tresen, hinter dem mich ein Lächeln, angeknipst wie ein Lämpchen, unter straff nach hinten gekämmten Haaren empfing. Das Make-up bewahrte noch Spuren der morgendlichen Blicke in den Spiegel. Die Schatten unter den Augen, die lackierten Fingernägel, die über die Tastatur glitten, ließen mich ein Zweizimmer-Appartement in einer der Satellitensiedlungen vermuten, eine beheizte Nüchternheit, in der das Sofa, davor der Beistelltisch, das Fernsehgerät, die ungespülte Kaffeetasse als schattenhafte Umrisse verblieben waren. Aus diesen verlassenen Räumen heraus wurde mir jetzt »ein guter Flug« gewünscht, und ich nickte.

Wenigstens war ich einen Teil des Gepäcks los. Rucksack und Tasche wollte ich mit an Bord nehmen: Im Rucksack war der Laptop, in der Tasche die Fotoapparate, beides meine Arbeitsgeräte.

Ich stellte mich vor der Zollkontrolle an, ein Durchlass in der gläsernen Abschrankung, ergab mich in die nun folgenden Prozeduren, wie die übrigen Passagiere auch. Man hielt die Pässe und Bordkarten bereit, wartete, um endlich durch die Pforte der *passengers only* zu gehen, löste sich allmählich aus dem Alltag heraus wie aus einem verwitternden Gestein. Einige Reisende ließen winkende und weinende Bekannte zurück, die noch letzte Blicke zu erhaschen suchten und sich dann abwandten, um in die Verfestigung gewohnter Tätigkeiten zurückzukehren. Den Kopf gesenkt, trabten sie davon, im Rücken bereits die Erinnerungen an die eben stattgefundene Trennung.

Ich blickte diesen mir unbekannten Leuten hinterher, wie sie nach dem reliefartigen Hervorgehobensein, das sie beim Abschied kurz erreicht hatten, wieder im kalkgrauen Tag verschwanden, ließ mich von ihren Abschieden in die eigenen Erinnerungen gleiten. Ich hatte heute früh zu Hause am Küchentisch gesessen, Kaffee getrunken und auf die Wirrnis in meinem Körper gelauscht. Mutters Erbe! Als spielten die Organe nicht in der gewohnten Weise zusammen! Es entstanden synkopische Lücken, durch die ein Unbehagen heraufdrang, das sich in ein Muster ausweitender Wellen von Ängstlichkeit verwandelte, an deren vordringenden Rändern kleine Wirbel entstanden. Sie zerrten an der Wahrnehmung, entstellten die gewohnte Umgebung, Tisch, Herd und Spüle – und ich suchte Halt, blickte zum Fenster, in dem der Morgen dämmerte, sah unerwartet eine Bildkomposition, die mich veranlasste, die Kamera nochmals aus der Tasche zu holen: Auf dem Sims vor dem nebelgrauen Viereck des Fensters, in das hinein der Stern der Kirchturmspitze ragte, stand der Globus, den mir Sarah vor Wochen geschenkt hatte. Er war von innen erleuchtet, und mit dem Stern und dem Grau über den Dächern kam mir das Arrangement wie eine surreale Vision meines bevorstehenden Flugs vor. Zumal der Globus eine für Sarah typische Besonderheit hatte. Statt des üblichen Blaus leuchtete er glühend rot.

Sie hatte den Globus in einem Trödelladen gefunden, ein Stück, auf dem es Länder gab, die nicht mehr existierten, und Grenzen, die längst verschoben worden waren. Die Kontinente glichen Inseln in den Ozeanen, und diese Kugel mit schräg gestellter Achse, gehalten von einem Bügel, auf dem die Grade eingeprägt waren, wurde durch eine elektrische Birne von innen her beleuchtet – wenigstens eine Weile lang. Doch schon nach zwei, drei Wochen blieb die Kugel dunkel, war das Licht im Innern kaputt – und mich amüsierte, wie Sarah an einem Sonntagmorgen im Pyjama, mit vom Schlaf wirren Haaren, am Küchentisch vor dem Globus saß, den Ausdruck forschender Neugier in den Augen. Ihr helles Gesicht war ganz Konzentration, hatte in der unbedingten Zuwendung an die bereits demontierte Kugel etwas Kindliches: Wenn eine elektrische Birne in diese Plastikkugel hineingebracht worden war, musste sie auch ausgetauscht werden können. Und es dauerte über das Frühstück hinaus, bis Sarah das Problem gelöst und ein neues geschaffen hatte. Sie wusste endlich, wie die Glühbirne zu wechseln war, stellte jedoch fest, dass sie keine neue besaß, außer einer roten, von der ich nicht zu sagen gewusst hätte, wie sie in unseren Haushalt gekommen war. Sarah schraubte sie mit der Bemerkung ein, das Rot sei nun eben das flüssige Magma, das man durch die Erdrinde schimmern sehe.

Ich suchte den geeigneten Sichtwinkel von Globus zu Kirchturmspitze und Himmel, schoss ein paar Bilder von der rot unter dem Stern schwebenden Kugel, in der Hoffnung, damit bereits das einleitende Foto zum Portfolio gefunden zu haben.

III

DER CAUSEUR

Ein wenig erschöpft ließ ich mich nach dem *security-check* in eine der Plastikschalen fallen, die aufgereiht in der Halle standen. Andere Reisende warteten bereits, lasen, arbeiteten an Laptops oder starrten auf ihre Smartphones. Ich schob den Rucksack zwischen die Beine, legte die Hand auf die Tasche neben mir. Eine halbe Stunde bliebe noch bis zum Einsteigen, 37 B, ein Gangplatz.

Zwischen den Wartereihen, in der Mittelachse des hohen, verglasten Raums, hatte eine Kaffeebar geöffnet, ein hell beschienener Kubus mit Tresen, dem eine Zeile Schaukästen folgte, in denen Schmuck und Uhren, Schreibutensilien, Etuis und Accessoires in gleißendem Licht ausgestellt waren. Die Schaukästen wiederholten im Kleinen die Würfelform der Bar wie auch der Halle als Ganzem, in deren Glasfronten der nasskalte Morgen stand.

– La beauté des restes. Die Schönheit – nun, wie soll man das übersetzen – des Übriggebliebenen?, fragte ein Fremder im dunklen Wollmantel, der zwei Sitzschalen weiter saß, einen Stetson auf das übergeschlagene Knie gesetzt. Er wies mit der Zigarre auf die glänzenden Artikel in den Schaukästen, eine Geste souveräner Selbstverständlichkeit, und plauderte in angenehmem Ton, als würde er mich kennen.

– Zeugnisse einer Kultur, die noch als Luxusprodukte in unsere Zeit hinübergerettet worden sind, ohne hier wirklich gebraucht zu werden. Die Füllfeder des 19. Jahrhunderts nimmt sich gegen einen dieser Laptops hier wie ein Teeklipper gegen einen Hochseefrachter aus.

Der Fremde lächelte ein augenzwinkerndes Lächeln, nahm von der Zigarre einen Zug, der die Asche aufglühen ließ.

Ich hätte den Unbekannten gerne darauf hingewiesen, dass das Rauchen hier verboten sei, um dem Herrn durch meinen Tonfall klarzumachen, er solle mich in Ruhe lassen, mir sei nicht nach Konversation zu Mute. Doch der Fremde redete, und er tat dies in einem zunehmend vertraulichen Ton, wies mit dem Aschekegel nach den Vitrinen:

– Ein Museum, sagte er, das Sie sich nicht entgehen lassen sollten. Schmuckstücke liegen dort aus, die eine gewisse Astrophysikerin zweifellos bemerkenswert fände.

Er nahm einen weiteren Zug von der Zigarre, von deren Glut seltsamerweise kein Rauch aufstieg.

Bei der Nennung von Sarahs Beruf stutzte ich, kam nicht umhin, mir zu überlegen, ob ich dem Mann schon einmal begegnet, er mir womöglich vorgestellt worden war.

– Wer weiß denn heute noch, sagte der Fremde, dass »Kosmos« auch Schmuckstück heißt.

Seinen wuchtigen, kahlen Schädel umfasste ein Kranz brauner Haare, die an den Schläfen ergraut waren. Die hellen, listigen Augen und das für sein Alter – er mochte Mitte vierzig sein – stark von Furchen gezeichnete Gesicht erinnerten mich an einen Professor für Sozialgeschichte, der aus Wien 1938 emigriert war, zwei Jahre in einem Bleibergwerk gearbeitet hatte und nach einem ökonomischen Experiment auf einer Südseeinsel, in Wales an der Universität über die Vorteile kleiner Nationen las. Ich hatte ihn mehrere Male für eine Agentur porträtiert: Ein eigenwilliger Mann, den ich sehr schätzen lernte, weil er neben Humor auch Charme besaß, seine Philosophie mittels Anekdoten betrieb und bei Lobreden, die es zu jener Zeit nicht selten auf ihn gab, stets sein altertümliches Hörgerät abstellte.

– Ich werde Sie immer wieder an alle möglichen Leute erinnern, sagte der Fremde in einem schleppend ironischen Ton, denn sehen Sie, das leicht Wandelbare gehört zu meinem Wesen. Manchmal mag Sie dieses schauspielerisch Unbestimmte irritieren. Doch bedenken Sie, wie viele Gesten, Haltungen, auch Redefiguren selbst ein gewöhnlich Sterblicher in seinem Leben aufnimmt. Mit der Zeit hat man eine ganze Gesellschaft in sich wohnen. Oh! nicht die schlechteste, wie ich in Bezug auf Sie betonen darf. Was jedoch mich betrifft, so glaubt man oftmals in mir einen anderen, mir fremden Menschen wiederzuerkennen, obschon mir eine gewisse Ähnlichkeit mit meinem einstigen Aussehen verblieben ist. Doch bin ich dieses Verwechseltwerden gewohnt, wie das Rauchen übrigens auch: Es war zu meiner Zeit noch eine Selbstverständlichkeit.

Ich sah nach der Uhr, hoffte, mein Flug würde endlich aufgerufen, um mich mit gutem Grund entfernen zu können, obwohl der Fremde eine seltsam belebende Ausstrahlung besaß. Mein körperliches Unbehagen war wie weggeblasen. Doch wurde das Gate hinter der Flugnummer noch immer nicht angezeigt.

– Sie brauchen sich nicht zu beeilen, sagte jetzt der Herr im dunklen Mantel, Ihr Flug hat Verspätung, leider – wie ich Ihnen ungern gestehe – sehr viel Verspätung.

Als hätte es bloß das Stichwort des Unbekannten gebraucht, tönte aus dem Lautsprecher die Mitteilung, der Flug SL 874 sei wegen technischer Probleme verschoben. *Please, contact the information desk* – und auf der Anzeige klappte die Tafel herunter: *delayed*.

– Sie haben Zeit. Doch verzeihen Sie, dass ich mich nicht vorgestellt habe: Friedländer. Wenigstens habe ich bis 1916 so geheißen. Danach, na ja, Sie wissen von dem Professor, an den ich Sie eben erinnert habe, was danach kam. Friedländer klang im Ersten Weltkrieg zu ironisch und bald danach zu jüdisch.

Ich lächelte nun meinerseits, ein wenig gequält, als versuchte man mit mir einen etwas angestrengten Scherz. Der Mann müsste ein biblisches Alter haben, wenn zuträfe, was er erzählte. Aber würde überhaupt etwas von dem zutreffen, was dieser seltsame Fremde erzählte, besonders da er jetzt erwähnte, er sei von Beruf »Causeur«?

– Auch dies ein Begriff, der verschwunden ist, weil es das Bezeichnete, also mich selbst, nicht mehr gibt, schon gar nicht in der ursprünglichen Bedeutung. Dazu gehörte eine gesellschaftliche Ambiance, von Salons und Empfangsabenden geprägt, wie sie im Frankreich des 18. Jahrhunderts und bis in die Zeit Prousts existiert hat.

In gewisser Weise, wenn auch schon vulgarisiert, habe auch das Kaffeehaus noch die Aufgabe erfüllt, die besten Köpfe zum zwanglosen Gespräch zusammenzuführen.

– Ich habe es noch gekannt, sehr ausgiebig sogar. Ein tägliches Wörterfechten, geistreich, schlagfertig, sehr intrigant.

Als Causeur habe damals nur gegolten, wer über eine umfassende Bildung verfügt und die Fähigkeit besessen habe, durch präzises Formulieren erstaunliche und unentdeckte Seiten des Alltäglichen sichtbar zu machen. Da stünde ich, was die erstaunlichen und unentdeckten Seiten des Alltäglichen betreffe, in einer gewissen Nachfolge, wenn auch eines Causierens mit Bildern, während er sich noch ganz auf den Redefluss habe verlassen müssen. Dieser sei lediglich durch das Faktum legitimiert gewesen, dass wir nicht sehr viel mehr als die Wörter hätten, um uns zurechtzufinden, was gleichbedeutend sei wie unsere Welt beständig redend zu erfinden. Leider taugten die Wörter – wie übrigens die Bilder auch – lediglich zu Halbwahrheiten, zu bestechenden Irrtümern, die zu weiteren Irrtümern führten, die, elegant formuliert und in ihrer Aussage überraschend, ein Gefühl großer Einsicht gäben, doch nichts weniger als Irrtümer blieben.

Redefluss – lange hatte ich dieses, wie ich fand, altmodische Wort nicht mehr gehört, und es erinnerte mich an eine Aufnahme in der Mappe »Strom und Fall«: Es gab Bilder, die hatte ich im Kopf, bevor ich sie außerhalb finden konnte, und es dauerte oft Wochen, manchmal Monate, bis ich auf sie stieß, meist unerwartet – oder wie ich es nenne: »ungesucht« –, und der *Uferstreifen* gehörte zu dieser Art Aufnahmen:

Ein Stück Ufergrund. Überströmt von seichtem Wasser, das in Flussrichtung – dem linken Bildrand zu – von Reflexen des einfallenden Lichts verborgen wird, jedoch rechts und in der Mitte die Sicht auf Schlamm und Kiesel, den Algenbewuchs freilässt. Die Strömung wird durch ein Netz leuchtender Linien sichtbar, von der bewegten Wasserfläche zum Grund gebrochen.

Es war schwierig gewesen, diesen Moment des Lichteinfalls zu finden, der den Untergrund des Wassers zu einer kurz verschwimmenden Erscheinung werden ließ: Mit der Aufnahme wollte ich ersichtlich machen, wie unsere Wahrnehmung die Wirklichkeit, die sie eben entdeckt, durch Reflexion wieder verhüllt. Ich wählte eine Anordnung, bei der die Zeit von der ersten zur zweiten und dritten Aufnahme je sieben Minuten betrug. Die Reflexe nahmen durch das Sinken der Sonne und den dadurch flacheren Lichteinfall zu – und nachdem ich durch das

Wort »Redefluss« an die Arbeit erinnert worden war, mir die Bilder einen Moment lang vergegenwärtigt hatte, stellte ich erstaunt fest, dass der Fremde spurlos verschwunden war.

IV

DIE SCHMUCKSTÜCKE

Einerseits fühlte ich mich erleichtert, die Sitzschalen neben mir leer zu sehen und Landers – so hatte der Fremde sich schließlich vorgestellt – nirgends in der Nähe zu entdecken. Andererseits war das Wohlbefinden, die körperliche Leichtigkeit, die von dem Causeur ausgegangen war, wie weggeblasen. Ich spürte wieder die ängstlichen Aufwallungen, die klumpig in den Magen sackten. Auch die Umgebung – die Reihen Wartender, die Bar, die Halle mit ihren Glasfronten – verlor augenfällig an Intensität, als wäre sie durch die Anwesenheit des Fremden in einen angeregten Zustand versetzt gewesen, in eine intensivere Gegenwärtigkeit, die jetzt verblasste und die Sitzreihen und *gate desks* ins diffuse Licht der Halle zurücksinken ließ.

Obwohl ich den Rucksack und die Fototasche mitschleppen müsste, mein Sitzplatz vielleicht später besetzt sein würde, entschloss ich mich, bei der Auskunft wegen der Verspätung des Flugs nachzufragen. Wie zufällig und vielleicht doch auch aus Neugier blieb ich bei einem der Schaukästen stehen, um nachzusehen, was dort ausgestellt sein mochte, das »eine gewisse Astrophysikerin bemerkenswert fände«.

In der Vitrine waren Halsketten, Armbänder, die dazugehörigen Ohrringe ausgelegt, präsentiert in einem Licht, das sie einzigartig und wie Fundstücke erscheinen ließ. Ich konnte jedoch nichts entdecken, das mit Sarah oder ihrer Wissenschaft zu tun hatte. Außerdem war mir unklar, woher der Causeur überhaupt etwas von Sarahs Tätigkeit wissen sollte. Ich blickte hoch, sah den Flur entlang, in dessen Mitte die Schaukästen aufgestellt waren. In ihnen ein Planetensystem des Luxus sehen zu wollen, erschien mir als eine zu abwegige, zu gesuchte Assoziation, doch als hätte es dieses Einfalls bedurft, bemerkte ich einen Anhänger in der Vitrine, der tatsächlich mit Kugeln und Ringen an eine Darstellung des aristotelischen Kosmos erinnerte: Im Zentrum war ein Saphir als Erdkugel, umfasst von Ringen als Zeichen für die Planetenschalen und einem äußersten, brillantbesetzten Reif, der den Fixsternhimmel darstellte – ein in seiner Geschlossenheit anziehendes Schmuckstück. Es versinnbildlichte die in himmlische Sphären eingehüllte Welt, wie sie dem Altertum noch selbstverständlich gewesen war und die ein Geborgensein im All erahnen ließ.

Ästhetik ist da keine Lehre des Schönen und Gefälligen, sondern eine Methode der Erkenntnis, die nach den gültigen Harmonien in den Erscheinungen sucht –: Ein Gedanke, der mir unvermittelt beim Anblick des Anhängers einfiel, mir jedoch wie ein aufgenötigtes Zitat erschien. Ich habe eine Abneigung gegen diese Art belehrender, behauptender Sätze. Sie haben mir schon als jungem Mann, der nach der Kunstakademie noch ein paar Vorlesungen in Philosophie hörte, stets wie eine Art Wörterlärm geklungen, gegen den ich mich instinktiv wehrte. Damals glaubte ich, dass die Fotografie offener, auch umfassender sei, als es Sätze sein könnten – und das Bild auch ein zuverlässigerer Zeuge des Wirklichen sei. Beides trifft nicht zu, wie ich im Fotolabor schon bald entdeckte.

Ich brauchte eine Weile, auch in der nächsten Vitrine den Anhänger zu finden, der sich als Sinnbild des Kosmos lesen ließ. Über dem Saphir, den Ringen und dem Brillantreif war nun bei diesem Schmuckstück ein römischer Brunnen als Kettenöse gearbeitet, dessen überfließende Schalen – durch feine Goldfäden dargestellt –, für das neuplatonische »Überfließen des Einen« standen. Von Planetenschale zu Planetenschale nahm die Zahl der Goldfäden ab, was für die Verminderung der Kraft und Klarheit des Einen stand. Den Abstieg in die Vielheit deutete der Schliff des Saphirs an, dessen Kugelform aus lauter kleinsten Flächen bestand, die das Licht brachen.

Im dritten Schaukasten war der Teil zwischen dem Brillantreif des Fixsternhimmels und der Kettenöse entsprechend der Entwicklung zum christlichen Empiraeum auf die Art gestaltet, dass die Kette selbst zum Funkenreigen der Engel wurde. Über ein weiteres Schmuckstück, das nun einen strahlenden Rubin im Zentrum trug, während der Saphir unserer Erde hinaus auf eine Planetenbahn gerutscht war, gelangte ich beim letzten Schaukasten zu einem Anhänger, der als Turmuhrwerk gestaltet war, ein aus Rädern, Federn, Spangen bestehendes mechanisches Elaborat, getrieben von der ewigen Unruhe, die mich mit Fototasche und Rucksack vor die große Glasscheibe brachte, die den Flur abschloss.

Ein trostloser Ausblick in den unbegrenzten, euklidisch leeren Raum zum Schluss, kam mir wiederum ein eingeflüsterter Gedanke ins Gehirn, und über Flugzeuge und Pisten hinweg blickte ich in den verhangenen Himmel, in den ich endlich zu fliegen hoffte.

Ich versuchte, Sarah im Institut anzurufen, doch mein Handy zeigte – NUR NOTRUF MÖGLICH –, und ich sah irritiert auf das Display. Andere Reisende hatten gestikulierend ihre Smartphones am Ohr, eine Verbindung musste folglich möglich sein, es sei denn, mein Gerät wäre defekt oder zu alt. Es galt mit seinen acht Jahren bereits als eine Antiquität. Die Befürchtung jedoch, während der Reise keinen Kontakt zu Sarah aufnehmen zu können, beunruhigte mich. Wir tauschten oftmals SMS aus, und nun, da ich noch nicht abgeflogen war, hatte ich sie überraschen und von den Schmuckstücken erzählen wollen, die ein Künstler, wie ich annahm, als geschichtliche Folge sich wandelnder Weltbilder entworfen hatte. Verwunderlich war nur, dass es keinen Hinweis auf die Ausstellung gab und auch der Name des Künstlers, ungenannt blieb. Es sollte offenbar dem Zufall überlassen bleiben, ob jemand die Installation entdeckte. Allzu häufig geschähe dies wohl kaum. Man musste schon genau hinsehen. Ohne den Hinweis des Fremden wäre ich nicht einmal auf den Gedanken verfallen, mir die Auslagen anzusehen. Dann setzten die Schmuckstücke auch ein Wissen voraus, das ich durch Sarah besaß, das aber kaum zum Allgemeinwissen gehörte. In ihrer Grundvorlesung leitete sie die Darlegung der modernen kosmologischen Theorien mit einem historischen Abriss ein, der ihr auch Gelegenheit bot, ihrer heimlichen Leidenschaft für Dante nachzugeben. Sarah sah in der »Göttlichen Komödie« die vollkommenste kosmologische Vision, die je in der Menschheitsgeschichte gestaltet worden war: In ihrem Büro unterm Dach des Physikgebäudes hing eine Reproduktion von Botticellis »Karte von Dantes Hölle«, diesem gestuften Trichter, der durch den Sturz Luzifers aus dem Himmel in die Erdkugel hineingeschlagen worden war. Doch typisch für Sarah, hatte sie Botticellis Bild verkehrt herum aufgehängt und durch den Gang ergänzt, der vom tiefsten Punkt der Hölle durch das Zentrum der Erde wieder hinauf zur Südhemisphäre führte, wo sich – herausgedrückt durch den Höllentrichter – der Läuterungsberg erhob, auch er gestuft, mit dem irdischen Paradies als seinem Gipfel. Darüber wölbten sich die Himmelssphären und über diesen das himmlische Paradies, ein Lichtreigen von Engeln. Sarah hatte diesen oberen Teil aus alten Darstellungen der Planetenbahnen, zum Teil aus den Illustrationen zu Dantes Komödie zusammengesetzt: Eine Collage, von der sie behauptete, durch diese daran erinnert zu werden, dass wir seit der Urknalltheorie wiederum von einer kosmischen Blase ausgehen würden: ein den Menschen von der Vorstellung des unbegrenzten euklidischen Raums befreiendes Bild und tröstliche Analogie zu Dante.

V
LANDERS BUCH

Ob es schon Informationen gäbe, wie lange es noch bis zum Abflug dauern werde?

Ich hatte mich zum *information desk* begeben, hinter dem ein junger Mann in kurzärmligem Hemd sein gebräuntes Gesicht mir mit dem Interesse zuwandte, das man einem unbekannten Porträt entgegenbringt.

Mit welcher Ankunftszeit denn zu rechnen sei?

Als ich vor der Glasscheibe in den leeren Himmel geblickt hatte, war mir klar geworden, dass ich um Stunden verspätet, vermutlich mitten in der Nacht, in einer Millionenstadt ankäme. Niemand würde mich abholen, vergeblich suchte ich am Ausgang unter wenigen Wartenden ein Schild mit meinem Namen. Ich wäre ohne eine Adresse, an der ich untergebracht wäre, ohne eine Telefonnummer, an die ich mich wenden könnte. In der Mail, die meine Reisedaten auflistete, war für die kommende Nacht lediglich ein *private hosting* vermerkt, zu dem ich gefahren würde, ohne Ortsangabe, gefolgt von den Flugdaten der Weiterreise am nächsten Tag. Ich stünde in einer Halle, die verlassen im Schein unveränderlichen elektrischen Lichts läge – *lost in transition* –, und dieser Übergang, soweit war mir klar, hatte bereits hier, an diesem Nicht-Ort, begonnen. Auf meine Frage, ob der Flug überhaupt durchgeführt würde, worin auch die leise Hoffnung steckte, aus Gründen »höherer Gewalt« gar nicht erst reisen zu müssen, sah der Angestellte angestrengt auf den Bildschirm, ohne mich noch weiter zu beachten.

– Wir werden Sie informieren, sobald wir Näheres wissen.

Ich ging zur Bar, bestellte einen Kaffee, dazu ein Croissant. Da mein Handy nicht funktionierte, würde ich von einer Telefonzelle aus Sarah anrufen. Sie konnte versuchen, Verbindung mit dem Institut aufzunehmen. Dort müsste man über meine Unterkunft Bescheid wissen und könnte veranlassen, dass jemand mich auch spät nachts noch erwartete. Der Barmann schob die Tasse unter den Kolben, stellte Untertasse und Löffel bereit, angelte das Croissant aus dem Korb – dies alles mit einer Routine, die längst in die Muskeln eingeprägt war. Auch ich hätte bei den gewohnten Abläufen bleiben sollen. Was sollte ich »über die Ergebnisse der eigenen Arbeit« sprechen, mir unbekannten Leuten erklären, dass die Beschäftigung mit den Flussbildern mich zum Thema der Erosion, des Zerfalls und der Endlichkeit geführt habe.

Heftig stippte ich mein Croissant in den Kaffee, erinnerte mich, dass dies in meiner Jugend einzig an den Sonntagen, als feiertägliche Ausnahme, gestattet gewesen war. Das Ritual, ein Stück geflochtenes Weißbrot, zu dem es weder Butter noch Konfitüre geben durfte, in die Tasse

Kaffee zu tunken, war ein Tribut an den Landarzt, meinen Großvater. Bei seinen Krankenvisiten in den Bauernhäusern hatte er jeweils Brot, in eine Schale Kaffee gebrockt, angeboten erhalten, was er liebte. Mir jedoch brachte der Geschmack des kaffeedurchtränkten Croissants die Atmosphäre der Sonntage in meiner Kindheit zurück. Das Licht fiel hell vom Garten ins Speisezimmer, blendete auf dem Weiß der frisch ausgebreiteten Tischdecke, und der Tag versprach von freundlicher Belanglosigkeit zu werden. Diese konnte leicht in eine durch Radiomusik untermalte Langeweile umschlagen, in der ich mir wünschte, es wäre nicht mehr heute, aber auch nicht schon morgen, ein unerträglicher Zwischenzustand.

Als ich die Tasse zur Seite schob, bemerkte ich ein Buch, das in Armlänge neben mir auf dem Bartresen lag. Der Titel des eher schmalen Bandes lautete: »Das Buch der Halbwahrheiten«. Ich sah niemanden, dem es hätte gehören können, und der Barmann schüttelte bloß den Kopf, die Mundwinkel nach unten gekrümmt. Ich zog das Bändchen zu mir heran, öffnete es auf den ersten Seiten und fand als Motto ein nicht näher ausgewiesenes Zitat:

»*Wir befinden uns zwischen Wahrheit und Wahrscheinlichkeit: Die Wahrheit ist unsere Herkunft, die Wahrscheinlichkeit, wohin wir gehen. Auf diesem Weg entsteht ein Gefühl der Unredlichkeit, des Willkürlichen und Beliebigen. Wir möchten uns wieder auf das Absolute beziehen, das es nicht mehr gibt, doch für Jahrhunderte gültig gewesen ist.*«

Ich blätterte durch die Seiten, auf denen einzelne Sätze und Notate standen. Beim Überfliegen fand ich Texte, die wie herrschaftliche Häuser von altem Glanz zeugten, allerdings eklektisch im Stil waren, mit klassizistischen Ornamenten an Türen und Fenstern, wie etwa die in Zeilenbrüche gesetzte Notiz: »*Vertrieben bin ich nicht nur aus Florenz/Und aus dem Garten mit den beiden Bäumen/Vertrieben bin ich aus der Welt/Auf der ich lebe, doch nicht mehr in ihr*...« Daneben gab es Texte, die an Wohnblöcke erinnerten, etwas Gewaltsames in ihrer Betonfestigkeit hatten oder einem rücksichtslosen Modernismus verpflichtet waren, funktional und hässlich, von einer Verachtung für die Menschen und ihre kleine Beschaulichkeit: »*Das Individuum ist mit der Entdeckung des Urknalls, des Big Bang, als Gestalt und gestaltendes Wesen – das noch immer tief in unserer Vorstellung lebt – zersprengt worden. Wir sind zerrissene, entwertete Ichs. Wie in der Renaissance die Himmlischen an den Horizont des Universums, so sind wir an die Ränder von Bildschirmen versetzt, von denen aus wir hinab in »unsere« Welt sehen, hoffend, uns als elektronisch hochaufgelöste Bilder in einer Vorabend-Soap wiederzufinden.*«

Ich las die Notiz voller Skepsis. Sie bestand aus verbaler Kraftmeierei, und die war mir aus meiner Studentenzeit bestens vertraut. Bei abendlichen Diskursen zielten kunsttheoretische oder kulturpolitische Tiraden einzig darauf ab, jemanden in der Runde zu verunsichern, ihm sein mangelhaftes Wissen vorzuführen, während man selbst mit Kenntnissen brillierte: Wir nannten dieses Spiel »einen Kollegen verblöden«. Doch was mich an diesem kruden Büchlein dann tatsächlich verblüffte, war die Widmung. Auf der Titelseite, in einer schwungvollen, mit Füllfeder geschrieben Schrift, stand: *Für Clemens Lang vom Autor*. Dazu war das Datum gesetzt, an dem der Kongress am »Institute for Contemporary and Colonial Studies ICCS« beginnen sollte.

VI

FLUG IN DIE NACHT

Aus dem Lautsprecher tönte ein melodiöses, doch befehlendes *immediate boarding*. Ich tippte an der Telefonsäule nochmals die Nummer von Sarahs Büro ein, verwählte mich, versuchte es erneut, hörte auf das Summen, das nicht unterbrochen wurde, während bereits ein dringlicherer Aufruf folgte: *Mr. Lang, please, Mr. Lang*! Ich hängte den Hörer ein, packte meine Fototasche, lief los, den Rucksack am Rücken, rannte den Flur hinunter, an den Schaukästen vorbei zum Gate. *We are just waiting for you, Mr. Lang*, und die Luft in der Gangway war kalt und feucht, die Tür des Jets ein sphärisch gebogener, an den Ecken gerundeter Eingang in eine Höhle aus Technik. Ich bückte mich, schob mich durch die bereits besetzten Reihen, die Fototasche vor den Knien, quetschte mich in meinen Sitz. Ich war erleichtert, als Nachbarn einen älteren, schlanken Herrn zu haben, der mich an mein einstiges Vorbild erinnerte, einen damals noch weitgehend in seiner Bedeutung verkannten Fotografen. Dieser hatte gegenüber dem Zimmer, das ich nach dem Studium bewohnte, sein Atelier im Souterrain eines Wohnblocks, und ich sah die hochgewachsene, schlanke Gestalt in hellem Anzug, den Hut auf dem Kopf, fast täglich den Weg entlang zu seiner Tür gehen. Der Gang und die Haltung waren von vornehmer Eleganz, doch in ihnen verbarg sich eine Schüchternheit, die man erst bei näherer Bekanntschaft entdeckte. Sie galt weniger den Menschen als den Dingen gegenüber, die er anschaute: diese feinstofflichste Art, sich den Erscheinungen zu nähern. Eingepfercht in meinen Sitz, neben dem Herrn, der einen Laptop vor sich auf den Knien hielt, dachte ich an die Besuche im Kelleratelier, in das kaum Tageslicht fiel, in dem ein Kronleuchter sein Licht über das Bett, einen Wandspiegel mit Goldrahmen und die Staffelei ausstreute – eine Art Dunkelkammer, die der Alte bewohnte, von theatralischer, auch vergangener Einrichtung: Der Schrank in meinem Arbeitszimmer, die Mappen wie auch der Leuchter sind Zeichen der Wertschätzung für diesen großen Fotografen, der durch seine Themen – die verschwindende bäuerliche Welt, der Alltag in den Labors von Industriebetrieben, die Ballnächte der besseren Gesellschaft – mich erstmals auf meine eigene Familiengeschichte aufmerksam gemacht hatte.

Die Fototasche war unter dem Sitz verstaut, den Rucksack jedoch, für den kein Platz mehr in der Ablage gewesen war, hatte ich einer Stewardess gegeben. Als sich die Maschine bereits im Steigflug befand, fiel mir meine Lektüre ein, die ich vergessen hatte, aus dem Rucksack zu nehmen. Das Personal würde nach dem Erlöschen des Signals mit dem Servieren der Getränke beginnen und hätte dann bestimmt keine Zeit, Gepäckstücke hervorzusuchen.

– Es bleibt Ihnen ja noch das kleine Buch in der Rocktasche.

Mein Sitznachbar, den Laptop auf den Knien, sah bei der Bemerkung auf die Lehne des Vordersitzes, als wäre er ganz auf den Steigflug konzentriert.

– Ich gebe allerdings zu, es ist keine sehr erbauliche Lektüre.

– Ich hätte mir denken können, dass Sie es sind, schon als ich mich an den alten Fotografen erinnert fühlte.

– Sie haben es sich selbst zuzuschreiben, wenn Sie mich verwechseln. Sie hängen noch an Unterscheidungen und begreifen den Wandel nicht, der durch alle Erscheinungen fließt, manchmal in einer ihnen bekannt scheinenden Figur kurz zur Ruhe kommt. Eine Frage der Zeit.

Ein halb boshaftes, halb von Wehmut gezeichnetes Lächeln spaltete sein Gesicht in eine melancholische und eine eingekniffene Hälfte, in der das Auge schmal, der Blick scharf wie ein Skalpell war.

Als wäre »Zeit« ein weiteres Stichwort gewesen, erlosch das Signal, angeschnallt zu bleiben, mit einem Klang, und Bewegung kam in die Reihen der Passagiere.

Ich zog die Schnalle auf und war einen Moment lang von dem Gefühl angerührt, erst jetzt wirklich unterwegs zu sein, ohne Rückhalt, allein auf mich gestellt.

– Ach, es findet sich immer jemand, der uns ein Stück begleitet, sagte mein Nachbar, als wolle er mich trösten, und erstmals fiel mir auf, dass der Fremde mit einem leicht wienerischen Akzent sprach.

– Ich weiß nicht, habe ich schon erwähnt, dass ich zu Ihrer angelegentlichen Begleitung bestellt worden bin?

Er klappte den Laptop auf, und der erneute Klang signalisierte nun einen Start, der ein schwarzes Rechteck zu einem leuchtenden Raum öffnete. Er habe sich ein Leben lang mit Kulturgeschichte beschäftigt, sagte der Causeur, dieser seltsamen Menschheitserzählung, die wir nie ganz verstünden und an deren Ende die unfassbare Gegenwart stehe, die ihr Ergebnis und zugleich der Ausgangspunkt künftiger Geschehnisse sei.

– Sie kommentierend zu durcheilen, war mein Vergnügen, gleichzeitig aber auch mein Leiden. Ich las sie als eine zunehmende Verdunkelung. Zumindest seit Ende der Renaissance, wo nach der mittelalterlichen ›göttlichen Komödie‹ die neuzeitliche ›menschliche Tragödie‹ folgte, über die nachzudenken ich ein Leben verwendet habe.

Ich überlegte mir, ob ich das Büchlein mehr aus Höflichkeit denn aus Interesse hervorziehen sollte. Die Vorstellung jedoch, unter den Blicken des Autors – dafür hielt ich den Causeur – in den Notaten zu lesen, war mir so unangenehm, dass ich dagegen eine körperliche Abneigung verspürte, als käme mir der Fremde zu nahe, träte in meine Regungen und Gedanken ein.

– Lassen Sie es nur bleiben, sagte dieser, während er sich durch die Dateien klickte, ich nehme es Ihnen nicht übel. Das »Buch der Halbwahrheiten« soll weniger ein

Vergnügen als eine Art »letzte Hilfe« sein, ein Reiseführer der etwas anderen Art.

Er stieß ein amüsiertes Grunzen aus, zog aus einem Lederetui eine lange, schmale Zigarre, kniff das linke Auge ein, als ich ihn auf das Rauchverbot aufmerksam machen wollte. Mit der Zigarrenspitze deutete er auf den Steward, der eben den Gang entlangkam, mir eine Zeitung mit den Worten reichte: – Daran haben Sie doch eben als Ersatzlektüre gedacht?, sich dann zu meinem Sitznachbarn neigte und in unterwürfiger Vertrautheit fragte, ob er einen ersten Whisky bringen dürfe.

– Sie sehen, kein Grund zur Aufregung. Ich konnte mir das Rauchen nie abgewöhnen. Die Zigarren gehören für mich zur Sprache, sind ihr Geschmack und ihre Würze. Ich hätte auch von den Wörtern lassen müssen, um vom Rauchen loszukommen. Doch dann säße ich nicht hier. Nach dem finalen Ereignis jeden Lebens, das eigentlich auch einen Causeur zum Schweigen bringen müsste, verhelfen mir einzig die Wörter noch zu einem zeitweiligen Dasein – –.

Er hielt den letzten Satz in einer bedauernden Schwebe, während er mich mit einem spöttischen Blick ansah, als wäre auch diese Bemerkung nur eine Halbwahrheit, ausgesprochen zur Verwirrung des Jüngeren, der nicht über die Gegenwart hinaussehen konnte und von dem, was ihn auf der Reise erwartete, keine Ahnung hatte. Dann wandte er sich ab, beugte sich entschieden über seinen Laptop und schaute sich irgendeine Eröffnungszeremonie in einem Stadion an, als wolle er in die Szene hineinschlüpfen, in der ein kugelrunder Moderator in buntem Kostüm wie ein Ball über die Bühne hüpfte.

VII

TEN MINUTES MORE

Die Ankunftshalle war nicht der verlassene Ort, den anzutreffen ich befürchtet hatte. Ein Gedränge von Reisenden nahm mich auf, schob mich vorwärts. Träger manövrierten Schubkarren mit Gepäckstücken, Beamte in Uniform, Schlagstöcke an der Seite, suchten mit stumpfer Gleichgültigkeit die Masse zu lenken, und über all den angestrengten Gesichtern, öligen Scheiteln, Hüten, Kappen und Kopftüchern schwebte ein Lärm aus Stimmen und Rufen, durchstoßen von den Ansagen aus Lautsprechern, von Ermahnungen, keine fremden Gegenstände entgegenzunehmen, und dem in regelmäßigen Abständen von einer sanften Männerstimme verkündeten: *This is a non-smoking area*. Einen Moment blieb ich überwältigt inmitten der Turbulenzen stehen, verwirrt von der Menge an Menschen, die mich umdrängte. Ich sah nach der Uhr, die hoch in der Halle angebracht war, mit elektronisch zuckendem Sekundenzeiger die Minute kürzte und mir die gültige Ortszeit anzeigte: Zehn Minuten vor zwei Uhr am Morgen.

Meinen »Begleiter«, der lediglich mit einer Tasche reiste, hatte ich bereits bei der Gepäckausgabe verloren.

Ich sah ihn zwar kurz noch, wie er bereits am Ende der Halle an der Schlange Wartender vorbeiging, die Einreiseschalter ohne Kontrolle passierte, begleitet vom Steward, der seine Tasche trug. Bevor er durch den Ausgang verschwand, glaubte ich noch seine Hand zu sehen, die mit der von mir zurückgelassenen Zeitung einen Gruß zuwinkte.

Ich hatte mich während des Flugs mit dem Gedanken beruhigt, der Causeur würde bei der Ankunft bestimmt behilflich sein, meine Unterkunft zu finden, sollte mich tatsächlich niemand mehr erwarten. Nun stand ich allein da, spürte, wie die belebend heitere Ausstrahlung dieses seltsamen Fremden erlosch. Schwere und Müdigkeit breiteten sich in mir aus, und es brauchte einen inneren Rempler, dass ich mich wieder in Bewegung setzte. Die Schiebetür am Ausgang der Flughafenhalle entließ mich endgültig aus dem durch Linienflüge verbundenen Netz hochtechnisierter Sphären – und das Dunkel schlug mir mit einer ungewohnten Wärme entgegen. Es war erfüllt von einem rußig rostigen Geruch, und trüb strahlten die wenigen Lichter.

Ich zögerte, verlangsamte die Schritte. Hinter einer Schranke drängte sich eine Menge von Leuten. Hände umklammerten die rostigen Eisenstangen, und als ich näher trat, beladen mit meinen Gepäckstücken, fühlte ich auf mir die Blicke, die ohne Anteilnahme prüften, wer aus der erleuchteten Halle kam. Ich spähte nach den hochgehaltenen Schildern, ging in meiner winterlichen Kleidung vor diesen Gesichtern auf und ab, hoffte, meinen Namen auf einer der Tafeln zu lesen: *Clemens Lang, photographer* – Buchstaben, die dafür standen, dass ich zu der für mich reservierten Unterkunft gebracht würde. Als ich das Schild mit meinem Namen abseits der Menge endlich entdeckte, war ich von Erleichterung überwältigt, drängte mich unverzüglich zu dem hageren, schon älteren Mann durch.

– You Mr. Lang? Er streckte den Kopf vor, als wolle er besser hören. Ich nickte, worauf er sich abwandte, die mehrspurige Zufahrt überquerte, ohne weiter auf mich zu achten oder mir ein Gepäckstück abgenommen zu haben. Seine raschen, kurzen Schritte in schiefgetretenen Sandalen zwangen mich mit holperndem Rollkoffer zur Eile. Ein staubiger Pfad führte uns zwischen Bäumen durch, in deren kahlem Geäst noch ein Schein der Straßenleuchten hing. Der Rollkoffer zerrte bei Absätzen und Schwellen an der Schulter, doch ich musste zusehen, dass ich den Fahrer nicht aus den Augen verlor. Er hatte bereits einen Platz erreicht und drohte zwischen den Autos, die auf dem Stück Brache abgestellt waren, zu verschwinden.

Sechs Stunden habe er gewartet, selbstverständlich in der Menge hinter der Schranke, sagte der Fahrer auf meine Erkundigung hin. Er stand neben der offenen Hecktür, schmal, in abgetragener Hose und einem Hemd, beschienen von einem fahlen rötlichen Schein. Ich zog die Kamera aus der Tasche, drückte mehrmals auf den Auslöser, entgegnete diesem vielleicht fünfzigjährigen Mann, das sei eine bemerkenswerte Leistung, er müsse bestimmt sehr müde sein. In die hageren Züge kam die Andeutung eines Lächelns, das die Falten um den Mund vertiefte. Vielleicht weil das mehrfache Übereinanderfalten der Zeitungsseiten im beengten Sitz des Flugzeugs mich an geologische Schichtungen erinnert hatte, kamen mir die vertieften Falten um den Mund groß wie die Ränder eines Grabenbruches vor. Sie trennten die Welt, die ich verlassen hatte, von dieser hier, in der ich eben erst – wie aus dem Himmel gefallen – angekommen war, auf eine, wie mir schien, unüberwindliche Weise.

Wie lange wir denn fahren müssten, fragte ich, nachdem ich mich mit Rucksack und Fototasche in den Fond des Wagens gezwängt hatte. Beim Blick durch die Scheiben verlor ich an Zuversicht, der Fahrer fände je aus dem Chaos ungeregelt geparkter Autos hinaus.

– Ten minutes more, sagte dieser, drückte die Hupe, gestikulierte aus dem Fenster, rief etwas den Fahrern anderer Wagen zu und erzeugte ein Vor und Zurück, das überraschend schnell eine Lücke zu einer Landschaft öffnete, die weit und leer zu beiden Seiten der Schnellstraße lag: Flachland mit Feldern, in denen sich Hütten an Entwässerungskanäle und Tümpel klammerten, sich zu hingewürfelten Behausungen mehrten, aus deren Gassen einzelne Gestalten schattenhaft auftauchten. Die Schachtelung von Gebäuden brach vor einer Reihe Planiermaschinen ab, ging in eine Schuttebene über, aus der grell beleuchtet eine Industrieanlage herauswuchs, umschlossen von einem Maschendrahtzaun, ausgestülptes

Gedärm metallener Röhren, aus denen Kamine ragten, mattblasse Rauchfahnen an ihren rotblinkenden Spitzen – und ich, der nach einer Viertelstunde fragte, wie lange wir denn noch zu fahren hätten, da der Gegensatz zwischen meinem leeren Magen und der vollen Blase quälend wuchs, erhielt zur Antwort:

– Ten minutes more.

Und das wiederholte der Fahrer ungerührt, als wir nach einer weiteren Viertelstunde durch die Vorstadt fuhren, die Straßen breiter wurden, die Häuser von Mauern umfasst waren, das Licht der Straßenleuchten als fahler Rhythmus im Wageninneren aufleuchtete und verblasste, und er sagte es – wenn auch zögernd – als wir in das Quartier einbogen, in dem sich die Pension, das Hotel oder was immer es sein mochte, befinden musste:

– Ten minutes more …

Sagte es gedehnt, den Kopf über das Steuer vorgestreckt, dass mir – auf das Aushalten meiner antagonistischen Körperbedürfnisse konzentriert – qualvoll klar wurde, dass der Mann am Steuer nicht die geringste Ahnung hatte, wo sich meine Unterkunft befände. Bisher existierte sie nur als zwei Zeilen auf einem Zettel, und den hielt er sich wieder und wieder vor die Augen, als könnten die Buchstaben ihm den Weg weisen.

Erlösung versprachen zwei Männer, die nach Einbiegen, Stoppen, mehrmaligem Wenden an einer Kreuzung unter einer Straßenleuchte gestikulierend aufeinander einredeten, mit gleicher Heftigkeit die Richtung wiesen: Geradeaus, dann links, dann rechts, ihre nächtlichen Gesichter zum offenen Wagenfenster hereinstreckten, erneut mit Hand und Arm gegen den Nachthimmel fuchtelten, der Fahrer nochmals fragte, dann nickte, mit neuer Zuversicht sagte: – Ten minutes more, und bei der nächsten Kreuzung in eine Richtung einbog, die der gewiesenen genau entgegengesetzt war.

VIII

AUF DER TREPPE

Das Haus an der Adresse, die der Fahrer auf dem Zettel notiert hatte, stand im Eck eines dunklen Spielfelds, um das eine schlecht beleuchtete Straße führte. Über dem Tor der Umfassungsmauer brannte ein Scheinwerfer, beleuchtete einen Halbkreis des Vorplatzes, auf dem der Fahrer mein Gepäckstück aus dem Kofferraum zerrte. – Seven o'clock, sagte er, und ich stand da mit Fototasche und Rucksack, sah den roten Stopplichtern nach, die bei der Einmündung in die Hauptstraße kurz aufleuchteten und dann verschwanden.

Eine Stille umgab mich. Das Stück laue Dunkelheit über dem Spielfeld war von den Silhouetten der Häuser gesäumt: Rechtecke vor dem lichtverschmutzten Nachthimmel.

Ich nahm mein Gepäck auf, zog den Rollkoffer über den mit Kies bedeckten Vorplatz zum Tor, einer Eisenblechplatte, die schwer in den Angeln schwang, betrat einen Innenhof, auf dem Kisten und Fahrräder standen und zwischen Büschen ein Betonstreifen zu einer rechteckigen Helle in der Mitte des Hauses führte. In dem beleuchteten Durchgang lag seitlich die Haustür. Namensschilder gab es keine, ebenso fehlte eine Nachtglocke, doch die Tür war unverschlossen, und ich betrat das Treppenhaus, erleichtert, nun doch am Ort meiner Unterkunft angekommen zu sein, den körperlichen Bedürfnissen bald schon nachgeben zu können, zu denen – neben schmerzendem Harndrang und Hunger – eine überwältigende Müdigkeit hinzugekommen war.

Die Treppe war steil und eng, ich zog und zerrte mein Gepäck hoch, fand auf dem ersten Absatz eine vergitterte Tür mit Vorhängeschloss, im zweiten und dritten Stock Stahltüren, die geschlossen und ohne Glocke waren. Kein Schild, kein Schriftzug wiesen auf ein Hotel oder eine Pension hin, und die letzte Stiege und letzte Hoffnung endete vor dem Dunkel des Dachbodens.

Es war halb vier Uhr am Morgen. An welcher Tür und auf welche Art sollte ich mich bemerkbar machen? An die Stahltüren schlagen?

Ich musste einen Hinweis übersehen haben, es war unmöglich, dass es keine Schilder, keine Glocken gab. Ich würde hinabsteigen, im Innenhof zwischen den kargen Büschen erst einmal diesen schmerzenden Drang loswerden. Dann könnte ich in aller Ruhe und mit Sorgfalt die Türen nochmals untersuchen. Doch als ich beim ersten Stockwerk vor dem Gitter mit Vorhängeschloss angelangt war, packte mich Panik. Ich rannte nochmals hoch zum zweiten und dritten Stock, rief und hörte die eigene Stimme wie ein Echo:

– Hello, is somebody here?

Ich stand da auf der Treppe, angerührt von der Empfindung, mich allmählich aufzulösen, als bestünde mein

Körper aus einer Interferenz von Wellen, die in dem Stiegenhaus, irgendwo in dieser Millionenstadt, verebbten. Meine Beine gaben nach, ich sank mit Rucksack und Tasche auf den Treppenabsatz nieder, saß dort, ratlos, was zu tun sei.

Müsste ich hier den Rest der Nacht verbringen?

Der Harndrang brachte mir heftig meinen Körper zurück. Nachdem ich mich im Garten erleichtert hatte und das Treppenhaus wieder hochgestiegen war, suchte ich im Rollkoffer die Unterlagen hervor, Einladung und Reiseprogramm. Ich überlegte mir, Sarah anzurufen, ihr eine SMS zu schicken, fand eine Büronummer, wahrscheinlich die des Instituts, wählte, doch eine automatische Stimme teilte mit, Anrufe seien von meinem Gerät aus nicht möglich.

Es schien also beschlossene Sache, dass ich den Rest der Nacht hier, im Treppenhaus, verbringen müsste – weit unbequemer als im Flugzeugsitz, und ich hätte auch keinen Nachbarn neben mir, der gebeugt über den Bildschirm in ein Sportstadion hinabblickte, wo eine Eröffnungszeremonie begann. Ich hatte nur gelegentlich hingesehen, erst als der Causeur, ganz gegen seine Art, vor sich hinschimpfte, sah ich zu, wie auf einer Säule unter pastosen Klängen ein Model aus der Mitte eines Teiches heraufgefahren wurde, gehüllt in Chiffon, der durchscheinend auf ihrem Körper klebte, umschwebt von Genien an Gummiseilen, während sich am Fuß der Säule die Helden in griechischer Kostümierung zum Wettstreit aufstellten.

– Das soll Helena sein? Was sagen Sie dazu? Für so ein mageres Dingelchen ... zehn Jahre Krieg? ... Da hätten Sie die Schönheit sehen sollen, die wir für den Herrn aus Deutschland nach Arkadien geschickt haben ...

Arkadien war es nicht, wohin es mich verschlagen hatte. Elend auf der Steinstufe sitzend, zog ich das »Buch der Halbwahrheiten« aus der Rocktasche. Hatte der Fremde es nicht als eine Art Reiseführer bezeichnet? Als »Letzte Hilfe«? Die war doch jetzt angezeigt, und ich blätterte durch die Seiten, hielt an einer beliebigen Stelle, las nach drei Zeilen eines vorangegangenen Abschnittes:

Nach rund fünfhundert Jahren einer faustischen Ingenieurskunst, die Deiche baute, um dem Meer Land abzugewinnen, nach hundertfünfzig Jahren des Baus von Kraftwerken, mit denen die Flüsse hochgestaut wurden, haben wir nun einen Strom aus kleinsten Teilchen, deren Gesetze uns mit einem neuen Kosmos umschließen. In ihm ist die Hölle kein Trichter zum Mittelpunkt der Erde, wie man sie sich mittelalterlich dachte. Sie ist vielmehr auf die Oberfläche des Globus verteilt, eingeschmiert in die Läuterungsgebirge und paradiesischen Flecke: Wer in sie eintritt, hat nur noch die Hoffnung übrig – –

Hilfreich war das nicht, und das Letzte, was ich hier brauchen konnte. Worauf hätte ich am Ende einer schon beinahe vierundzwanzig Stunden währenden Zumutung, hier in diesem Treppenhaus, auch noch hoffen sollen. Dieser seltsame Fremde schien sich mit seinen Abstrusitäten über mich lustig machen zu wollen. Und so brüllte ich aus vollem Hals: – Ich will gottverdammtnochmal endlich ein Bett!, zerrte die Kamera aus der Tasche, als wäre sie ein letzter Halt, und hörte in der nachfolgenden Stille eine leise, aber deutliche Stimme:

– I'm sorry, I'm very very sorry – –

Hinter mir stand eine Alte, einen geblümten Tuchmantel um ihren ausgemergelten Körper geschlungen.

– Ich bin eingeschlafen, auf dem Dachboden. Ich sollte auf Sie warten.

Ich sah in ihre Augen, wovon das eine weißlich und blind war, und zwischen ihren faltigen Lippen blitzte beim Sprechen ein vorstehender Zahn.

– Bitte kommen Sie.

Und sie schloss die Stahltür neben mir auf, Licht erhellte einen Wohnraum, in dem zwei Menschen vor einer nächtlichen Balkontür hochschreckten, Mutter und Sohn, die dort zwischen einer Sitzgruppe und Bücherregalen auf Matratzen geschlafen hatten. Sie sahen mit schlafblinden Augen nach mir, der ich in der Tür mit meiner Kamera stand, sie reflexartig vor mein Gesicht hob und den Moment gegenseitigen Verharrens durch einen Klicklaut beendete.

Zu essen würde es nichts mehr geben, und ich trank den Schwarztee, den die halbblinde Aufwärterin in einer Kochnische zubereitet hatte, stark gesüßt, um das Hungergefühl zu stillen. Der Junge hüllte sich erneut in die Decke ein, legte einen Zipfel des farbigen Tuchs über das

Gesicht, nachdem sich seine Mutter erhoben und für einen Augenblick in einem Negligé da vor der nachtdunklen Scheibe gestanden hatte, eine schlanke Gestalt. Das Haar fiel ihr auf die bloßen Schultern, reichte mit züngelnden Spitzen zu den Brüsten, und die Haut schimmerte warm durch den leichten Stoff. Sie zog sich einen Morgenrock über, den sie bereitgelegt hatte, und saß nun da am Tisch, sah mich aus Augen an, die vom Schlaf rein und von keinem Alltag getrübt waren, und ich dachte, während ich Tee trank und von der Verspätung berichtete, dass es ungewöhnlich sei, diesen ungeschützten, noch frühen Blick bei einer mir fremden Frau zu sehen. Nachdem ich die Tasse leergetrunken hatte, führte sie mich zum Zimmer, das vorbereitet war: ein frisch bezogenes Doppelbett, Nachttischchen zu beiden Seiten, am Fußende ein Bord, auf dem eine Vase mit Schilf stand, dazu ein Stuhl, um die Kleider abzulegen. Das Licht war gedämpft, an der Wand über dem Bett hing ein breitformatiges Bild: eine Felsenhöhle, die sich zu einem schattigen Hain hin öffnet, und eine Frau schaut zu den Berghängen, unter deren Felsabbrüchen die Weingärten und Felder liegen, die Liebenden am Apfelbaum die Früchte brechen und ein Knabe aus einer Grotte zwischen Büschen kriecht.

Es war ihr Schlafzimmer, in das sie mich geführt hatte, in ein Stück ihrer Intimität, das sie vermietete. Eine Spur von Parfüm umfing mich, als wir da vor dem Doppelbett standen. Sie hatte dieses Zimmer mit jemandem geteilt, zu dem das Bild als Idyll ihrer Liebe gehörte und an der Wand verblieben war.

Von der schlaftrunkenen Weichheit der Frau neben mir war jetzt nichts mehr zu spüren. Hart und fast abweisend sagte sie: – Ich bin morgen bereits weg, wenn Sie aufstehen … Und doch hatte selbst dieser Satz noch einen Klang von gemeinsamem Alltag, hallte in mir nach, als sich die Tür hinter ihrem wehenden Morgenrock bereits geschlossen hatte, ich allein in dem mir fremden Zimmer stand.

IX

DAS WEISSE KOSTÜM

Ich war so hundemüde, dass ich nicht einmal duschte. Ich zog den Pyjama aus dem Koffer, nahm Zahnbürste und Zahnpasta und ging ins Bad. Knappe drei Stunden Schlaf blieben mir, dann würde bereits der Fahrer unten auf mich warten. Wieder die Fahrt zu einem Flughafen, wieder stundenlanges Sitzen in einem Flugzeug, wieder die Fahrt in eine Stadt. Ten minutes more. Ich grinste in den Spiegel über dem Lavabo: Ich müsste mich mit Schlafen beeilen, hatte meine Mutter jeweils gesagt, wenn ich spät zu Bett ging. Doch ich fand keinen Schlaf, lag da zwischen den kühlen Tüchern, zerschlagen und hellwach. War es der Schwarztee, der mich aufregte, die Frau, in deren Bett ich lag? – Sie hatte mich einen Moment lang an Sarah erinnert, wie sie im Negligé vor der nachtdunklen Scheibe gestanden hatte, in einer Haltung, die innere Festigkeit und Selbstbewusstsein ausdrückte. Ihre Bewegungen waren von einer ähnlichen Raschheit, als sie den Morgenmantel aufnahm und sich überzog, ihre Schritte gleich geschmeidig –, und ich hatte Sarah bei unserem ersten Zusammentreffen ebenfalls in einem Augenblick überrascht, der intim gewesen war, wenn auch von anderer Art als der Moment von eben, während dem ich zu sehen bekommen hatte, was üblicherweise verborgen blieb: dass die Frau, nachdem die Gäste zu Bett gegangen waren, am Boden schlief, um ihr Zimmer vermieten zu können.

Als ich Sarah kennenlernte, war ich noch Student der Fotoklasse an der Kunstakademie. Ich wohnte in einer Dachkammer in der Altstadt, lebte in meinem »Land über Dächern« ohne Freunde und Bekannte. Täglich unternahm ich Streifzüge durch die Stadt, suchte Plätze und Orte auf, um Menschen heimlich zu fotografieren. Mittels der Kamera glaubte ich, wenigstens teilweise mein Alleinsein durchbrechen zu können und Augenblicke der äußeren Wirklichkeit in mein Homunkulusdasein hineinzuholen. Diese von der Außenwelt abgelösten »Häutchen«, wie die Fotografie zu Beginn noch bezeichnet worden war, ordnete ich in Karteikästen ein. Damals war mir keineswegs klar gewesen, was die Sammlung von Porträts und Straßenszenen bedeutete. Zum Verständnis verhalf mir erst später Sarah, nachdem ich ihr von dem damaligen Gefühl, von einem gläsernen Kolben umschlossen zu sein, erzählt hatte. Sie sah meine Aufnahmen durch, und in der für sie typischen halb scherz-, halb ernsthaften Art sagte sie, mit dem Blick durchs Objektiv hätte ich versucht, den Kontakt zu anderen Menschen zu finden: – Was dein eigentliches Ziel gewesen ist und zu einer täglich wiederkehrenden Enttäuschung hat führen müssen. Denn es ist unmöglich, auf eine so widersinnige Art einen Freund oder eine Freundin kennenzulernen. Es sei denn, die Kamera würde eines Tages versagen.

Und Sarah zog diese Schlussfolgerung mit einem Lächeln, weil genau das geschehen war, als wir uns kennenlernten.

In meiner Dachkammer war es an jenem Tag drückend heiß gewesen. Es roch nach Ziegeln und Gebälk, das Lukarnenfenster stand auf, gab einen postkartengroßen Ausblick auf Dächer und die Münstertürme frei. Der Lärm der Straßencafés, die Stimmen von Passanten drangen herauf, weckten in mir eine Unruhe, die mich die Kameratasche umhängen ließ. Ich rannte das alte, dunkle Stiegenhaus hinunter, lief durch die Gasse los, als hätte ich tatsächlich ein Ziel. Ich verspürte einen Moment lang eine Erleichterung, wie jedes Mal, wenn ich dem Drang, hinaus- und hinunterzugehen, nachgab. Doch dem leicht euphorischen Gefühl würde bald schon die Ernüchterung folgen. Mit jedem drängenden Schritt verlöre die sommerliche Atmosphäre an Farbe, verblasste zur gräulichen Alltäglichkeit, die meinen anfänglichen Schwung lähmte.

Ich ging zum See hinunter, ließ mich vom Strom der Spaziergänger an der Uferpromenade entlang zum Arboretum ziehen. Über dem Wasser lagen dunkle Gewitterbänke, die Sonne drang mit bedrohlichen Strahlen in die Bäume, warf ein hartes, schattentiefes Licht zwischen die Stämme. Noch stand die Luft ruhig, war schwül, aufgeladen von der Hitze eines Sommertages.

Auf dem Rasen lagerten Gruppen von jungen Leuten, Liebespaare, Mütter mit kleinen Kindern, und mir, der ich sie auf den Gartenwegen umkreiste und aus dem Schatten der Bäume beobachtete, fiel in Gesellschaft gleichaltriger Freunde eine junge Frau auf. Sie lag auf einer Decke mit angezogenen Knien da, den Kopf seitlich auf den Arm gelegt. Als hätte sie etwas aufgeschreckt, fuhr sie hoch, blickte zum Ufer hin, erhob sich und stand einen Augenblick da, eine schlanke Gestalt. Dann ging sie in ruhigen Schritten zum Wasser hinab. Bei einer Weide, deren Zweige zum Boden niederhingen, blieb sie stehen. Sie betrachtete die Ruten, die von gelblich fiebriger Farbe waren, umfasste die Troddeln von Blättern, als wären sie eine Haarsträhne des Baums – und die junge Frau, von den Zweigen halb verdeckt, wirkte in ihrem weißen Kostüm, einem gerade geschnittenen Rock, in der Hüfte gerafft, mit breiten Trägern über den Schultern und einem rechteckigen Ausschnitt wie ein Jugendstilbild, ein wenig kitschig, ein wenig idyllisiert – und genau den Aspekt wollte ich durch einen geeigneten Bildwinkel noch betonen. Ich versuchte mich so unauffällig wie möglich zu einer für die Aufnahme günstigen Position zu bewegen, ohne dass die junge Frau es bemerkte und dieses selbstvergessene Halten und Betrachten der Ruten gestört würde.

Doch im Moment, da ich den Auslöser drückte, blieb die Kamera stumm, und als ich sie wie eine Maske von meinem Gesicht herunternahm, blickte Sarah auf – und ihre Züge streifte ein Erstaunen, das sich in ein Verstehen verwandelte und zu einem Lachen wurde. Dieses war so ansteckend, dass ich verlegen lächelnd auf sie zuging.

Sarah hat mir nie verraten, woran sie in dem Moment unter der Weide, als sie die hängenden Zweige in den Händen hielt, gedacht hatte.

– Ich bin in einem Paralleldasein der Vielweltentheorie gewesen, in der mich ein junger Mann nicht einmal mehr als Bild hat festhalten können, sagte sie wenig ernsthaft, als ich sie später fragte.

Ich musste mich an ihre Ironie und den bisweilen spöttischen Ton erst gewöhnen, auch dass sie Metaphern aus ihrem Studiengebiet gebrauchte, die ich nicht verstand. Von Physik habe ich keine Ahnung.

Ein paar Monate danach, als wir an einem Sonntag bei meiner Mutter zu Besuch waren, fiel Sarah eine Schwarz-Weiß-Aufnahme auf, die in einem verschnörkelten Messingrahmen auf Mutters Schreibtisch stand und aus der Zwischenkriegszeit stammte. Sie hatte damals in England gelebt, und Fotos aus jener Zeit fanden sich in allen Zimmern unseres Hauses: Sie alle zeigten die »Tochter aus gutem Haus«, für die sie stets gehalten sein wollte. Dass sie jedoch nicht die leibliche, sondern die Adoptivtochter meiner angeblichen »Großeltern« war, eines sehr begüterten Ehepaars, blieb Mutters gut gehütetes Geheimnis. Ich entdeckte es im ersten Jahr meines Studiums durch einen Zufall. Es war ein Schock gewesen: Mutter kannte ihre wahren Eltern nicht, sie hatte Jahre in einem Kinderheim verbracht, bevor sie von dem kinderlosen Ehepaar in die reiche Bankiersfamilie aufgenommen worden war. Für uns Kinder war sie stets die »Tochter aus gutem Haus« gewesen, die ihre englische Herkunft betonte und sich vornehm und distanziert gab. Heute vermute ich, dass sie durch ihr Verhalten die erfahrene Gefühlskälte ihrer frühen Kindheit bemänteln musste, an ihrer Unnahbarkeit jedoch litt. Mutter blieb in allen Zimmern unseres Hauses mit ihren Fotos einsam, eingeschlossen ins »Heim« und ihr Schweigen. Die Bilder, aus denen sie stets ihre Lüge ansah, sollten wenigstens uns überzeugen, und ich hatte besonders an dieses eine Foto auf Mutters Schreibtisch geglaubt, das Sarah an diesem Sonntag in die Hand nahm. Es zeigte Mutter als eine hübsche, junge Frau in einem Park, inmitten der fallenden Zweige einer Trauerweide, am Ufer eines künstlich angelegten Sees. Sie schaute durch diesen Vorhang zur Kamera, wobei ihre Hand die Zweige zur Seite schob. Und Sarah zeigte lachend auf das Bild, auf Mutters sommerlich weißes Kostüm. Es war gerade geschnitten, hatte breite Träger und ein rechteckiges Dekolleté.

X

GRÜNFELD

Der vibrierende Marimbaton meines Handys beendete meinen leichten, unruhigen Schlaf. Dämmerlicht fiel vom Bad durch die halboffene Tür, und ich brauchte einen Augenblick, um mich zu erinnern, wo ich war. Ich rappelte mich hoch, hockte benommen auf dem Bettrand. In meinem Hirn flackerten Lichtblitze, in den Ohren sauste ein Dröhnen, und die Ankunft, die Fahrt hierher, die nächtliche Begegnung mit der Vermieterin lagen wie übereinanderkopierte Aufnahmen im Hinterkopf. Eine Dumpfheit durchwucherte meinen Körper, die sich auch durch eine kalte Dusche nicht vertreiben ließ. Lediglich die Aussicht auf das Frühstück brachte so viel Schwung in meine Bewegungen, dass ich eilig zusammenpackte. Schon in einer Viertelstunde würde der Fahrer auf dem Vorplatz warten. Ungelenk, den Rucksack am Rücken, die Gepäckstücke hinter mir herziehend, trat ich durch die Tür in einen Geruch nach geröstetem Brot und Kaffee. In der Kochnische hantierte die halbblinde Aufwärterin, Matratzen und Bettzeug bei der Balkontür waren weggeräumt, und in mir breitete sich eine heitere, mir verdächtige Belebtheit aus. Die Überraschung, als ich mich zum Frühstückstisch umwandte, weckte mich denn auch endgültig. Vor Teller und Tasse saß der Causeur, munter und in einem frischen, leichten Anzug, eben damit beschäftigt, seine Zigarre über der Flamme eines Streichholzes zu rösten.

– Sie hier?

– Aber selbstverständlich, schließlich bin ich nach unserem gemeinsamen Höhenflug auch Ihr Begleiter durch diese ausgedehnte Unterwelt. Doch setzen Sie sich, stehen Sie nicht da, als sähen Sie den Leibhaftigen.

– Sie waren schon gestern Abend hier? Haben ebenfalls hier übernachtet?

– Der Steward ist gerade dabei, das Zimmer zu räumen. Es gehört dem Jungen.

Und bei den Worten öffnete sich die Tür, der Steward trat heraus, und ich sah in eine Flucht großzügig ausgestalteter Räume, hohe Zimmer mit Stuckdecken und Leuchtern, die in ihrer Einrichtung an die zwanziger Jahre des letzten Jahrhunderts erinnerten. In der Tiefe war ein Arbeitszimmer, mit Bücherschränken an den Wänden, einem fast zierlichen Schreibtisch und einer Chaiselongue davor.

– Ich bevorzuge, liegend zu lesen, wie alles im Liegen geschehen sollte, was aufgenommen sein will, sei es geistiger oder physischer Natur. Das war den Griechen bei ihren Symposien ganz selbstverständlich, und die etwas handfesteren Römer taten es wenigstens beim Essen und ihren Gelagen noch, wie das Wort treffend sagt.

Mich verblüffte, so geräumige und in die Tiefe führende Zimmer zu sehen. Ihre Größe musste nach meinem Ermessen den Grundriss des Hauses bei Weitem übertreffen, und so konnte es sich bei der kurz im Türspalt erblickten Flucht von Zimmern nur um eine Täuschung aus Übermüdung handeln.

Der Causeur bemerkte lächelnd meine Verwirrung. Er verzichte auf Reisen nur ungern auf sein Arbeitszimmer, sagte er, vor allem auf die Bücher. Zudem seien ihm die heutigen Räume zu niedrig. Die Wohnung, die er über Jahrzehnte mit seiner Haushälterin und später mit deren Tochter bewohnt habe, sei noch von einer Großzügigkeit gewesen, wie sie das Bürgertum der Gründerjahre für notwendig erachtet habe, bevor es bankrott gegangen und in der Abschlachterei des Ersten Weltkriegs beseitigt worden sei – –

Er sog genüsslich an seiner rauchlosen Zigarre, während der Junge vorne bei der Balkontür, wo die Matratzen gelegen hatten, auf dem Boden saß und einen Laptop auf den Knien hielt. Aus den Lautsprechern hämmerten unablässig die Staccati von Maschinengewehrsalven.

Ich setzte mich an den Tisch, schenkte Kaffee ein und sah mit Missbehagen, dass es zum Frühstück einzig geröstetes Brot, ein wenig Butter und Orangenkonfitüre gab. Ich verlangte bei der Aufwärterin ein Rührei. Auf deren Einwand, der Fahrer warte bereits, entgegnete ich unwirsch, dann müsse er eben warten. Der Gedanke an die gestrige Irrfahrt, an das Herumsitzen im Treppenhaus und an die Zumutung, nach all den Unannehmlichkeiten lediglich eine Tasse Tee bekommen zu haben, empörte mich erneut: Der Causeur, als mein »Begleiter auch durch diese ausgedehnte Unterwelt«, wie er sich eben selbst bezeichnet hatte, musste doch gewusst haben, dass ich ebenfalls hierherfahren würde. Er hätte mich mitnehmen können, zumal sein Fahrer den Weg offensichtlich kannte. Er und der Steward waren hier sehr viel früher eingetroffen als ich, und es würde mich auch nicht wundern, wenn die Herren dann noch eine Mahlzeit erhalten hätten.

Den Causeur schienen meine Gefühlswallungen zu amüsieren. Er sog an seiner Zigarre und plauderte in einem angenehmen, beschwichtigenden Ton:

– Wissen Sie, Räume und ihre Dimensionen sind für unsereinen nicht mehr von dieser Festigkeit, die sie einstmals gehabt haben und die für Sie noch unverrückbar sind. Form und Maße lassen sich leicht verändern, sie sind von großer Plastizität, und der Steward ist im Neuarrangieren sehr zuverlässig. Der kleinste Raum, die schmalste Lücke genügen ihm, eine Flucht von Zimmern, Sälen, ja Palästen zu öffnen, denn auch die Zeit ist nicht mehr diese starre Abfolge von Ereignissen. Sie ist eingefaltet in eine Gleichzeitigkeit. Sie macht die Wege kurz, ohne die Ausführlichkeit, die Sie gestern Nacht erfahren durften, allerdings um den Preis, auch nichts mehr zu erzählen zu haben. Doch darf ich darauf hinweisen, dass ich Ihnen immerhin die Aufwärterin geschickt habe? Sie säßen sonst vermutlich noch immer auf der Treppe.

Ich hatte eben fragen wollen, wer er eigentlich sei und was für ein Spiel er mit mir treibe. Die wenigen Angaben, die der Fremde zu seiner Biografie gemacht hatte, waren voll von Ungereimtheiten. Wenn er Friedländer geheißen und seinen Namen 1916 geändert hatte – als junger Mann, das durfte man doch annehmen –, so wäre er über hundert Jahre alt und nicht um die vierzig oder fünfzig. Doch ich kam zu keiner Frage, denn noch während ich überlegte, weshalb ich in seiner Gegenwart jede Distanz verlor und zu einem willenlosen Adepten wurde, ließ der Fremde den Oberkörper nach vorne fallen, stützte sich mit verschränkten Armen auf der Tischkante auf. Wie schon im Flugzeug, als er mich an den alten Fotografen erinnert hatte, nahm er nun die Züge meines einstigen Mentors an, glich auf verblüffende Weise Grünfeld, der Redakteur einer Zeitung gewesen war. Dieser hatte mir die Welt der Wörter erschlossen: Er war von einer staunenswerten Belesenheit gewesen. Grünfeld kannte sich nicht nur in den Seitenpfaden der Literatur, sondern auch der Philosophie aus, und ich begegnete ihm am Ende der Gymnasialzeit, im Winter vor den Abschlussprüfungen. Er hatte in einem Kaffeehaus, nahe der Schule, an einem Tisch gesessen, genauso wie der Causeur jetzt, in dieser leicht vorgebeugten Haltung, die Unterarme aufgestützt, die Tasse Kaffee vor sich, und er hatte dieses selbe spöttische Lächeln gehabt, das von dem Blick aus grauen Augen ablenkte, der durch alle äußeren Erscheinungen zu dringen schien.

Und mich durchströmte es heiß, als mir eben hier am Frühstückstisch wieder einfiel, dass Grünfeld mich, bei dieser ersten Begegnung, als »der seltsame Fremde« bezeichnet hatte.

XI

THE MYSTERIOUS STRANGER

Damals, wie auch heute noch, besuchte ich keine Cafés oder Restaurants, die »Stammkneipe« ist ein mir unbekannter Ort, und ich konnte mich beim besten Willen nicht erinnern, was mich bewogen hatte, nach dem Unterricht ins »Behringer« zu gehen – ein Café, in dem sich ein paar Mitschüler regelmäßig trafen. Es war ein kalter, nebliger Tag gewesen, und nachdem ich die Tür hinter mir zugezogen und den Windfang zur Seite geschoben hatte, stand ich hilflos und ohne recht zu wissen, wohin ich mich setzen sollte, in der eher engen Kaffeestube. Im hinteren Teil führten zwei Stufen zu einer Empore, abgetrennt durch ein Geländer, die knapp Platz für zwei Tische bot. Dort saßen einige Mitschüler – und bei der Erinnerung an meinen ersten Besuch im »Behringer« fühlte ich mich zurückversetzt in die rauchige Atmosphäre, die damals in dem von Tischlampen erhellten Café geherrscht hatte. Ein Beschlag schäbigen Verbrauchtseins überzog Tische und Wände, denen selbst ein Violinkonzert von Mozart, das im Hintergrund spielte, keinen Glanz mehr aufzusetzen vermochte, zumal die Musik alle paar Takte von der Kaffeemaschine niedergezischt wurde.

Ich hatte eine Weile unschlüssig vor den Stufen der Empore in einem weißen Mantel gestanden, den meine Eltern mir kurz zuvor für den Winter gekauft hatten: Ein etwas ungewöhnliches Modell aus Filzstoff, dessen weiten Kragen ich hochgeschlagen trug. Das Gespräch am Tisch meiner Mitschüler war verstummt, und Otto Grünfeld, ein Mann um die vierzig – »Ogr.«, wie er seines Journalistenkürzels wegen auch genannt wurde – saß vorgebeugt, auf seine beiden Unterarme gestützt, inmitten der jungen Leute. Er trug einen Rollkragenpullover und fixierte mich aus grauen Augen: Ein kantiger Schädel, über den die eher kurzen Haare nach rechts gescheitelt lagen. Vor ihm stand die Kaffeetasse, daneben lag eine Schachtel Zigaretten, in die er eine Rille gedrückt hatte, und ein Rauchfaden stieg in die niedrig hängende Lampe. Grünfeld hob den linken Mundwinkel, und ich werde nie vergessen, wie der mir Unbekannte seinen kräftigen Oberkörper aufrichtete, ihn leicht nach der Seite drehte, dabei die Zigarette von der Schachtel aufnahm und, bevor er sie zum Mund führte, zu der Tischrunde sagte:

– Wie Mark Twain ihn beschrieben hat: Man redet von ihm, und schon steht er da.

Seine Ausdrucksweise dehnte die Wörter, war von einem ironischen Grundton gefärbt. Erneut fixierte er mich, eindringlich, abschätzend, dann sagte er – und sein Mundwinkel hob sich noch ein klein wenig mehr:

– Da sehen Sie ihn, den »Mysterious Stranger«, den seltsamen Fremden.

Es war lediglich eine Pointe gewesen, die mein Erscheinen Grünfeld zugespielt hatte. Die Runde lachte, auch über meine Verständnislosigkeit, und doch verhalf mir die spontane Bezeichnung zu einem Ansehen, das mich künftig dem Kreis angehören ließ: Grünfelds Ausspruch hatte mich ausgezeichnet, und ich fühlte mich von dem Redakteur verstanden und zu etwas Besonderem auserseehen. Es brauchte Jahre, um zu erkennen, dass nicht ich, sondern Grünfeld Züge dieses »Seltsamen Fremden« hatte, jenes schuldlosen Neffen Satans, der im Winter 1590 in einem österreichischen Dorf bei einer Gruppe von Jungen aufgetaucht war. Grünfeld schätzte diese letzte, unvollendet gebliebene Erzählung Mark Twains über alles. Immer wieder erzählte er sie, nahm darauf Bezug, glich im Nacherzählen, mehr noch als Satan, dem alten Schlossdiener Brandt vom Anfang der Geschichte. Dieser berichtete den Jungen »von alten Zeiten und seltsamen Dingen«, brachte ihnen das Rauchen und das Kaffeetrinken bei und war – wie er nachts erzählte, wenn der Sturm ums Schloss pfiff – bei der Belagerung Wiens durch die Türken als Soldat dabei gewesen. Er hatte von einem türkischen Gefangenen gelernt, wie man aus schwarzen Bohnen ein wohltuendes Getränk braut, brachte aus der Fremde auch ein Volksbuch mit, das nur drei Jahre zuvor erschienen war und von einem Gelehrten handelte, der aus Wissensdrang mit dem Teufel einen Pakt eingegangen war. – »So waren wir Jungen durch Brandts Schauermärchen nicht ganz unvorbereitet, als nach einer gewittrigen Nacht, die wir in der behaglichen

Stube des Schlossdieners zugebracht hatten, am nächsten Morgen ein junger Bursche zwischen den Bäumen hindurch auf uns zuschlenderte. Er setzte sich hin und begann freundlich zu sprechen, gerade so, als würde er uns kennen. Aber wir antworteten ihm nicht, denn er war ein Fremder, und wir waren nicht an Fremde gewöhnt.«

Dieser seltsame Fremde unterhielt die Jungen mit Kunststücken und Zauberei, plauderte und schuf so nebenbei aus einem Klümpchen Erde kleine Menschen. Sie rannten herum, gingen ihren Beschäftigungen nach, und Satans schuldloser Neffe machte ihnen Häuser. Er errichtete eine Burg, setzte eine wunderschöne Frau mit ihrem Gefolge hinein, dass den Jungen die Augen groß wurden, weil sie noch nie ein so schönes Bild gesehen hatten. Wie gerne wären sie jener Burgherr gewesen, der die Dame empfing und neben sich setzte. Wie wünschten sie, mit ihr auf Arkadien zu sehen: Berghänge, unter deren Felsabbrüchen die Weingärten und Felder liegen, Liebende unter dem Apfelbaum, die Früchte brechen, während ein Jüngling das Ochsengespann führt, die Schäfer ihre Flöten blasen und ein Knabe aus einer Grotte zwischen Büschen kriecht.

Doch der seltsame Fremde ließ ein Heer aufmarschieren, das heranrückte mit Kanonen, Rammböcken und Sturmleitern. Und die Jungen sahen mit Entsetzen, wie ihr neuer Freund, was er eben geschaffen hatte, mitleidlos zerstörte, Menschen und Pferde zerquetschte und zum Schluss mit einer einzigen gleichgültigen Handbewegung die Burg wegwischte.

Vielleicht gibt es für jeden Menschen eine Geschichte, von der er sich wünschte, sie erfunden oder geschrieben zu haben, und die Erzählung Mark Twains war Grünfelds Geschichte: Was ihn faszinierte, wovon er immer wieder sprach, waren nicht die Art Kunststücke, aus einem Klümpchen Staub Menschen zu machen oder an einem Baum unterschiedlichste Früchte wachsen zu lassen. Der kleine, unschuldige Neffe Satans konnte den Verlauf eines Lebens voraussehen, er wusste, zu was jemand bestimmt war, wie lange er leben und auf welche Weise er seine Jahre verbringen würde. Dazu kam seine Fähigkeit, einzugreifen und ein Schicksal ändern zu können. Möglich war dies allerdings nur selten – und diese Augenblicke waren stets an unscheinbare Vorkommnisse geknüpft, die den weiteren Verlauf eines Lebens bestimmten: ob einer bei einsetzendem Regen aufstand und den Fensterladen schloss oder noch eine Weile länger liegen blieb. Und ich, der am Frühstückstisch in dieser fremden Wohnung in einer mir unbekannten Stadt saß, an dem Rührei herumstocherte, erinnerte mich, wie Grünfeld mir die Geschichte des »Mysterious Stranger« erzählt hatte, sah mir gegenüber, wie der Causeur eben jetzt die Tasse Kaffee mit diesem Wackeln und Zittern der Hände, die für Grünfeld typisch waren, hochhob und in der unverwechselbaren Art seiner gedehnten Sprechweise sagte: – In den unbeachteten Augenblicken entscheidet sich unser Leben. Ob Sie am Morgen aufstehen oder sich für fünf Minuten nochmals zur Seite drehen, Ihr Leben wird je nachdem, wofür Sie sich entschieden haben, nicht mehr gleich verlaufen. Und in Twains Erzählung versprach der seltsame Fremde, das Schicksal eines der Jungen zu ändern, es zu »verbessern«, wie er sagte. »Von sich aus kann der Mensch nie den Folgen seiner ersten kindlichen Handlungen entrinnen. Aber ich kann ihn befreien«, hatte er zu den Jungen gesagt. Deshalb habe er festgesetzt, dass am Morgen zu einer bestimmten Uhrzeit ihr Freund Niklas das Fenster schließe, obschon vorgesehen gewesen sei, dass er weiterschlafen werde, das Fenster also offen bleibe. Es sei der einzige Augenblick, in dem sich sein Schicksal ändern lasse, und jener Junge erhob sich, schloss das Fenster und ertrank zwei Tage später im Feuerteich. Er wäre sonst sehr alt geworden, jedoch die meiste Zeit gelähmt und stumm gewesen.

XII
HÖLLENFAHRT

– Schluss mit Träumen. Essen Sie endlich Ihr Rührei, sagte der Causeur. Wir sind sowieso zu spät – oder richtiger, Sie sind es. Im Gegensatz zu mir und dem Steward laufen Sie ja noch immer mit Ihrem Schatten herum, der Sie an Wege und Zeiten fesselt.

Ich schrak auf, ich hatte wirklich geträumt, wenn auch mit offenen Augen. Ich hätte nichts dagegen gehabt, weiterhin sitzen zu bleiben und mich dem Dämmerzustand meines Hirns zu überlassen. Es trieb die längst vergangenen Begebenheiten gemächlich aus der Tiefe hoch, ließ sie am Ufer des Bewusstseins vorbeiziehen, und die Rückkehr in die Gegenwart mit einer Aufwärterin, die in der Kochnische Geschirr spülte, einem Jungen, der noch immer seine Salven abfeuerte, und dem Causeur, der wieder ganz der elegante Herr war, brachte mir auch die Aussicht zurück, einen weiteren Tag das Gepäck schleppen und in einem beengenden Flugzeugsitz ausharren zu müssen. Ich sah auf die feuchtgelbe Masse Ei, die ich kaum angerührt hatte, und empfand bei deren Anblick Widerwillen. Dennoch zwang ich mich zu einigen Bissen.

– Beeilen Sie sich! Die Augenblicke zählen, wie Sie

bei Herrn Twain gelernt haben und als Fotograf wissen müssten. Den Steward habe ich bereits vorgeschickt.

Der Causeur, in seinem Leinenanzug, die gestreifte Krawatte mit einer Brillantnadel festgesteckt, stand unter der Tür: – Au revoir!, sagte er, drückte der Aufwärterin einen Geldschein in die Hand, und der Junge blickte vom Bildschirm seines Laptops auf. Sein Gesicht war von so strahlender Unschuld, als hätte er nicht die ganze Zeit irgendwelche elektronischen Wesen umgenietet.

Im Treppenhaus brannte noch immer Licht, obwohl die morgendliche Helle durch kleine Fenster fiel. Ich trug den Rollkoffer und die Fototasche die Stiegen hinunter, dachte dabei an die vergangene Nacht, an die Irrfahrt und die Verzweiflung, die mich da auf dem Treppenabsatz gepackt hatte. Es waren seither kaum mehr als drei Stunden vergangen.

Der Hof hatte jetzt ein alltägliches Aussehen angenommen: Ein stumpfes Licht lag auf dem brüchigen Beton des Gehwegs, der zum Tor und hinaus auf den Vorplatz führte, der Himmel war verschleiert, die Luft warm und erfüllt von einem Geruch nach Rauch und Abgasen. Der Causeur saß bereits im Fond des Wagens. Der Fahrer wuchtete die Gepäckstücke in den offenen Kofferraum, zerrte auch die Fototasche aus meinen Händen, schleuderte sie zum übrigen Gepäck, dass ich zusammenzuckte und protestieren wollte. Doch der Fahrer wies mit gestrecktem Zeigefinger gebieterisch auf den Rucksack, auch der hätte augenblicklich im Kofferraum zu verschwinden: – We to National Airport, sagte er in dringlichem Ton, ten minutes, ten minutes! Und die Betonung machte klar, es würde um eine Rekordzeit gehen.

Der Motor heulte auf, Kies spritzte von den Reifen, um sogleich in ein Knirschen beim Stopp an der Einfahrt überzugehen. Doch schon im nächsten Augenblick brandete mein Frühstück im Magen erneut gegen die Wirbelsäule zurück. Am schmutzigen Seitenfenster flogen die Einfamilienhäuser hinter ihren Mauern vorüber, als suchten sie Schutz hinter Büschen und Bäumen. Der Wagen schleuderte durch eine schwindelnde Kette von Kreiseln, raste dann im freien Fall durch eine Chaussee, an deren Seiten die Bauten höher und höher wurden, zu Türmen aus Glas und Stahl aufschossen, während gleichzeitig der Verkehr dichter wurde und unseren Fall abbremste, den Fahrer zu Slalomfahrten nötigte, die dieser durch hartes Einschlagen des Steuers, Bremsen und Durchstarten meisterte, als gäbe er ein halsbrecherisches Solo für Pedal und Steuer – bis ihm Arme und Beine niedersanken: Wir steckten in einem Chaos aus Lastwagen, Fahrrädern, Autos und Motorrädern fest. Ein Moment starrer Bewegungslosigkeit. Dann hieb der Fahrer auf die Hupe, ließ den Motor bedrohlich heulen, fand durchs offene Fenster zu einer erstaunlichen Beredsamkeit. Schließlich drängte er entschlossen die Radfahrer zur Seite, schnitt einem weißhaarigen Mann, der aufrecht im Sattel saß, den Weg ab. Unendlich langsam kippte der Alte aus dem Gleichgewicht, stürzte mit seinem hoch beladenen Rad, und ich sah im Sucher meiner Leica, die ich stets in der Rocktasche bei mir trage, dieses hagere, von Falten durchzogene Gesicht. Noch im Moment, da der Alte die Balance verlor, waren seine Augen groß und ruhig, schauten mit Gleichmut, waren von einer Ergebenheit, die hinnahm, was sich nicht mehr verhindern ließ: Ein Sturz auch von nachdrängenden Rädern zu einem Haufen von Menschen, Gestängen, Waren. Doch ein Ruck ließ mich nach vorne blicken, wo Geschrei, Hiebe gegen den Wagen zu hören waren. Eine schrille Stimme protestierte, die im Röhren des Motors erstickt wurde: Der Fahrer war kurz entschlossen auf den Bürgersteig hochgefahren, trieb jetzt mit Hupe und Warnleuchten eine Bugwelle flüchtender Menschen vor sich her, verängstigt verrenkte Wesen, schreiend, fluchend, die sich unmittelbar vor der Kühlerhaube zu Heuschrecken verwandelten, bevor sie auf Höhe meines Fensters wieder Menschengestalt annahmen: erschreckte, verhetzte Gesichter, stechend von Hass erfüllte Augenpaare, denen ich das Objektiv schützend entgegenhielt, doch noch bevor ich mich entschließen konnte, den Auslöser zu drücken, tauchte der Wagen mit einem Schlag in der Federung auf die Straße zurück, schaukelte hoch, raste über eine Kreuzung, um auf der weiterführenden Fahrbahn mit einem weiteren Schlag, mit Schaukeln und Ächzen auf dem begrünten Mittelstreifen zu landen. Auf ihm raste der Fahrer nun zwischen den stehenden Kolonnen entlang, ein heulendes Vibrato, das uns durchschüttelte, meinen Magen unter die Kehle schleuderte. Mein Kopf füllte sich mit Kotflügeln, Stoßstangen, Rücklichtern, qualmenden Auspuffrohren. In den Armen und Beinen nisteten sich die Schrecksekunden als eine zunehmende Verspannung ein, in den Ohren hockte der Lärm von möglichen Kratzern und Blechschäden. Ich starrte, um nicht hinaussehen zu müssen, vor mich auf den Stoff des Vordersitzes, eine schmutzig ölige Wiesenlandschaft aus Kunstfasern, ließ mich dort selber darauf herumspazieren, klein und sehr entfernt von diesem Tumult aus Verkehr und Lärm, der sich nach einer Auszweigung endlich beruhigte. Wir hatten die Zufahrt zum National Airport erreicht: Ten minutes, wie der Fahrer befriedigt murmelte und den Causeur bemerken ließ, ich müsse doch zugeben, in der Zeit verhaftet zu sein, bringe ein paar Unannehmlichkeiten mit sich.

– Doch wenn man dieses feste und ursächliche Nacheinander dauernd vermissen muss, genießt man es wieder einmal außerordentlich. Ein nostalgischer Genuss, gewiss, bei dem jemand wie ich den Vorteil hat, schon im Voraus zu wissen, dass kein Unfall geschehen wird und nichts uns am Erreichen des Flugs hindern kann.

Während wir eine Rampe der Zufahrt hochfuhren und der Causeur in der entspannten, ja lässigen Haltung in den Polstern lehnte, als säße er auf einer Terrasse überm Meer und nicht im Fond eines Wagens, sagte er:

– Allerdings hat die Zeitlosigkeit neben den erwähnten Vorteilen auch eine sehr unangenehme Seite. Es genügt, das 16. Jahrhundert zu erwähnen, wie Sie das mit Twains Erzählung getan haben, und schon ist man auch dort. Kein Vergnügen, wie ich Ihnen versichern kann.

Die Zeit zwischen 1550 und 1650 ist die dunkelste Epoche der europäischen Geschichte, zumindest die grausamste. Wenn es den Teufel gäbe: Das wäre sein Jahrhundertfest gewesen.

Er erinnere sich noch, wie man damals einem Bischof die Ohren abgeschnitten und ihm die eines Protestanten angenäht habe, damit er endlich höre, was diese zu sagen hätten.

– Und stellen Sie sich einmal die psychische Verfassung des guten Protestanten vor, der seine Ohren für diesen Mummenschanz hergeben musste.

Ein Jahrhundert Schlächterei und Denunziantentum, ein binäres System, in dem es nur mehr Katholiken und Protestanten gegeben habe, egal, was man sonst noch sein mochte, Handwerker, Spanier, Kaufmann oder Fürst. Man war ausschließlich nur das eine oder das andere, und das jeweilig andere war der Todfeind, konnte beraubt, geplündert, ermordet werden: das endgültige Ende einer Hochkultur, der mittelalterlichen, die danach nur noch als »dunkel« gegolten habe.

Das Gerede des Causeurs in dem mir bereits vertrauten Konversationston kam mir wie die Fortsetzung des Lärms von aufheulenden Motoren, Schlägen ans Fenster und dem Schimpfen flüchtender Menschen vor, und mich ärgerte die Ignoranz dieses gleichmütig daherplaudernden Herrn. Bei all der Hellsichtigkeit, die er offenbar besaß, nahm er nichts von dem Unmenschlichen wahr, das sich auf der Fahrt hierher ereignet hatte.

– Mag ja sein, Herr Landers – es war das erste Mal,

dass ich den Causeur bei seinem Namen ansprach –, dass damals alles ganz schrecklich gewesen ist. Was den Verkehr betrifft, müssen es himmlische Zeiten gewesen sein.

Der Fahrer bremste scharf vor dem Flughafengebäude, und mit einer Behändigkeit, die mich erstaunte, war der Causeur bereits ausgestiegen, lief auf eine Pforte zu, an der ein Uniformierter Haltung annahm und salutierte. Ich geriet in einen Wirbel schiebender, ziehender Hände, mein Gepäck war bereits weg bis auf die Fototasche. Ich wurde durch Gänge gezerrt, an Posten vorbei, die uns durchwinkten, gelangte auf das Rollfeld, über das ich, von Begleitern gezogen, zum Flugzeug eilte, im keuchenden Atem wieder und wieder die Antwort des Causeurs im Ohr:

– Ich habe ja nicht behauptet, es sei der einzige Tiefpunkt in der Geschichte gewesen.

XIII

WE NOW DOWNTOWN

Final destination – und wieder hatte ich die Empfindung, in einer Papierhülle drinzustecken, wie damals an dem Morgen, als ich die Einladung zum Kongress erhalten hatte. Nur war das »Papier« jetzt nicht von dem Nebelgrau, das vor dem erleuchteten Zimmer den Fluss eingehüllt hatte, und es erinnerte auch nicht an das Seidenpapier, in das früher beim Bäcker die Brote eingeschlagen wurden: Hier war es dick, von gelblichem Braun, ein schmutziges Packpapier – –

Ich hatte während des ganzen Fluges geschlafen, erwachte erst, als die Maschine bereits im Landeanflug war, die Lehnen senkrecht gestellt werden mussten, und das Zeichen, die Sicherheitsgurte zu schließen, über den Köpfen blinkte. Im Fenster leuchtete ein strahlendes Blau, in das ich hinausspähte: ein Kristall von Licht, in den sich vor uns eine Kuppel allmählicher Eintrübung wölbte, ein Dom aus Dunkelheit. An seinem Rund zerschlugen die Strahlen der Sonne, fächerten sich in ein schmutziges Spektrum auf, dessen Farben im dichter werdenden Braun erloschen. Die Maschine tauchte ohne das geringste Erzittern in die Trübung ein, im Fenster schmolz die Helle in einer raschen Dämmerung weg. Licht brannte in der Kabine, das an Kraft gewann, während das Flugzeug durch einen zunehmend dichter werdenden Smog sank. Erst kurz vor der Landung wurde der Untergrund sichtbar: ein Karst aus Häusern, von Kanälen und Straßen durchschnitten, auf dem ein stumpfer Rest Licht lag – nicht kühl und auch nicht rein wie beim Nebel –, sondern als ein ölig rußiger Beschlag.

Kein Fließen des Verkehrs, weder rasende Fahrt noch Sturz durch die Straßenschluchten, nur Stau. Ein in Rucken sich veränderndes Chaos, als würde irgendwo weit entfernt an einem Kaleidoskop gedreht, und ein weiteres Zusammensacken der Teile ergäbe nur ein nächstes Bild geordneten Durcheinanders.

Wir waren selbstverständlich abgeholt worden. Der Causeur hatte mich ungehindert durch die Kontrollen begleitet, vorbei an strammstehenden Beamten, hatte beim Ausgang auf den Chauffeur – einen kräftigen, noch jungen Mann – gezeigt, »bis später« gesagt und war auch schon in der Menge verschwunden.

Obschon ich bei meiner etwas unbeholfenen Art, was das Reisen betrifft, froh um jeden Beistand bin, fühlte ich mich diesmal erleichtert, Landers los zu sein. Zwar war ich wiederum in einer Stadt von einigen Millionen Menschen einem Fahrer ausgeliefert wie gestern Nacht, kannte weder die Adresse noch den Namen des Hotels, in dem ich wohnen sollte. Auch war mit dem Causeur die belebende Kraft verschwunden, doch seine unfassbare Erscheinung irritierte mich. War er ein Scharlatan, ein verkrachter Schauspieler, der mir einen gealterten Neffen Satans aus Twains Erzählung vorspielen und mit ein paar Zaubertricks glaubhaft machen wollte? Doch würde er dann über so gute Beziehungen verfügen? Er hatte weder Pass noch Ticket vorweisen müssen, und mein Gepäck war mir, da man mich zu seinem Gefolge rechnete, umgehend ausgehändigt worden. Vielleicht war ja auch der Chauffeur nur einer seiner Helfer, zumal der auf die wiederholte Frage, wohin genau wir fahren würden, mit gleicher Sturheit wie der Fahrer gestern Nacht lediglich antwortete:

– Downtown, downtown.

Während wir uns in Rucken vorwärtsbewegten, kamen mir Zweifel, ob ich nicht doch die falsche Fotomappe eingepackt hatte. Angesichts des Staus in den Straßen, erzeugt durch eine fortgesetzte gegenseitige Behinderung einer Überfülle von Menschen und Fahrzeugen, schienen mir meine Aufnahmen des gestauten Flusses für eine Präsentation völlig verfehlt. Die Bildfolge, an der ich so lange und intensiv gearbeitet hatte, musste für jemanden, der täglich in dieser Bedrängnis lebte, in ihrer Aussage, eine Natürlichkeit vorzutäuschen, wo es keine mehr gab, gänzlich unverständlich sein. Meine Fotos wirkten geradezu idyllisch, allein schon durch die klare Luft, die Bäume und Büsche am Ufer – –

Ein Band ruhig ziehenden Wassers, das sich perspektivisch gegen den Horizont hin verjüngt, das zwischen bewaldeten Böschungen dunkelgrün fließt. Nur die schnurgeraden

Ufer verraten, dass der Strom bereits in einen Kanal gefasst ist, herausgesprengt aus der ehemaligen Felsschlucht, an deren Ende der Riegel des Kraftwerks steht: ein klotziger Bau, halb Burg mit Turm, halb Maschinenkathedrale über Wehr und Rechen. Dahinter, in die Hügellandschaft hinein, stehen in gerader Fortsetzung des Wassers die Hochspannungsmasten. Ihre schwer durchhängenden Drähte zerschneiden die gewaltig aufquellenden Sommerwolken, gleißende Kumulustürme, in geometrische Segmente – und ich hatte lange und immer wieder diese Perspektive fotografiert, bis das Verhältnis zwischen dem glatten, ruhigen Wasser und den aufquellenden Wolken am Himmel, zwischen den parallelen Uferlinien und den Bogensegmenten der Drähte einen ausgeglichenen Kontrast bildeten.

Ich hockte auf dem Beifahrersitz, sah mit brennenden Augen in die qualmende Verdunklung: Ein Gemisch aus Ruß und Rauch lag über Häusern, Fahrzeugen, Menschen, schmälerte die Sicht, schnurte die Brust ein, zwang zu einem starren Ausharren. Das Atmen wurde zur Qual, jeder Zug kratzte in den Bronchien, als atme man einen unbekannten, rußigen Aggregatszustand von Luft ein. Ich presste das Taschentuch vors Gesicht, blickte über das absurd wirkende Weiß des Stoffes in andere, sich auf gleicher Höhe fortquälende Wagen, in denen Menschen ebenso starr und bewegungslos bis zum nächsten aufheulenden Ruck saßen.

Im Off-Roader fühlte ich mich wie in einer Kapsel eingeschlossen. Sie wenigstens schützte mich, war eine

Rüstung zur Außenwelt hin, die sich mit Gesichtern und Händen an die Scheiben presste. Es wurde geklopft, gebettelt. Die Gehsteige waren überfüllt. Menschen kauerten in Hauseingängen, verrichteten eine Arbeit, boten Waren feil, drängten sich vorwärts im Strom der Passanten. Aufgetürmte Ballen auf Handkarren glitten vorüber, wie eine Wand schob sich ein Bus längsseits, aus dessen Fenstern die Fahrgäste herabsahen. Dumpf schlugen Ellenbogen von Radfahrern an die Karosserie, und der Chauffeur nickte, murmelte befriedigt:

– We now downtown, we now downtown.

Ich zog mich, von den verwirrenden Eindrücken überwältigt, in mich zurück, dachte an die Wohnung heute früh. Wie hell und freundlich sie mir jetzt erschien, und ich musste an Grünfeld denken, der das Reisen verabscheut hatte. Er war ein »großer Sitzender« gewesen. Stunde für Stunde hatte er vor seiner Tasse Kaffee gesessen, sich in Gedanken durch Räume und Zeiten bewegt, die im Gegensatz zum beengten Gesichtskreis des Tisches die Weite von Jahrhunderten und Kontinenten besaß. Ich wäre jetzt gern wie Grünfeld lediglich in Gedanken gereist, hätte mich »entlang des Seelenarchivs bewegt«, wie er jeweils sagte, in Gesellschaft von Büchern, »der einzigen, die sich auf Dauer lohnt«. Dabei fiel mir ein, was der Causeur kurz nach der Landung, während die Maschine zum Fingerdock rollte und das Flughafengebäude in nebliger Unschärfe näher kam, gesagt hatte:

– Dieser Grünfeld, an den Sie heute morgen beim

Frühstück denken mussten, hat tatsächlich wie Mark Twains »Mysterious Stranger« einige Schicksalsverkettungen neu geknüpft. Leider nicht immer zum Guten der Betroffenen.

– Neu geknüpft? Wie meinen Sie das? Wie hätte er das machen sollen?

– Nun, wie jener seltsame Fremde auch, indem er den einen oder anderen Ihrer Freunde zu einer Handlung verführte, die eine entscheidende Änderung in seinem Lebensweg nach sich zog.

– Und Sie denken, dass er das auch bei mir getan hat?

– Aber selbstverständlich. Das wissen Sie doch selbst am besten. Würden Sie sonst mit diesem Anspruch, dieser Akribie an ihren Fotomappen arbeiten?

– Dann kann ich nur hoffen, dass es »zum Guten« war, wie Sie es nennen.

Der Causeur schwieg, was für ihn ungewöhnlich war. Die Pause dehnte sich zu einem seltsam großen Zeitraum, wurde zu einer Weite und gab mir das Gefühl, von Orten oder einer bestimmten Zeit losgelöst ins Unbekannte wegzutreiben.

– Wussten Sie, dass Grünfeld sein ganzes Leben auf einen einzigen Romanstoff verwendet hat? Das meiste allerdings »schrieb« er nur im Kopf, doch es gibt auch ausgeführte Teile. Ich werde sie Ihnen gelegentlich verschaffen.

Und als die Maschine zum Stehen und Bewegung in die Sitzreihen kam, fügte er hinzu, als hätte er meine Gedanken erraten:

– »Die Schatten der andern«, so war sein Arbeitstitel: Die Geschichte eines Mannes, der nicht mit Wörtern, sondern mit Menschen seine Kapitel schreibt.

XIV

UNTERKUNFT

Der Chauffeur hupte, das Tor zu einem Innenhof wurde aufgeschoben, und ein Uniformierter, das Stöckchen in der Hand, dirigierte den Off-Roader in eine Parklücke. Er nahm Haltung an, als ich ausstieg, bellte dann einen Befehl Richtung Tor, das zwei Gehilfen zuschoben. Er zeigte mit dem Stöckchen auf meine Tasche und den Rucksack, dann auf den Rollkoffer, den der Chauffeur eben aus dem Kofferraum hob, und die beiden trabten quer über den Platz, wurden von zwei schmächtigen jungen Männern in Hemd und Hose zu kriecherisch tapsigen Hunden, je näher sie dem Wagen kamen: Ihre Körper drückten aus, dass die Prügel, die sie schon immer erhalten hatten, tief in die Muskeln eingeprägt waren. Ihr Rumpf, Hals und Kopf verrenkten sich zu unbewussten Beschwichtigungsgesten. Ihre Blicke waren furchtsam, doch als ich die Kamera hervorzog, auf den Auslöser drückte, ohne durch den Sucher zu sehen, war im opaken Glanz ihrer Iris auch Hass: ein dunkles Sediment aus ungezählten Demütigungen.

Das Treppenhaus des Betonbaus, eines neueren Wohn- und Geschäftshauses, war unerwartet düster und eng.

Der Chauffeur stieg vor mir die Treppen hoch. Die Stufen waren sandig und einzelne Platten zersprungen. Er klingelte an einer gepanzerten Tür, und es dauerte eine Weile, bis sie entriegelt wurde. Ein älterer Mann, klein, mit steifem Rücken, öffnete, lächelte schweigend, und hinter seinem pyjamaartigen Anzug kam das neugierige Gesicht eines etwa sechzehnjährigen Jungen hervor, einen Wust krauser Haare um den Kopf. Der ältere Mann gab die Tür frei, nickte, und ich betrat eine geflieste Halle, schattig, mit einer Reihe niederer und vergitterter Fenster an der einen Längsseite. Die Gehilfen hatten meine Gepäckstücke mitten im Raum abgestellt und sich sofort zur Tür zurückgezogen. Dort blieben sie stehen, blickten zu mir her, machten kleine Bücklinge. Offensichtlich erwarteten sie ein Trinkgeld.

Er werde mich jeweils abholen und zum Tagungsort bringen, sagte der Chauffeur, stehe aber auch für andere Fahrten zur Verfügung, verbeugte sich und nickte, als ich auch ihm ein Geldstück in die Hand drückte.

– Bis morgen, morgen neun Uhr!, sagte er, und seine Finger suchten tastend die Höhe des Trinkgeldes abzuschätzen.

Er werde das Essen zubereiten, erklärte der ältere Mann. Wegen einer eben überstandenen Rückenoperation helfe ihm dabei sein Sohn, und die beiden stellten sich im Durchgang zur Küche auf, standen dort, als erwarteten sie nun ein ihnen zustehendes, lange erwartetes Schauspiel. Sie blickten zu mir hin, der Koch mit liebenswürdiger Milde, der Sohn mit unverhohlener Neugier: Was würde dieses Wesen, das man eben mit seinen Gepäckstücken mitten in der Halle abgesetzt hatte, nun tun – und da ich darauf auch keine Antwort wusste, entschloss ich mich, zu einer der Türen zu gehen, die sich je zu zweien an den Seiten der Halle befanden. Ich nahm mein Gepäck auf, querte den Raum, der spärlich mit Tisch und Stühlen sowie einer Sitzgruppe möbliert war. Ich drückte die Klinke, prallte, im Begriff einzutreten, gegen die versperrte Tür. Der Koch, sanft lächelnd, ergänzt durch das schlecht unterdrückte Grinsen des Jungen, streckte seine Rechte vor, machte mit Daumen und Zeigefinger die Geste des Schlüsseldrehens, und ich, nicht ohne geniertes Schulterzucken, öffnete und prallte erneut zurück: Über dem Doppelbett war in grellen Farben ein Wandbild gemalt, das Mickey Mouse darstellte, wie er Big Macs, Pommes und Cola für Donalds Neffen Tick, Trick und Track herzauberte.

– Children's room, children's room, echoten die beiden vom Durchgang her, und ich zog die Tür zu, stand einen Augenblick unschlüssig da. Schließlich durchquerte ich die Halle zur anderen Seite hin, wo sich zwei weitere Zimmer befanden, vorbei an Vater und Sohn. Die beiden erinnerten mich an Verhaltensforscher, die jede Bewegung ihres Studienobjektes verfolgten, jedoch bereits ein nächstes Scheitern seiner Bemühung voraussahen. Diesmal drehte ich den Schlüssel, stieß die Tür vorsichtig zu einem unansehnlichen, offenbar nicht mehr benutzten Zimmer auf. Es gab zwar ein Bett, eine Matratze und einen alten Schrank, doch durch das Fenster drang der Lärm und Gestank der Straße, ein Hupen und Dröhnen, das die beiden im Durchgang mit lächelnder Nachsicht begleiteten: – No good, no good! Verwirrt wandte ich mich zur Nebentür, doch noch bevor ich sie öffnen konnte, hörte ich chorisch im Rücken: – Occupied, occupied! Mit aufsteigendem Ärger fasste ich den Entschluss, mir das vierte Zimmer zwar noch anzusehen, falls es mir jedoch nicht zusagte, auf der Umquartierung in ein internationales Hotel zu bestehen. Die Verblüffung jedoch, als ich diese letzte Tür öffnete, und das freudige Klatschen der beiden im Durchgang, machte meinen Vorsatz zunichte.

Das geräumige, schattige Zimmer war von einem kreisrunden Bett ausgefüllt, das zur Wand hin mit einem Bord abschloss, dem ein identisches, jedoch freistehendes Bord am Fußende gegenüberstand. Auf den seitlichen Ablagen standen je eine Aphrodite, den goldenen Apfel als Leuchte in der Hand, sonst gab es keinen weiteren Schmuck, keine weitere Einrichtung, als noch einen Lüster, der von der Decke hing. Das Ensemble aus Mahagoni wirkte antik, und ich kam nicht darum herum, in dem schneeigen Rund das Kampffeld eines alternden Helden zu sehen, der sich an einem jugendlichen Körper abarbeitet.

– Brav und bravo, Sie haben die Spielwiese gewählt. Ganz recht. Es ist in dem, was einmal eine Wohnung gewesen ist und sich jetzt »Guest-House« nennt, das beste Zimmer.

In der Tür stand der Steward in offenem Hemd und weit geschnittener Hose, Mitte dreißig, das dichte Haar gewellt nach hinten gekämmt, dessen eine Locke er sich mit gespreizten Fingern aus der Stirn schob. Ein athletisch gebauter, gut aussehender Mann, das Gesicht kantig, mit ausgeprägtem Kinn, von einem jungenhaften Lächeln gemildert.

– Nein, sagte er gedehnt, nachdem er meinen Gedanken erraten hatte, Domnu Landers wohnt nicht hier. Er braucht etwas großzügigere Räume, wie Sie wissen: sein Arbeitszimmer, die Bibliothek. Doch für mich genügt das Dienstbotenzimmer da drüben, bescheiden, kein Vergleich zu dem hier. Dieses Rundbett ist geradezu der ideale Zeugungsort neuen Lebens, geeignet als Schweißstelle schicksalhafter Verbindungen.

Sein Lachen glich einem tonlosen Fauchen.

– Ich projiziere Ihnen gerne ein paar Pornografien aufs Leintuch, einzigartige Filmchen. Ich schaue sie mir immer wieder gerne an.

– Ersparen Sie mir solche Vergnügungen und gewähren Sie mir die viel größere, nämlich zu verschwinden. Ich möchte mich ausruhen.

– Aber sicher. Seien Sie nicht so empfindlich, ich dachte bei der Pornografie ja auch eher an etwas von dieser Art…

Und auf dem Rund des Leintuchs flimmerte ein Film wie aus den Anfängen der Kinematografie, zeigte eine Stadt mit Zitadelle, eine Mauer mit Türmen, ein großes, bewehrtes Tor gegen die Ebene hin –: eine Burganlage, ähnlich derjenigen, die der seltsame Fremde in Twains Erzählung bei der ersten Begegnung mit den vier jugendlichen Freunden aus dem Nichts gebaut hatte. Und auch im Film, da auf dem Rund des Bettes, bevölkerten sich die Straßen und Plätze, setzte ein reger Handel ein, bis unvermittelt aus einem Nebel tausend Schiffe auf den Strand zuliefen, eine Szene wie aus einer Wochenschau über die Invasion der Normandie. Doch von Bord gingen keine Soldaten, sondern Krieger mit Brustpanzern und Helmen, begannen die Landschaft und die umgebenden Orte zu brandschatzen. Dabei tat sich ein Krieger mit Helmbusch besonders hervor: Achilles, der eben eine Amazone, deren Namen ich vergessen hatte, an seinen Wagen band und mit seinem berühmten Gespann zu Tode schleifte.

– Frühbronzezeitliche Pornografie, sagte der Steward, ganz recht. Der Beginn des Kampfes der Griechen gegen die Trojaner. Zehn Jahre wird dieser erste bezeugte Weltkrieg zwischen Ost und West dauern, von Homer nicht ohne Sinn für die Satire geschrieben. Um die Schönste der Schönen geht es, um Helena, nicht um den Schwarzmeerhandel, doch die da anrücken, das hehre Bild zurückzuholen, sind eine Bande habgieriger, eitler Barbaren, vor allem aber Spielzeuge ihrer Götter, die geben, nehmen und zerstören, sie auf dem Schlachtfeld herumstoßen, vernichten und ins Leben zurückholen, wie es ihnen so passt, ohne Mitgefühl, ohne Skrupel. Heute heißen sie nicht mehr Apollon, Poseidon, Athene. Unsere Forschung nennt sie Basalganglien im limbischen System der Heldenhirne: Hauptsache, keine Chance für die Kämpfer. Sie tun, was sie tun müssen. Von Handlungs- und Entscheidungsfreiheit keine Spur.

Noch während der Steward daherredete, färbte sich der Schwarz-Weiß-Film ein, wurde zum Hollywood-Spektakel mit Brad Pitt, der als Achilles die erbeutete Briseis in sein Zelt trägt, einem Yankee, dem der Steward entfernt glich.

– Das gilt selbstverständlich auch für die Herrschaften, denen diese Wohnung gehört hat. Doch um Sie in Bezug auf die »Lustarena« zu beruhigen, wie Sie in Ihrer empfindsamen Art geneigt waren, das Bett im ersten Augenblick zu bezeichnen: Es gehörte einem englischen Diplomaten, einem sehr ehrenwerten Herrn, der mehr noch als von jungen Mädchen von Knaben träumte, im Übrigen aber sehr korrekt neben seiner etwas steifbrettigen Gattin gelegen hat.

Der Steward lachte fauchend, verschwand im Zimmer gegenüber, und auch der Durchgang zur Küche war jetzt leer.

XV
AUSDÜNSTUNGEN DER STADT

Ich verriegelte die Zimmertür, schloss mich ein – oder was eher zutraf: Ich sperrte den Steward, den Koch, seinen Sohn und die übrige Wohnung aus. Hatte ich Halluzinationen? Sah ich Dinge, die es unmöglich geben konnte, wie diese Filmausschnitte? Oder war ich ein Opfer verrücktspielender Basalganglien, von denen der Steward gesprochen hatte? Er, wie auch der Koch und sein Sohn, erlaubten sich zwar Scherze mit mir, waren aber doch wirkliche Menschen und keine Phantome.

Ich musste zur Ruhe kommen, und dies würde mir am besten gelingen, wenn ich versuchte, ein Stück Vertrautheit herzustellen. Ich suchte einen Ort, an dem ich den Laptop einrichten und die Fotoausrüstung aufbewahren konnte. Von früheren Reisen her wusste ich, wie besonders nach langen Flügen mein Inneres in Aufruhr und durcheinander geriet. Das verständige Ich vermochte nicht schnell genug zu folgen, und die Turbulenzen des Unterwegsseins wirbelten Sedimente von Gelesenem, Gewusstem, Angeeignetem auf, strudelten sie zu einem schwindlig machenden Gemisch zusammen. Doch so heftig wie bei dieser Reise hatte es mich noch nie erwischt. Die Szene mit dem Steward eben konnte ich mir nur damit erklären, dass ich gleich zwei Flugreisen hinter mir hatte, unterbrochen durch eine zu kurze Nacht.

Da es keinen Tisch gab, wählte ich die Ecke des freistehenden Bords als Arbeitsplatz, legte die Kameras und auch die Mappe »Strom und Fall« dazu, fuhr mit der Hand über den dunkelblauen Pappdeckel – ein sanftes Gleiten, das eine kühle Glätte spüren ließ. Ich war versucht, den Deckel aufzuschlagen, durch das Betrachten der Arbeiten, die ich während des Kongresses präsentieren wollte, wieder etwas Halt zu finden: Die Aufnahmen zeigten meine gewohnte Umgebung, den Fluss vor meinen Fenstern, und die Bilder waren gut. Sollte ihre Thematik einer vorgetäuschten Natürlichkeit hier auch missverstanden werden, so hatte ich ja Gelegenheit, meine Ziele und Absichten zu erläutern, auf die versteckte Künstlichkeit in der scheinbar natürlichen Idylle hinzuweisen.

Ich legte mich aufs Bett, das sich als ungewohnt hart erwies, sah zum Plafond. Die entfernten Geräusche der Straße, das vereinzelte Scheppern von Tellern aus der Küche weckten Erinnerungen an die Nachmittagsruhe als Kind. Durch die vorgezogenen Jalousien war damals ebenfalls das Tageslicht dämmrig in den Schlafraum gefallen, meine Mutter hatte mit der Haushaltshilfe das Geschirr gespült, und die Geräusche gaben mir die wohlige Gewissheit, nicht allein zu sein. Ich träumte mich in eine Welt hinauf, in der es in den vier Zimmerecken Städte gab, die von erdachten Leuten und meinen Stofftieren bewohnt waren. Einen hölzernen Deckel über einem unbenutzten elektrischen Anschluss in der Mitte des Plafonds sah ich als einen weißen Berg, der in dieser leeren Fläche, die ein Meer, eine Wasserwüste war, ein kaum zu erreichendes Ziel darstellte. Um zu erfahren, wie ich dahin gelangen konnte, reiste ich von Stadt zu Stadt, fragte die Leute und die Stofftiere, und die schickten mich wiederum zu anderen Leuten und Stofftieren in der nächsten Zimmerecke, so dass ich von einer Stadt zur anderen fuhr, ohne je den weißen Berg zu erreichen. Manchmal leiteten sie mich gezielt in die Irre – vor allem mein alter, etwas schäbiger Stoffaffe, worüber ich mich heimlich freute. Ich hatte sein Schelmenstück schließlich selbst ausgedacht. Ob ich den weißen Berg jemals erreicht habe? Ich weiß es nicht mehr.

Ein Duft drang in meine Schläfrigkeit, erst fein, wurde dann zu einem Geruch, der sich verstärkte, und während ich mir klarmachte, er müsse aus der Küche stammen, vernahm ich ein leises Klopfen an der Tür. Auf mein bestimmtes »Ja« hin antwortete die Stimme des Kochs, das »Dinner« stehe bereit.

Ob ich das Abendessen in der Gesellschaft des Stewards einnehmen müsste? Allein schon der Gedanke an seine Gegenwart, an das zynische Gerede und höhnisch fauchende Lachen war mir unerträglich.

Ein weiches, mooriges Licht füllte mein Zimmer, in das die beiden Fenster, auch sie vergittert, hellere, grünschattige Öffnungen schnitten.

Noch hatte ich den Rollkoffer nicht ausgepackt und außer dem Arbeitsplatz nichts eingerichtet.

Ich stand auf, blickte zwischen den breitfingrigen Blättern vor meinem Fenster auf einen Teich in der Abendsonne, ein rechteckiges Stück Malachit, gefasst von einem Weg, der unter Büschen und Bäumen das Ufer säumte. Ich musste an das Foto auf Mutters Schreibtisch denken, das sie am Ufer eines künstlichen Sees bei den Weiden zeigte, und zu dem Sarah, als sie es in dem verschnörkelten Messingrahmen entdeckte, gesagt hatte: Die Aufnahme von ihr damals im Arboretum, als meine Kamera versagte, habe es deshalb nicht gebraucht, weil das Foto schon ein Vierteljahrhundert zuvor aufgenommen worden sei.

Ein Blick hin zum Tisch, als ich durch die Tür in die Halle trat, ließ mich aufatmen: Auf der Plastikdecke standen ein Teller, ein Glas, und offenbar genügte eine Gabel als Besteck, um das Essen zu verzehren, das der Koch und sein Sohn aufzutragen begannen. Eine Platte Reis, zwei Schalen Gemüse, dazu einen Krug Wasser. Ich besah die Sauce aus rötlich gewürztem Joghurt ebenso misstrauisch wie den Krug. Sarah hatte mir eingeschärft, nur von versiegelten Flaschen zu trinken, aber auch bei Milchprodukten und bei allem Ungekochten vorsichtig zu sein. Während ich schöpfte, ohne mich von der Sauce zu bedienen, schließlich zu essen begann, irritierten mich die beiden Zuschauer, der Koch und sein Sohn, die vom Küchendurchgang her jede meiner Regungen beobachteten. Ihre Kochkunst, wie sie glauben mussten, ließe sich an meiner Miene leicht ablesen, deren ungerührte Züge jedoch ein moderates Vergnügen verrieten. Gleichmäßig führte ich Gabel um Gabel zum Mund, blickte von Zeit zu Zeit in das mütterlich ergebene Gesicht des Kochs, das nickend lächelte, und das neugierig spitze seines Sohns, das ganz Erwartung war. Ein wenig taten sie mir leid. Mehr aus Höflichkeit denn aus Interesse fragte ich, ob der Steward nicht da sei und jeweils an den Mahlzeiten teilnehme. Als hätten Vater und Sohn nur auf dieses Zeichen gewartet, stürzten sie herbei: – Ja, ja essen, viel essen! Häuften einen Berg Reis auf meinen Teller, von dem die Lava der Joghurtsauce in breiten Strömen hinunterfloss. Der höfliche Bissen, den zu versuchen ich mich lächelnd verpflichtet fühlte, verwandelte meinen Mund in eine Gluthöhle, trieb mir die Tränen in die Augen und den Schweiß auf die Stirn, ließ mich keuchend den Mund aufreißen, in den ich bedenkenlos ein Glas Wasser nach dem andern goss. Ich sah mit schwimmendem Blick zu den beiden im Durchgang hin, deren Gesichtszüge sich zu einem nachsichtigen und einem schadenfreudigen Lächeln glätteten. Der Koch nickte, die Hände vor der Schürze verschränkt. Sein Essen war erfreulich gut gelungen.

Ich müsste mir neben Mineralwasser auch noch einen kleinen Vorrat Esswaren – Bananen und Biskuits – besorgen, und da ich sowieso beabsichtigt hatte, einen Abendspaziergang zu machen, bot mir der Einkauf eine willkommene Gelegenheit, die nähere Umgebung zu erkunden. Auspacken konnte ich später noch, und ich verspürte eine Erregung wie damals in meiner Studentenzeit, wenn ich mir ebenfalls die Kamera umgehängt hatte, die Treppe hinunterrannte und überzeugt war, etwas Außerordentlichem, mein Leben Veränderndem zu begegnen.

Ich eilte in mein Zimmer, um etwas Geld und die Kamera zu holen, zerrte aus dem Koffer eine leichtere Jacke und fand beim Betreten der Halle den Chauffeur über den Resten der Mahlzeit. Er plauderte dabei mit dem Sohn des Kochs, erhob sich, als ich eintrat, musterte mich, sagte, er sei gekommen, um mich abzuholen. Er sei *very sorry*, doch heute Abend sei die »Opening Ceremony«, das stehe in den Tagungsunterlagen, und er habe den Auftrag, mich hinzufahren, jetzt. Der Chauffeur wackelte mit dem Kopf, fuhr sich durchs Haar, das es auf dem runden Schädel kaum mehr gab, und sein musternder Blick besagte, dass meine Kleidung in keiner Weise der Bedeutung des Anlasses entspräche.

Ich stand da, brauchte eine Weile, die erwarteten Bilder von Straßen, Menschen, Läden, Budiken – meine Exkursion in den abendlichen Alltag der Stadt – durch die eines gesellschaftlichen Anlasses zu ersetzen, der so sein würde, wie ähnliche Zusammenkünfte es auch zu Hause sind.

– Wait a minute, sagte ich, wandte mich nach meinem Zimmer um.

– Five minutes, five, hörte ich noch in meinem Rücken, zog die Tür zu, begann verärgert den Rollkoffer nun doch auszupacken, und zwar alles, weil der Anzug stets zuunterst liegt.

Der Verkehr war nicht weniger, die Luft nicht besser geworden. Doch zog sich der Rauch mit der wachsenden Dämmerung in die Unsichtbarkeit zurück, verschmolz mit der Dunkelheit zu einem filzigen Stoff, durchlöchert von Leuchten und blinkenden Schriftzügen. Dieser Stoff legte sich um mich, stumpf und stickig, wie damals, als ich während der Ferien Großvater auf seinen Krankentouren begleitete und er unterwegs zu einem Notfall gerufen wurde. – Du kannst mitkommen, sagte er, aber hältst dich still! Wir fuhren zur Baustelle eines Tunnels, und hinter der ratternden Draisine blieb der Stolleneingang als ein kleiner werdendes Rund zurück, mit ihm der schon kühle Herbstnachmittag. Die Dunkelheit wurde dichter, die Luft wärmer, je tiefer wir mit der Werkbahn in den Stollen fuhren. Es roch nach Staub und Ruß von den Öllampen. Großvater untersuchte im Karbidlicht den Arbeiter, dessen Bein von einem stürzenden Balken zertrümmert worden war, und ich stand abseits, blickte in dieses von Flammen durchzuckte Dunkel, das ins Berginnere führte. Wenn mich die Fahrt durch die Stadt auch an den Stollen und seine warme, staubige Luft erinnerte, so waren dem Smog hier doch noch andere Gerüche beigemischt, solche aus Kochtöpfen und Kloaken, Gestank von Abfällen, aber auch Düfte aus Blumengeschäften, aus Budiken mit Spezereien und Gewürzen. Dazu kam ein Anhauch frisch gegossener Erde, gesprengten Rasens, vermischt mit dem leisen Herwehen kühlerer Luft vom Strom: Algen und Fisch, Schlamm und Moder – Gerüche eines träg aufquellenden Verrottens, dessen Wundwasser vom Ruß ausgetrocknet wurde, des nie und keinen Herzschlag lang aussetzenden Ausstoßes aus Auspuffrohren. Die Stadt brannte, wenn auch das Feuer nur einzelne Flecken Helle in die Dunkelheit riss, wie damals im Stollen, sich sonst aber in den Kolben unter den Motorhauben verbarg: Sie brannte und glomm selbst in dem Park noch, durch den der Chauffeur den Off-Roader steuerte, hin zu einer Auffahrt vor einer grandiosen Villa, deren Portal unter einem palmfächrigen Vordach offen stand und einen Blick in den erhellten und mit einem roten Teppich ausgelegten Treppenaufgang gewährte.

XVI

OPENING NIGHT

Über die letzten Stufen der Aufgangstreppe betrat ich die Empfangshalle, in der eine angeregte Gesellschaft unter einem Lüster, der von der Glaskuppel hing, sich in Gruppen unterhielt: ein Gewirr von Stimmen. Sie gehörten Damen und Herren in Abendroben, zwischen denen livrierte Diener Tabletts mit Gläsern trugen. Ich mischte mich unter die Leute, schlenderte zwischen den Gruppen hindurch, nahm mehr aus Verlegenheit denn aus Lust ein Glas Champagner, sah hoch zu den Stuck-Girlanden, Bändern und Füllhörnern, die den Sockel des Glasdaches schmückten. An den Wänden waren Frühling, Herbst, Sommer und Winter durch weite Landschaften dargestellt, und je nach Wechsel der Blickrichtung kam die Gesellschaft vor eine Jagd- oder Ernteszene zu stehen. Niemand hatte mich erkannt, begrüßt, in ein Gespräch gezogen. Ich hielt mich abseits, beobachtete die Gruppen von Damen und Herren, und da ich nie ohne meine alte Leica ausgehe, die bequem in der Rocktasche Platz findet, begann ich von einzelnen Personen unbemerkt und wie in den alten Zeiten, »Lücken in deren Selbstbild« festzuhalten. So nannte ich jene Momente, die sich dem kontrollierten Benehmen entziehen, einen Blick hinter das auf

Anschein bedachte Verhalten gewähren. Mein Apparat, abgegriffen vom vielen Gebrauch, liegt mir so selbstverständlich in den Händen, als sei er ein mir zugewachsenes Körperteil. Das Objektiv – ein »Schwarzes Loch«, wie Sarah jeweils spottete, aus dem sich keine Materie mehr befreien könne, die einmal hineingeraten sei – war eben jetzt auf eine noch junge, etwas füllige Dame in Pelzstola und mit ausladendem Dekolleté gerichtet. Das vertraute Klicken ertönte in eben dem Moment, als die Frau den Kopf in den Nacken warf, die Locken ihrer Dauerwelle nach hinten flogen, der Mund sich zu einem Lachen öffnete: Doch die perlende Ausgelassenheit grub um die Lippen einen Schmerz ein, verzerrte ihr Gesicht zur qualvollen Maske. Schutzlos war ihr Hals einem Verletztwerden dargeboten, als gäbe sie sich wiederum einer erzwungenen Erniedrigung hin. Ich war mit Fotografieren so sehr beschäftigt, dass ich mehr und mehr meine Deckung aufgab, Mal um Mal den Auslöser drückte. Ich hielt einen Herrn im Smoking fest, der eben noch strahlend selbstgewiss sich unterhalten hatte, jetzt, das Gesicht geneigt, auf das Taschentuch sah, mit dem er sich den Schweiß von der Stirn gewischt hatte und im Blick auf das Tuch den verfallenen Ausdruck eines Kranken annahm. Als ich das festliche Geschehen in Beziehung zu den Wandgemälden brachte, eine Runde sich zuprostender Gäste perspektivisch so vor die winterliche Jagdszene rückte, dass neben Lackschuhen und Rocksäumen ein erlegtes Reh zu sehen war, spürte ich einen Griff an der Schulter:

– No photographs! Prohibited.

Ich hätte nicht für möglich gehalten, dass es in der Villa einen Raum von so großer Verwahrlosung geben würde. Ein ins Jackett geklemmtes Viereck von Mann hatte mich unauffällig, jedoch bestimmt in ein kahles Zimmer geführt. Von den Wänden hatte sich die Tapete gelöst und hing stellenweise in Fetzen herunter. Wasserflecke und Risse fanden sich neben Zahlen und Zeichnungen, die auf den Gips gekritzelt waren, der Fußboden war dunkel von Schmutz, die Leisten zerstoßen. Die Einrichtung bestand aus einem Tisch, auf dem ein Thermoskrug und Plastikbecher standen, und aus einer Bank, auf die ich genötigt wurde, mich zu setzen. Eine nackte Birne warf einen verebbenden Kreis Licht.

– Warum hätte ich meinen Pass mitnehmen sollen? Ich bin Teilnehmer des Kongresses, eingeladen zu dieser »Opening Ceremony«, erklärte ich dem viereckigen Jackett. Ich sei Fotograf und als Fotograf auch eingeladen, Fotografie sei das Thema der Tagung und ich beauftragt, ein Portfolio zu machen. Doch das Gesicht des »Security«-Mannes war, wie die Wände des Zimmers, beschädigt und ein wenig vernachlässigt, doch undurchdringlich. Aaah –!, sagte er: Aaah –!, als würde jedes Argument nur gegen mich und meine Kamera sprechen, die mir abgenommen worden war und auf dem Tisch zwischen den Plastikbechern lag.

Ein schmächtiger Mann, durch ein Gemurmel ins Walkie-Talkie herbeigerufen, trat ein, auch er in geliehenem Anzug, über der Fliege ein gesichtgewordenes

Misstrauen, bellte schmalbissig nochmals dieselben Fragen, die ich schon zwei, drei Mal beantwortet hatte:

– What's your name, what's your address, why no passport – –

Meine unbefriedigenden Auskünfte führten schließlich zur Beschäftigung mit den Mobiltelefonen. Der Schmächtige presste das Gerät ans Ohr, bekam diesen Fernblick, der scheinbar durch Mauern geht, rapportierte, lauschte und knickte dann leicht ein. Er verbeugte sich ins Leere, verbeugte sich noch ein wenig tiefer, dann zogen sich die beiden in stummer Übereinkunft hinter den Tisch zurück, nickten mir aufmunternd zu, sagten:

– Okay, okay!, lächelten und standen dort wie der Koch und sein Sohn in ergebener Erwartung.

Eine Choreographie gewundener Gesten, kurz contrapunktiert durch einen strafenden Blick zu den beiden Wachmännern, gekrönt von einem mimischen Ballett schon etwas ältlicher Gesichtsmuskulatur, das bedauernde und um Verzeihung bittende Züge in ein faltiges Wechselspiel brachte. Der rundlich befrackte Herr, der sich als Professor Bolt, Institutsleiter, vorstellte, goss einen Schwall von Entschuldigungen über mich aus. Als sich seine Worte beruhigten, die Gesten zu Schulter- und Rückenklopfen übergingen, nahm seine Stimme einen vertraulich gedämpften Klang an. Eingeleitet durch ein »Doch« klärte der Professor mich über das Versehen und meinen nicht unerheblichen Anteil daran auf: Doch der Herr Minister sei anwesend, hätte es zumindest sein sollen, Sicherheitsmaßnahmen seien deshalb unumgänglich. Ich hätte mich beim Eingang melden müssen, wie allen Teilnehmern mitgeteilt worden sei – und unter weiteren nachsichtig vorgebrachten Vorhaltungen führte er mich zurück in den Empfangsraum. Sein Gang nahm beim Durchqueren der Halle eine durch Beachtung geformte Entschlossenheit an, als schritte er zu einem Mikrophon. Das Gesicht, nun in eine starre Konzentration gegossen, signalisierte, es wäre jetzt nicht der Zeitpunkt, dem einen oder andern freundlich zuzunicken, auch wenn er ihn selbstverständlich bemerkte. Mit zwei, drei kleinen Verbeugungen übergab er mich einer Assistentin: – Sie entschuldigen mich jetzt, sagte er lächelnd, ließ dieses Lächeln fallen, bevor er sich abwandte, strebte mit befriedigter Miene durch die Gäste dem Festsaal zu, in einer Haltung, die keinen Zweifel offenließ, dass sowohl der Gast wie die Unannehmlichkeit von keiner weiteren Bedeutung mehr waren.

Laura, die Assistentin, trug ein schlichtes Deux-Pièces aus schieferfarbener Seide, hatte schulterlang gelocktes Haar. Sie sah mich aus dunklen Augen scheu und zurückhaltend an. – Wenden Sie sich jederzeit an mich, wenn Sie Fragen haben oder etwas benötigen, sagte sie und bat mich zu einem Tisch beim Frühlingsbild, auf dem einzig noch eine Mappe und mein Namensschild lagen. Laura bewegte sich vor den blühenden Bäumen, den frisch aufgebrochenen Äckern so selbstverständlich und mit einer Grazie, die mich den gewohnten Griff zur Kamera machen ließ. Ich fand die Rocktasche jedoch leer, hatte den Apparat als Folge der kurzen Verhaftung in die andere gesteckt. Bis ich ihn gefunden und überprüft hatte, war der Moment verpasst: Laura heftete mir bereits das Namensschild ans Revers. Ihre schlanken Finger stachen die Nadel durch den Stoff, ich roch ihr Parfüm, den leichten, hellen Duft – und mit einer beschwingten Drehung zog sie mich vom Tisch weg, dem Herbstbild zu, wo die Flügeltüren zum Festsaal offen standen. Es sei kein Zufall, sagte sie, dass die Gesellschaft den Festsaal durch dieses Bild betrete. Im vorletzten Jahrhundert, da die Villa – von einem Seidenbaron erbaut – ein Zentrum des gesellschaftlichen Lebens der Stadt gewesen sei, habe die Saison – die Bälle und festlichen Einladungen – erst mit dem Ende der Hitze wieder begonnen. Der Herbst sei in ihrem Land nicht – wie vielleicht in meinem – die Jahreszeit der Vergänglichkeit, die zu winterlicher Starre führe. Im Gegenteil – ich werde es gleich sehen – er bringe Erleichterung und, nach der Langeweile des Sommers, die Lustbarkeiten zurück.

Ein gewürfeltes Parkett aus dunklen und hellen Hölzern gab dem Saal die perspektivische Tiefe, überwölbt von Deckengemälden und goldenem Stuck. Die Tapeten waren von dunkelroter Seide, an den Wänden wechselten sich Kerzenleuchter mit üppig gerahmten Spiegeln ab. Aus den darüberliegenden Friesen drangen die Bock- und Faungesichter, verschlungene Blumengirlanden umrahmten die Deckenbilder. In ihnen reichten Wilde, nackt bis auf einen Lendenschurz, Früchte und Schalen mit Wein den züchtigen Frauen, die in durchscheinenden Roben ihr marmornes Fleisch als unerreichbare Klassik schimmern ließen: biedermeierliche Schönheiten, die vier Jahreszeiten zitierend, im Hintergrund bewacht von Löwen, Tigern, Panthern und Leoparden. Die Mitte jedoch gehörte Venus und Cupido, aus dem goldenen Apfel des Paris drangen die Kette und das Kabel des Lüsters, die elektrifizierte Entsprechung als gleißend glitzerndes Rund.

Gemächlich bewegte sich die Gesellschaft durch das Portal, eine Kammermusik setzte ein, vermischte ihre Saitenklänge mit den Geräuschen der Schritte und Gespräche. Zur Rechten war ein Buffet aufgebaut, das ohne Absicht, doch lebensechter, die überladene Fülle der Bilder und Stuckaturen kopierte, und mich amüsierte der Gedanke, die Gesellschaft selbst verwandle sich zu einem Teil der eklektisch kolonialen Bilder, wobei ein Gefühl arroganter Überlegenheit auch meinen Körper straffte, mir peinlich bewusst machte, dass die Atmosphäre des Festsaals vor allem in mir selbst einen Rest Viktorianer weckte.

Im hinteren Teil des Saales waren Sitzreihen um einen erhöhten Tisch angeordnet worden. Ich entdeckte dort den Causeur, der lässig und unbeteiligt in einem Stuhl lehnte, den Zylinder aufs übergeschlagene Knie gesetzt – und je mehr ich mich mit Laura dem befrackten Landers näherte, desto befreiter fühlte ich mich von dem steifen Benehmen, das der Saal mir aufgenötigt hatte.

– Ich sehe, Sie haben eine überaus attraktive Begleiterin gefunden, empfing mich der Causeur, dem ich Laura vorstellte: – Eine Schönheit, auf deren jugendlichen Reizen die Zeichen gelebter Blüte stehen.

In seinem spöttisch ironischen Unterton hörte ich Grünfeld heraus, der mehr noch als seinen literarischen Obsessionen den erotischen verfallen war und eine geradezu infame Art besaß, durch Komplimente – die nie ganz ernst gemeint waren – die jeweilige Schöne für sich einzunehmen.

Landers küsste Laura die Hand, wandte sich in vertraulich leisem Ton an mich:

– Es freut mich, Sie in so verführerischer Gesellschaft zu sehen. Nichts schafft so viel Verwirrung, weckt Begehren und endet in misslichen Projektionen …

– … die mir von Ihrem Steward aufgedrängt worden sind, der von Pornografien daherredete, alte Filmausschnitte vorführte und ein unangenehmer Kerl ist.

– Sie nehmen ihn zu ernst, sagte der Causeur, er ist wie alle übereifrigen Diener, sie kopieren die Herrschaft und tun mit Dingen groß, die sie nicht verstehen. Er ist ein Mann fürs Grobe, für das, was die Leute wollen, um gut unterhalten zu sein. Sie werden davon später noch einige Kostproben sehen.

Inzwischen war die Hausmusik zu einem Ende gekommen, die Musiker auf der Empore verbeugten sich gegen den Saal hin, doch die Aufmerksamkeit hatte sich bereits dem Institutsleiter zugewandt, der sich vorne am Tisch im Scheinwerferlicht aufgebaut hatte. Bolt sei kurze

Zeit auch Kulturminister gewesen, flüsterte mir Laura zu, und der Professor, den das verborgene Podest größer erscheinen ließ, als er war, strahlte selbstverständliche Kompetenz aus. Kein Lächeln, keine Begrüßung, nur ein Hochrecken des Kinns. In familiär vertrautem Ton sagte er, wie sehr er bedaure, seinen Nachfolger im Amt, obschon vorgesehen und angekündigt, nicht hier im Kreis der intellektuellen Elite zu sehen – (*kleine gesetzte Pause, ein unterdrücktes Kichern provozierend*) – sein Nachfolger hätte sich ähh nicht wohlgefühlt – (*verstärktes, sympathisierendes Kichern*) – wir verstehen das und wissen, dass sein Stellvertreter mehr als ein vollwertiger Ersatz ist – (*ungehemmtes Lachen*) – er wird uns bestimmt ohne die vielen und liebgewordenen Ähhs des Ministers die Begrüßungsrede verlesen, bitte Herr Ähh … Und mit salopp auffordernder Geste gab er den Platz am Rednerpult frei, schlenderte zu seinem Platz in der ersten Reihe, während der stellvertretende Beamte steif nach vorne schritt. In Blick und Haltung war ihm anzusehen, dass er sich einer Pflicht entledigte, bei der ihm sehr wohl bewusst war, nur eine Figur in der Intrige zweier Politiker zu sein: Er stünde am Rednerpult als die verkörperte Geringschätzung, die man seinem Chef entgegenbrachte.

Bolts Benehmen dem Beamten gegenüber ärgerte mich. Es bestätigte ein Verhalten, das ich nach dem Zwischenfall mit den »Security«-Männern selbst auch erfahren hatte. Wie er mich nach seinem schulmeisterlichen »Doch« und den versteckten Vorhaltungen hatte stehen lassen, zeugte von seiner Überheblichkeit Leuten gegenüber, die er für sein Ansehen als unwichtig einschätzte.

Der Causeur ließ ein amüsiertes Schnauben hören.

– Man muss dem Redner ein wenig behilflich sein, murmelte er, und ich sah, wie der gehemmte, in korrekter Förmlichkeit befangene Beamte wuchs, seine Haltung sich löste, er sich auf das Rednerpult stützte, herausfordernd lächelte, dann zu Bolt hinblickte – und, ohne auf das vorbereitete Manuskript zu sehen, seine Rede zu halten begann.

XVII

DIE REDE DES STELLVERTRETERS

– Die Öffentlichkeit glaubt, dass, wer im Rampenlicht stehe, auch den Lauf der Welt bestimme. Doch entgegen dieser verbreiteten Ansicht, meine Damen und Herren, sind es nicht die Politiker, Wirtschaftsführer und Meinungsmacher, die das tagespolitische wie das welthistorische Geschehen lenken, sondern ihre Stellvertreter. Sie prägen im Hintergrund die Epochen und bestimmen auf Jahrzehnte, ja Jahrhunderte hinaus den Fortgang der Geschichte. Ich darf Sie als Beleg meiner Aussage an die Begegnung zweier Stellvertreter in der römischen Provinzverwaltung von Judäa erinnern. Sie hat die Grundzüge von zweitausend Jahren Geschichte festgelegt. Ich spreche vom kurzen, jedoch entscheidenden Zusammentreffen zwischen Jesus von Nazareth und Pontius Pilatus, zwischen dem stellvertretenden Sohn Gottes und dem Stellvertreter des römischen Kaisers, der – was gerne vergessen wird – ebenfalls ein Gott war. Die Geschichte, wie ich Ihnen in aller Kürze darlegen werde, ist zumindest in ihrer abendländischen Ausgestaltung eine Geschichte der Stellvertreter gewesen.

Ich bin nicht hierhergekommen, um in unverbindlichen Worten – wie an solcher Stelle üblich – zur »Wahrnehmungsgeschichte anhand der sich verändernden Bildauffassung«, Ihrem Tagungsthema, zu sprechen. Ich will Sie nicht mit Überlegungen zu »Leseschwierigkeiten bildlicher Darstellungen in der heutigen Gesellschaft« langweilen oder von den damit verbundenen »neuen Herausforderungen an das Bildungswesen« reden. Was ich hier skizzieren möchte, ist das Ende, das eine durch Stellvertreter gelenkte Geschichte heute findet, also auch meine eigene biografische –: das Ende einer Erzählung, die nicht mit einem Punkt schließt, wie sich heute zeigt, sondern mit Punkten – und wenn Sie mir das Wortspiel als eine kleine Referenz an Ihr Tagungsthema gestatten: mit Pixeln.

Die »Große Erzählung« der Antike ist Homer. Ohne Ilias und Odyssee, diese Gesänge der Heldennöte, ist die griechische Kultur nicht denkbar. Sie fundierten und legitimierten Staat und Gesellschaft, waren gegenwärtig in Wort- und Bildwerken, bezeugten die Herkunft und die Exklusivität der eigenen Gemeinschaft. Bis in die späthellenistische Zeit, über Generationen und Umwälzungen hinweg, erhielten sich die homerischen Gesänge als Motive der Kunst, die wir heute noch bewundern – und sind, wenn Sie gestatten, die kleinen satirischen Unterhaltungen der Götter, welche im basso continuo begleitet sind von ihrem Gelächter. Vor allem die Ilias – die wir mit so viel Ernsthaftigkeit studieren – ist eine grandiose Komödie wechselnder und sich verwechselnder Stellvertreter. Nicht nur, dass Achilles für Agamemnon das angerichtete Kriegsdesaster in einen Erfolg ummünzen soll. Damit dieser überhaupt erst in die Kämpfe eingreift, muss Patroklos an seiner Stelle in der Schlacht sterben. Erst dann steht er mit seiner barbarischen Schar, die Götter vertretend, im skäischen Feld. Ungehemmt benutzen die Helden vor Troja die olympischen Herrschaften für ihre Querelen und Intrigen, betrügen dabei hemmungslos, lassen sich wie Figuren im Schach vom Brett nehmen und später an anderer Stelle wieder einsetzen. Die Pointe, meine Damen und Herren, und ich bitte Sie wirklich, diese auszukosten, ist dabei, dass der Anlass zu diesem ersten West-Ost-Konflikt, nämlich die schöne Helena, sich gar nicht in Ilions Feste befindet, wie alle glauben. Dort wandelt und treibt Ehebruch mit Priamos Sohn Paris nur ihre Stellvertreterin, ein von den Göttern erzeugtes 3D-Bild, während die wahre, die lebendige Helena züchtig in Ägypten ihren Urlaub verbringt. So zumindest versichert es uns Euripides in sechsfüßigen Jamben.

Die Ilias, diese große, Empfinden und Glauben bestimmende Erzählung, findet ihre Fortsetzung in Rom, das Aeneas, ein anderer trojanischer Prinz, nach seiner odysseeischen Irrfahrt anstelle des untergegangenen Trojas errichtet. Die Stadt auf den sieben Hügeln am Tiber übernimmt nicht nur in Stellvertretung das gesamte Pantheon, sondern auch gleich noch die alten Konflikte mit den Persern, kopiert fleißig den Baustil, die Bildwerke, die Philosophie und die Dichtung und bleibt mit dieser kulturellen Bequemlichkeit in der homerischen Erzählung hängen: Hatten die vormals in den West-Ost-Konflikten siegreichen Griechen zum Schluss noch ein »Empire« viktorianischen Stils aufgebläht, wurden sie dadurch selbst zum Osten. Die Westmacht Rom, welche die schöne Helena – vertreten durch Cleopatra – in Ägypten tatsächlich findet, gliedert die hellenistischen Staaten quasi im Durchmarsch zu Helenas Ferienort in ihr Reich ein, wobei Cäsar bei der Eroberung des Nillandes das Malheur passiert, die alexandrinische Bibliothek in Brand zu stecken und damit das gesamte antike Wissen zu vernichten.

Damit findet der Trojanische Krieg nach rund eintausendzweihundert Jahren endlich sein Ende. Mit ihm verliert die »Große Erzählung« von Ilias und Odyssee allmählich ihre Kraft: Die Welt ist in einem verwalteten, militarisierten Zustand angekommen, dessen erste industrielle Produktionsmethoden verraten, dass es nie um Schönheit, sondern immer nur um Handelswege, Sklaven und Rohstoffe gegangen ist.

Aus der ersten Reihe des Auditoriums war nun deutlich der Zwischenruf: – Zur Sache! Zur Sache! zu hören, dem ein murmelndes Schimpfen Professor Bolts folgte. Doch das Publikum saß regungslos und gebannt auf den Stühlen, als wäre es hypnotisiert, und der Zwischenruf prallte an der nonchalanten Souveränität des Redners ab. Er lächelte sarkastisch und sagte in einem Ton, als wolle er den Zwischenrufer über eine persönliche Niederlage hinwegtrösten:

– Sie wird wiederkommen, diese »Große Erzählung«, später, in der Renaissance. Sie wissen ja: »In verwandelter Gestalt, Üb' ich grimmige Gewalt.« Doch vorerst war bei der himmlischen Wette um das Wohl und Wehe der Menschen die andere Seite am Zug. Deren »Große Erzählung« fing sehr klein an, um nicht zu sagen bescheiden. Keine Schiffe mit Helden, sondern eine Krippe mit Säugling – und der Skandal dieser neuen, die Gesellschaft fundierenden Erzählung war nicht die Gottessohnschaft Jesu. Das waren gängige Vorstellungen in einer Welt, in der die Götter dauernd die Töchter der Menschen bestiegen und selbst Menschen zu Göttern wurden. Skandalös war auch nicht, dass man seine Feinde lieben sollte. Die Forderung war für eine Militärmacht, wie sie Rom darstellte, nur einfach absurd. Ebenso gut hätte man verlangen können, den Adler auf den Standarten durch eine Taube zu ersetzen. Nein, meine Damen und Herren, die unfassbare, gegen alle Regeln und Gesetze verstoßende Neuerung war die Trennung von Gott und Kaiser, die Spaltung der gesellschaftlichen Lebenssphäre in zwei Bereiche: einen geistig-religiösen und einen gesellschaftlich-politischen. »Gebt dem Kaiser, was des Kaisers ist, und Gott, was Gottes ist.« Sie werden verstehen, dass selbst ein so vornehmer Geist wie Marc Aurel, Philosoph auf dem Kaiserthron in Rom, das sich ausbreitende Christentum mit aller Härte verfolgte: Der Gemeinschaft, als der einzig wahren Stellvertreterin der Götter und des Staates, hatten alle zu dienen – ausnahmslos, selbst der Kaiser, der beides repräsentierte –, und die Forderung, die einer Umstülpung aller Werte gleichkam, dass nicht jeder einzelne der Gemeinschaft, sondern die Gemeinschaft einerseits Gott und andererseits dem Kaiser zu dienen habe, war ein Sakrileg, wofür die neuen Eiferer ans Kreuz geschlagen gehörten. Doch das Volk lief zur neuen »Großen Erzählung« über, die Erlösung von jeglicher irdischen Schuld versprach – mit Gutschriften auf ein himmlisches Jenseits. Mit der Teilung des Imperiums in West- und Ostrom hatte sich die neue Erzählung durchgesetzt, integrierte ganze Wandervölkerschaften zu einer neuen Hochkultur, der christlichen, die zu einer der schönsten menschlichen Blüten fand: dem Mittelalter, oszillierend zwischen zwei prunkvollen Stellvertretern, dem Papst und dem Kaiser, bis beide so herzlich korrupt waren, dass die »Große Erzählung« von der durch Christus erlösten Menschheit wegen der Raffgier, den Kriegen und den Zügellosigkeiten zum Groschenroman verkam, dem ein deutsches Mönchlein ein blutiges Ende schrieb. Man grub die Torsi der alten Geschichte aus, holte den Himmel herunter und die alten Bücher hervor, fuhr kreuz und quer auf der Erdkugel umher, die selbst zu einem reisenden Rund geworden war. Man sah in Christus den Stellvertreter des Menschen, der gekreuzigt an seine unerfreuliche Existenz allein im unendlichen Kosmos um ein Zentrum kreiste, das nicht mehr Gott im Himmel und der Kaiser auf Erden war, sondern das Licht der Sonne.

Der Redner trat einen Schritt vom Pult zurück, sah sein Publikum an, das unter dem gedimmten Lüster reglos saß, und ich bemerkte, dass im Hintergrund ein Monitor lief, der den Vortragenden wie einen Homunkulus im kleinen leuchtenden Glas zeigte.

– Was nun folgt, meine Damen und Herren, ist ein für uns Stellvertreter äußerst amüsantes Schauspiel: Die Herren selbst betreten die Bühne. Sie glauben, auf uns verzichten zu können. Denn begnadet mit Vernunft, die uns das Wissen schafft, bringen es die Doktores Fausti selber und ohne unsere Hilfe zu den drei schwarzen Künsten: Pulver, Buchdruck und Alchemie. Sie machen sich die Erde und Mephisto untertan, stets auf der Jagd nach jenem einzigartigen Augenblick, der so schön wie Helena sein und verweilen soll – und doch nur Grete ist. Sie dämmen das Meer ein, stauen die Flüsse, lassen mesmerisch die Froschschenkel zucken: Das nackte »Cogito ergo sum« beginnt den sausenden Globus zu erforschen, saust selber von einem Kontinent zum anderen, findet dabei eine Fülle an neuen Pflanzen, Tieren, Menschen. Forscht, um zu erkennen, erkennt, um anzuwenden, und wendet an, um zu beherrschen – eine Erde nämlich, welche den »weißen Sahib«, diese Krone der Schöpfung, als einen Abkömmling vom Affen entdeckt. Und dieser rächt sich, gibt die Welt zur Plünderung frei, gestaltet sie um durch Sklaven, Kohle, Öl: den drei neuen Schwarzkünsten, bis man die edelste der Kräfte findet, die magische, unbewusste, unsichtbare, doch zauberische Elektrizität.

Der Redner wies mit freigebiger Geste auf den Lüster, was auch sein kleines leuchtendes Ebenbild tat, auf einen Lüster dort, der im leuchtenden Bild leuchtete.

– Doch dieses scheinbar entfesselte Ich, dieser faustische Egomane in seinem leergeglaubten Kosmos, gottlos, eingespannt nur in das mechanische Uhrwerk seiner eigenen Vergänglichkeit, bekam von allem Anfang an einen Stellvertreter verpasst, der ihn ganz und gar, wenn auch ohne sein Wissen, beherrschte. Oder dachten Sie, wir Stellvertreter würden unsere Macht einfach aus den Händen geben? Die mächtigen Herren wechseln, wir Stellvertreter bleiben – und haben nur wiederum getan, was wir seit jeher tun: Wir schaffen ein paar Illusionen, die keiner als solche erkennt. Und unser Geniestreich am Ende der »Großen Erzählungen« – der antiken wie der christlichen –, am Anfang der Neuzeit, war das Bild. Sie verzeihen, meine Damen und Herren, wenn ich ins Schwärmen komme: Unser kleiner mephistophelischer Trick war, das Sehen durch das Auffinden der Zentralperspektive in ein Bildersehen zu verwandeln, das unbemerkt eine neue Wahrnehmung schuf, die mehr und mehr die Welt in repräsentante Illusionen verwandelte. Meine Damen und Herren, Sie schauen heute nur noch Bilder, wenn Sie schauen. Sie sehen lediglich die perspektivisch-bildlichen Stellvertreter der Sie umgebenden Wirklichkeit, die Ihnen so entzogen ist, dass Sie nicht einmal ahnen, wie und was sie sein könnte. Mit der Digitalisierung, die heute jedes Medium beherrscht, sind jedoch auch die Bilder selbst – die doch Stellvertreter waren – zum Verschwinden gebracht worden. Sie glauben zwar noch Bilder zu sehen, wenn Sie digitale, beziehungsweise elektronische Bilder anschauen. Doch was Sie in Tat und Wahrheit betrachten, sind Zahlenwerte, eine Messung von Licht auf Quantenraumgröße, von jeglicher Referenz befreit, auf beliebige Art neu oder umzurechnen: Sie schauen quantentheoretische Zaubereien, die scheinen, was sie nicht sind. Die nicht einmal mehr Stellvertreter sind. Doch es kann nicht an mir sein, vorwegzunehmen, was Sie an Ihrer Tagung kenntnisreicher behandeln werden. Ich habe lediglich versucht, eine Art Vorwort zu Ihren bestimmt sehr lehrreichen Ausführungen zu geben … auch wenn ich nicht so genau weiß, wie ich zu den Worten gekommen bin, die ich Ihnen hier vorgetragen habe …

XVIII

DAS BUFFET

Der Causeur, die Hände im Schoß, nahm den Applaus, der kaum freundlich zu nennen war, mit Gleichmut entgegen, als gälte er ihm.

– Ich fürchte, Ihre Hilfe ist ihm nicht bekommen, sagte ich.

Schon gegen Ende der Rede war der Stellvertreter des Ministers eingeschrumpft, hatte die hypnotische Ausstrahlung verloren und wurde zu dem, was er gewesen war, als er ans Pult schritt: ein korrekter, gehemmter Beamter, auf dessen Gesicht jetzt nicht mehr Souveränität, sondern Erschrecken lag.

Das Publikum erwachte aus der Starre, mit der es der Rede gefolgt war, eine Bewegung ging durch die Reihen, ein Räuspern und sich Zurechtsetzen, während Bolt ein paar Schritte nach vorne tat, eine von spöttischer Überheblichkeit geschminkte Miene aufsetzte, die den Ärger doch nicht verbergen konnte.

– Nach all dem schwer Verdaulichen, sagte er, das uns wortreich vorgesetzt worden ist, bin ich froh, dass wenigstens die Köche mit »leichter, bekömmlicher Kost« aufwarten. Sie haben uns für heute Abend nichts Halbgares, sondern erlesene Speisen bereitgestellt, eine Komposition von Leckerbissen: Ich bitte Sie, meine Damen und Herren, heranzutreten und sich zu bedienen. Das Buffet ist eröffnet!

Die Hausmusik setzte ein, es begannen ein Stühlerücken und anschwellendes Gerede, durchsetzt von protestierenden Ausrufen, doch ein helles Klappern der Teller trieb zu Aufbruch und rascher Gangart, man hatte sichtlich Hunger. Das Buffet war, wie von Bolt angekündigt, eine kunstvoll aufgebaute Komposition, von Leuchten angestrahlt, farblich wie auch in der Folge der Speisen aufs Sorgfältigste arrangiert: Von links nach rechts war in Schalen, Wärmebehältern und auf Platten ein mehrgängiges Menü ablesbar, das mit verschiedenen Vorspeisen und Suppe begann, zu zwei Hauptgängen führte, gefolgt von assortiertem Käse, Früchten und verschiedenen Süßspeisen, bei denen das übliche Tiramisù und die Mousse au Chocolat nicht fehlten. Eine kleine Gruppe hatte sich bereits angestellt, spähte langhalsig entlang der Tafel, wo sich erste Gäste vordrängten. Diese ließen sich gleich von der Hauptspeise vorlegen, während sich ein paar Ungeduldige von den Süßspeisen her selbst bedienten. Der Causeur und ich waren noch nicht bei Besteck und Tellern angelangt, als ein hemmungsloses Plündern eingesetzt hatte. Kaum jemand hielt sich an die so sorgfältig aufgebaute Folge der Speisen, die meisten Gäste versuchten nur rasch und ausgiebig Beute zu machen, um schließlich zufrieden mit einem Schlag gebrannter Creme neben Hasenragout und Krevettencocktail abzuziehen und sich und das Ergatterte in Sicherheit zu bringen.

Abseits, ein Glas Orangensaft in der Hand, stand der stellvertretende Minister, unbeachtet von den Gästen. Niemand wollte sich kompromittieren, indem er ein Wort an ihn richtete. Der Beamte selbst blickte vor sich aufs Parkett, als fürchtete er, angesprochen zu werden, und hoffte wahrscheinlich doch, von dem einen oder anderen Zuhörer ein anerkennendes Wort zu bekommen, das keiner ihm gab.

– Er tut mir leid, sagte ich. Sie hätten nicht den Einbläser spielen dürfen. Sehen Sie ihn an, wie unglücklich er ist.

Wie immer der Causeur es zu Stande gebracht hatte, den Beamten einen ihm so offensichtlich nicht entsprechenden Text vortragen zu lassen, es war Unrecht gewesen und brachte den Mann in Schwierigkeiten. Landers hatte den Redner genauso missbraucht wie Bolt.

– Mir gefällt nicht, was Sie getan haben, sagte ich und versuchte meiner Stimme Festigkeit zu geben. Wenn Sie schon mein Begleiter sein wollen, dann verlange ich mehr Rücksichtnahme.

– Worauf? Auf Ihre Gefühle? Das habe ich doch.

Der Causeur hob leicht die Schultern, betrachtete mit amüsiertem Lächeln, wie sich die kunstvoll arrangierte Banketttafel in einen Schweinetrog verwandelte.

– Als wüssten Sie in Ihrer mitleidslosen Art, was Gefühle sind.

– Ihnen kann man es offenbar nicht recht machen, sagte er. Sie waren es doch, der sich über die Arroganz des Professors bei der Ankündigung des Beamten empört hat und dem Sie es übel genommen haben, dass er Sie, nach dem kleinen Intermezzo mit den Wachleuten, mit allen Zeichen der Geringschätzung bei der schönen Laura hatte stehen lassen.

Er steckte sich eine seiner rauchlosen Zigarren in den Mund.

– Geben Sie zu, die rhetorische Brillanz, mit der wir den Professor geärgert haben, hat Ihnen Spaß gemacht. Dass der Mann seinen Job verlieren wird, das muss Ihnen – so darf ich doch annehmen – schon während der Rede klar geworden sein.

– Den Job verlieren? Für Worte, die nicht einmal seine eigenen gewesen sind? Warum das denn? Und wie kommen Sie dazu, hier Schicksal spielen zu wollen.

Der Causeur sah mich an, wie Großvater seine Patienten angesehen hatte, mit dem ernsthaften Versuch, die Krankheitssymptome zu verstehen. Etwas ruhiger fügte ich deshalb hinzu:

– Der vorgetragene Text kam mir übrigens bekannt vor.

– »Buch der Halbwahrheiten«, Seite 56–62, variiert und leicht der Situation hier angepasst. Wir sind sparsame Leute.

– Ich verstehe. Und um einen Ausschnitt aus Ihrem Büchlein unter die Leute zu bringen, darf ein anderer zum Arbeitsamt laufen?

– Seien Sie nicht albern. Sie wissen doch genau, dass es nicht so ist. Er hat, wonach wir doch alle streben, seinen Moment der öffentlichen Aufmerksamkeit bekommen.

Der Causeur ließ seine Zigarre aufglühen, kniff das

eine Auge ein, als würde ihn der Rauch brennen, den es nicht gab, und lächelte dazu sein schiefes, nachsichtiges Lächeln.

– Ich habe Ihnen ja noch ein kleines Kunststück des Stewards versprochen, und das vollbringt er besonders gerne mit der Boulevardpresse: Morgen wird es einen ersten Wirbel in ihren Blättern geben – dem Anlass völlig unangemessen –, dem eine Hetze folgt, die der arme Kerl nicht überleben wird.

Ich sah den Causeur konsterniert an, und noch während ich stotterte: – Das darf nicht geschehen, verhindern Sie es bitte! löste sich die Gesellschaft im Saal in einzelne Bilder auf, nahm ich meine Umgebung wahr, als würde ein Film allmählich angehalten. Mich umgaben ruckende »Stills«, eingefrorene Bewegungen, die tonlos, jedoch sprunghaft grimassierend verzerrte Gesichter einander folgen ließen. Andere waren nur einfach verwischt und unscharf wie auf dilettantischen Schnappschüssen. Einzig der Stellvertreter blieb in der goldrot verschmierten Menge scharf umrissen, dadurch auch herausgehoben: Sinnend, leicht vorgebeugt, das Glas in der Hand, stand er abseits, und neben mir hörte ich, wie der Causeur sagte: – Wenn er um zehn Uhr sieben, also in drei Minuten, sein Glas wegstellt, in seiner Verwirrung die drei Gläser, die dort stehen, umstoßen sollte, wird er den Skandal nicht überleben und in drei Tagen, von jetzt an gerechnet, um zehn Uhr sieben sein Leben beenden.

Es mag sich seltsam anhören, dass gerade diese Worte mich beruhigten. Sie ließen mich glauben, dass ich aus Übermüdung eigene Erinnerungen und Phantasien weitergesponnen hatte, ähnlich wie bei einer abendlichen Lektüre, wenn das Gelesene unmerklich in die eigenen Traumbilder übergeht: Die Worte des Causeurs waren ein plattes Plagiat aus der Erzählung Mark Twains. So ähnlich hatte der kleine Neffe Satans den Tod eines der Jungen angekündigt, und die Stimme des Causeurs klang auch wie die von Grünfeld, wenn er an den späten Nachmittagen im Kaffeehaus erzählte, draußen trübes Wetter war, und der Redakteur vor seiner Tasse Kaffee saß und uns Gymnasiasten seine Vorlesung hielt. Wir fanden uns beim Zuhören in andere Zeiten und Epochen versetzt, an Örtlichkeiten, die wir nicht kannten, die jedoch alle aus den Wörtern Grünfelds wuchsen, farbig durch den Klang seiner schleppenden Stimme. Wir hatten teil an Abenteuern, die wenigen vorbehalten waren, befanden uns gleichzeitig in den Höhen erkennender Komik all der Mühen – genauso, wie die drei Jungs in Twains Erzählung vom seltsamen Fremden. Als ich mich zum Causeur umwandte, hatte ich einen Moment lang geglaubt, meinen alten Mentor zu sehen, denn Landers hatte Grünfelds etwas schiefes und doch stets spöttisches Lächeln aufgesetzt. Er nickte mir zu, und ich folgte der Aufforderung wie ohne mein Zutun, als würde ich zu dem Redner hin durch die Leute gezerrt und geschoben.

– Verzeihen Sie, sprach ich ihn an, und der stellvertretende Minister schien aus großer Ferne zurückfinden zu müssen. Ich wollte Ihnen nur sagen, dass mir Ihre Rede gefallen hat. Ich habe darin Gedankengänge gefunden, die mir selbst nicht ganz fremd sind…

– Mir schon, unterbrach mich der Beamte heftig. Ich weiß nicht, was in mich gefahren ist und woher mir die Worte zugeflossen sind, die nichts mit mir und meinen Überzeugungen zu tun haben. Lebten wir nicht in aufgeklärten Zeiten, müsste ich annehmen, der Teufel hätte mich geritten. Denn eines ist klar: Diese Rede ist das Ende meiner beruflichen Laufbahn. Mein eigener Beitrag zur Thematik der Stellvertreter ist genau der, den Sie eben erlebt haben, nämlich dass wir stets für etwas einstehen müssen, wofür wir nicht verantwortlich sind.

Damit wandte er sich ab, wollte sein Glas auf den Tisch zu drei leeren Gläsern stellen – und während er noch seine Hand ausstreckte, fasste ich ihn an der Schulter, um zu verhindern, dass eintreffen würde, was der Causeur vorausgesagt hatte und nun geschah: Der stellvertretende Beamte erschrak, machte eine ungeschickt ausfahrende Bewegung, bei der er die auf dem Tisch abgestellten Gläser zu Boden wischte. Mit dem Zerbrechen lösten sich die »Stills« auf, kehrten der Saal, die Gesellschaft, die Musik augenblicklich in den normalen, fließenden Ablauf zurück: Die Leute wandten missbilligend die Köpfe, sahen herablassend zu uns herüber, als wären sie in ihrem Urteil über den stellvertretenden Minister ein weiteres Mal bestätigt worden. Dieser richtete sich auf, bot der Gesellschaft, die ihn verachtend ausgeschlossen hatte, die Stirn:

– Genug Geschirr zerschlagen!, sagte er, und ohne jemanden weiter zu beachten, verließ er den Saal.

XIX
DER ENGLISCHE CLUB

Durch die Fenster drang ein weiches, milchiges Licht, das die fingrig gespreizten Blätter noch abzuwehren versuchten. *Breakfast ready!* Das Klopfen an der Tür war kräftiger geworden. *I'm coming.* Ich schlug das Laken zurück, setzte mich auf. Ich hatte auf dem runden Bett tief und auch gut geschlafen. Einen Moment noch blieb ich auf der Bettkante sitzen, sah durch die Blätter auf den Spazierweg am Teich – und das tief einfallende Licht der Morgenstunde gab dem Anblick etwas Ungestörtes, aus einer Zeit Belassenes, da noch kein Straßenlärm jeden Blick dumpf umdröhnte, wie er dies in unserer Zeit tat. Ich bemerkte am gegenüberliegenden Ufer eine Spaziergängerin, die aus dem Schattengang der Bäume trat, einen Augenblick am Teich stehen blieb, aufs Wasser sah und von der Gestalt und der Haltung her nur Laura sein konnte. Die Assistentin, die mir gestern Abend vorgestellt worden war, hatte ich während des Banketts aus den Augen verloren. Jetzt brachte mir ihr Anblick die Erinnerung an die Eröffnung zurück, an die Rede des Stellvertreters und an mein eigenes ungeschicktes Verhalten. Ich beeilte mich, unter die Dusche zu kommen.

Als ich den Vorraum betrat, saß der Chauffeur im Fauteuil, blätterte in einer Zeitung, der Koch und sein Sohn standen im Durchgang, nickten freudig und verschwanden, um mit Klappern in der Küche zu beginnen. Zu einem einzelnen Gedeck waren Butter, Toast und *marmalade* aufgetragen worden, dazugestellt waren ein Teller mit Früchten und eine Karaffe Wasser. Der Sohn brachte Tee, Milch und Zucker, und während ich meinen Stuhl zum Tisch rückte, mich damit abzufinden versuchte, dass mein Frühstück lediglich aus gebuttertem Toast und etwas Bitterorangenkonfitüre bestünde, überraschte mich der Koch mit einer Schale Porridge – etwas, das ich schon lange nicht mehr gegessen hatte. Während des Gymnasiums hatte mir Mutter jeden Morgen einen Porridge zubereitet, weil sie fand, die Anstrengungen des Lernens benötigten eine kräftige Nahrung. Und wie damals als Schüler, als ich noch verschlafen am Familientisch saß, Mutter mir steif und schweigsam Gesellschaft leistete, goss ich auf den bräunlichen Haferberg im Teller ausgiebig Milch, die in Bächen über den Brei hinunterrann, ließ vom Löffel Rohrzucker regnen, um dann seitlich des Berges einen süßlichen See zu graben. Der Geschmack, das Geräusch des knirschenden Zuckers zwischen den Zähnen brachten mir die Atmosphäre von damals wieder zurück: Dunkel war es jeweils vor der Fenstertür zum Garten gewesen, in der Stille tickte die Wanduhr, und die Lampe streute ein flirrendes Licht auf der Tischdecke aus, spiegelte sich in den Scheiben, wo der Morgen nur zögerlich in die Schatten drang, sich allmählich der Apfelbaum, der Hag, das Nachbarhaus aus der Nacht lösten. Mit dem Blaugrau, das den Garten erfüllte, wuchs in mir eine Ängstlichkeit vor dem neuen Tag. Meine Mutter saß da am Tisch, ihre Miene reglos und blass, den Rücken gestrafft, die lebende Veranschaulichung, wie eine »Dame aus gutem Haus« auf der Kante des Stuhles zu sitzen hatte.

Porridge gehörte bei Mutters Pflegeeltern in England wie *jam* und *scrambled eggs* zum Frühstück, von der Köchin zubereitet, vom Hausdiener serviert. Der Haferbrei war, wie das Biskuit zum Fünfuhrtee, eine rituelle Speise, welche die überlegene, aristokratische Lebensform bekräftigte, die nach Mutters Auffassung im British Empire ihren weltweiten Ausdruck fand. Da ich damals ihre ganz und gar unaristokratische Herkunft nicht kannte, füllte der Haferbrei nicht nur meinen Magen für einen langen Schultag, ich löffelte mit dem Porridge auch eine gute Portion Selbstwertgefühl in mich hinein.

Ich schmeckte Löffel um Löffel diesen vergangenen Empfindungen nach, dachte mit leichtem Schulterzucken daran, dass ich hier, in der Vorhalle des Guest House, mich vor der kühlen Nüchternheit jener Morgenstunden nicht hätte zu fürchten brauchen: Die Sonne glomm staubig vor dem schmalen, vergitterten Fenster, es war bereits warm, und der Raum in seiner schattigen Höhlung verriet, wie notwendig ein Schutz vor dem allzu grellen Licht und der Hitze war: Einzig, dass ich zum Kongress fahren, mich dort – wie ich vermutete – einem Wettstreit mit anderen fotografischen Auffassungen aussetzen musste, schuf ein gleiches Unbehagen, wie während meiner Schulzeit.

Noch während ich zurückgelehnt, die Tasse zwischen den Händen, meinen Erinnerungen nachhing, erschien Laura, ganz in Weiß, einen Seidenschal um die Schultern gelegt. Sie wünschte einen guten Morgen – und mahnte zum Aufbruch. Die erste Veranstaltung beginne um zehn Uhr, der Straßenverkehr sei dicht um die Zeit, wir müssten uns beeilen. Ich nahm einen letzten Schluck Tee, ging in mein Zimmer, das ich hatte aufräumen wollen. Die gestern Abend flüchtig ausgepackten Kleider lagen noch immer auf der unbenutzten Seite des runden Bettes gestapelt. Nun bliebe wieder keine Zeit, und ich war mir auch nicht schlüssig, ob ich zur Jeans das Jackett des Anzugs anziehen sollte, entschied mich für die bequemere Leinenjacke und setzte die Schildmütze auf.

– Kommen Sie, kommen Sie!, hörte ich die Stimme des Chauffeurs in der Halle.

Es war eine feste Gewohnheit, nie außer Haus zu gehen, ohne nochmals kurz die Kameratasche zu überprüfen. Doch bei der Eile ließ ich es bleiben, hängte sie über die Schulter, blickte mich kurz im Zimmer um. Die Tagungsunterlagen hätte ich beinahe vergessen.

Laura war bereits vorausgegangen, und der Chauffeur hielt auffordernd die Tür offen. Wir rannten die Treppe hinunter, am Parkwächter vorbei, der an der Haustür salutierend sein Stöckchen präsentierte, querten den Hof, während die beiden Gehilfen, unter den bellenden Befehlen ihres Vorgesetzten, sich daran machten, das Tor zu öffnen. Ich hatte bereits vergessen, wie schlecht die Luft draußen war, und wurde überrascht, wie nach wenigen Atemzügen der Smog sich in den Bronchien, der Nase, den Augenwinkeln festbiss. Auch im Off-Roader behielt ich das Taschentuch vor den Mund gedrückt. Die Klimaanlage blies gekühlte Luft durch die Öffnungen an der Frontscheibe, zerrte dort an einer Zeitung, die der Chauffeur achtlos auf die Ablage geschoben hatte: Die bebend flatternde Titelseite zeigte ein Foto des stellvertretenden Ministers während seiner Rede – unscharf durch die schlechte Auflösung des Bildes, mit einem Smartphone aus einem für den Porträtierten ungünstigen Winkel aufgenommen. Laura, die meinen Blick bemerkt hatte, sagte, der Auftritt des sonst sehr zurückhaltenden Herrn Saleh, den sie von ähnlichen Veranstaltungen her kenne, sei auf ihr unerklärliche Weise von der Boulevardpresse aufgegriffen worden. Es sei die Rede von einem Skandal. Der Beamte habe die Regierung angegriffen und sich über die Politiker vor internationalem Publikum lustig gemacht. Und Laura übersetzte eine Stelle des Artikels, den sie bei sich trug: »Dabei mutete Herr Saleh dem Publikum prominenter Kongressteilnehmer so abwegige Behauptungen zu wie: Er und Christus müssten anstelle der gewählten Regierung die Weltgeschichte lenken.«

Ich wandte den Kopf ab, blickte aus dem Seitenfenster, um das Foto des stellvertretenden Ministers nicht immer von Neuem ansehen zu müssen. Ich wollte so bald wie möglich den Causeur sprechen und ihn bitten, das Unheil von Herrn Saleh abzuwenden und ihn von den absurden Vorwürfen der Zeitung zu entlasten. Schließlich war der Beamte durch seine, Landers, Schuld in Schwierigkeiten geraten – und dabei fiel mir ein, dass ich den Causeur möglicherweise nicht wiedersehen würde. Ich fragte Laura, ob sein Name auf ihrer Teilnehmerliste aufgeführt sei. Er fehlte.

Wir kamen, wie Laura befürchtet hatte, nur stockend bis zur Kreuzung Mainstreet – Harbour Road voran, gelangten von dort im Schritttempo über die Brücke und brauchten allein eine halbe Stunde, um den sich anschließenden Boulevard entlang bis zur Auszweigung der Straße zu fahren, die zum Institut führte. Die Pflasterung über aufgerissenen Gräben war lediglich behelfsmäßig geflickt. Senken hatten sich gebildet, standen voll fauligen Wassers, und der Straßengraben war mit Plastiktüten, Petflaschen, Pflanzenabfällen gefüllt. Holprig und langsam kam der Off-Roader voran.

Notfalls, dachte ich, würde ich versuchen, den stellvertretenden Minister auf eigene Faust zu finden. Ich müsste zum Zeitpunkt, den der Causeur vorausgesagt hatte, bei ihm sein, die eine Minute übermorgen Abend, um zehn Uhr sieben. So könnte ich versuchen noch abzuwenden, was durch mein Eingreifen beim gestrigen Empfang dann aller Voraussicht nach geschehen würde.

Der Vorsatz beruhigte mich etwas. Der Off-Roader rumpelte an einem Zaun entlang, dem gegenüber sich hinter kahlen Alleebäumen eine Baubrache bis zu den Rasterfassaden einer Blocksiedlung hinzog. Jetzt müsste ich mich erst einmal mit dem Kongress befassen, mit den Erwartungen, die man an mich hatte, zumal Laura eben bemerkte, wir seien gleich da, dieses längliche, frisch renovierte Gebäude dort sei das Institut.

– Das Haus hat ursprünglich den Engländern gehört, es ist ihr Club-Gebäude außerhalb der Stadt gewesen, inmitten einer Parkanlage, in der es auch Cricket- und Tennisplätze gab. Die Herrschaften ließen sich an Abenden und Wochenenden hierherfahren, um der Hitze der Stadt zu entrinnen. Man traf und vergnügte sich, suchte die Erholung unter seinesgleichen.

Noch lasse sich die Parklandschaft auf der anderen Straßenseite erahnen, die sich zu einem langgestreckten See hinabgezogen habe, den es noch immer gäbe, erklärte Laura.

– Ein paradiesischer Ort für Leute wie meine Großeltern, die damals nur zu offiziellen Anlässen die *grounds* betreten durften.

Der Wagen bog in die Einfahrt des zweistöckigen Gebäudes ein, das mit der Schmalseite zur Straße hin stand, und hielt vor der Treppe zum Haupteingang. Ihm gegenüber war ein Garten angelegt, ein offenes Stück Rasen, mit Büschen und Bäumen zwischen Gehwegen, die zu einer langgestreckten Halle mit Tischen und Stühlen führten.

Wir stiegen aus, machten ein paar Schritte im Garten.

– Die Salons, das Rauchzimmer und die Bibliothek befanden sich im Hauptgebäude, das nach Abzug der Engländer zerfiel. Bis vor ein paar Jahren ist es noch eine Ruine gewesen, genutzt als Warenlager, zum Teil auch von Zuwanderern bewohnt, die aus ländlichen Gebieten, gezwungen durch Anordnungen der neuen Regierung, in die Stadt kamen. Sie brachten ihre Tiere mit, hausten mit diesen in den leeren Sälen, hatten offene Feuer brennen, und das Wasser holten sie vom See herauf. Die Parklandschaft aber – das sehen Sie selbst – wurde gezielt überbaut, der alte privilegierte Raum durch Blocks besetzt, »soziale Manifeste der Gleichheit«, und aus dem Bootshaus wurde ein Bierausschank für Ausflügler gemacht. Noch in den siebziger Jahren galten die Blocks als begehrte Adresse. Meine Eltern hätten gerne dort gewohnt.

Laura stieg die Stufen zum Eingang des Institutes hoch.

– Sie haben den Code in den Unterlagen, sagte sie, tippte neben der verglasten Tür die Zahlen in ein Viereck Tasten ein, tat dies mit zügiger Raschheit, der Nagel ihres Zeigefingers war oval zugefeilt und matt lackiert. Mit einer routinierten Drehung drückte sie die Schulter gegen die Tür, stieß sie auf, und ich betrat hinter ihr ein helles, geräumiges Foyer, in dem es nach Kaffee roch, vereinzelt Gruppen von Teilnehmern beieinanderstanden, mit Tassen in den Händen, und sich gedämpft unterhielten.

Endlich war ich angekommen an dem Ort, der vor rund zwei Wochen, an jenem nebligen Novembermorgen überm Fluss, lediglich eine Adresse auf der Einladung zu einem Kongress gewesen war. Doch während ich da im Foyer stand, die Räumlichkeit und die Leute betrachtete, war mir, als hätte mich lediglich ein Versehen hierhergebracht, ein Gedanke, der mich einen Moment lang verunsicherte. Laura eilte die Treppe hoch, die geschwungen aus dem Foyer ins obere Stockwerk führte. Sie habe dringende Aufgaben zu erledigen, hatte sie entschuldigend gesagt, nachdem Bolt sie kurz mit einem stechenden Blick fixiert hatte. Der Professor stand mit drei älteren Herren zusammen, redete auf sie ein und fühlte sich nicht bemüßigt, mich zu bemerken. Zu sehr war er mit seinen Ausführungen beschäftigt, die, den heftigen Gesten nach zu schließen, dem gestrigen Abend und der Berichterstattung heute Morgen gelten mussten.

Das kurze, zweimalige Vibrieren des Handys befreite mich vom Gefühl, nur dazustehen, ohne zu wissen, was ich mit mir anfangen sollte. Während ich die SMS aufs Display holte, wurde mir durch die paar hinterleuchteten Wörter bewusst, wie weit weg ich vom gewohnten Leben und seinen festen Strukturen war: *Hoffe, alles ok. Vermisse dich. Hier kalt und Regen. Bekomme neuen Forschungsauftrag! Bitte melde dich. Liebe, Sarah.*

XX

JOEL PECKERS VORTRAG

– Die Veranstaltungen werden in der Bibliothek stattfinden, verkündete Bolt, nachdem er kräftig in die Hände geklatscht hatte. Man sei gebeten, in den anschließenden Saal zu treten, der nach den Plänen aus der Zeit des Englischen Clubs restauriert worden sei.

Hohe, bis zur Decke reichende Bücherschränke zogen sich an den Wänden entlang, deren gewölbte Türen mit in Sprossen gerahmten Glasscheiben einen barocken Schwung in den sonst eher nüchternen Raum brachten. Licht fiel von zwei zum Garten hin gelegenen Fenstern ungebrochen herein, wurde ergänzt durch eine in die Decke eingelassene Kuppel aus milchig trübem Glas, von der eine diffuse Helle herabfiel. Die Mitte des Raumes nahm ein rechteckiger Tisch ein, und diese Anordnung machte klar, dass die Konferenz nicht in der von mir erwarteten und seit Tagen mit Unbehagen vorgestellten Art stattfinden würde: Es gäbe kein Auditorium, vor dem ich am Rednerpult über mein Werk und meine Bilder sprechen müsste. Die Teilnehmer säßen im Gegenteil an einem Tisch, hinter Namensschild, Notizblock und Wasserglas. Die Veranstaltung werde – wie Bolt ausführte – im Stil eines den hier versammelten Akademikern wohlvertrauten Seminars abgehalten, dem ein Kreis ausgewählter Zuhörer in den seitlichen Stuhlreihen folgen dürfe. Die Vorträge und Diskussionen sollten versuchen, am Beispiel der Fotografie den historischen Wandel unserer Wahrnehmung herauszuarbeiten, wobei er hoffe, auch die kolonialen Aspekte blieben nicht unerwähnt. In der allgemeinen Bewegung des Stühlerückens suchte ich auf dem Tisch vergeblich nach meinem Namensschild und begriff allmählich, dass zum Thema Fotografie Leute aus unterschiedlichen Fachgebieten wie Kunstgeschichte, Soziologie, Physik, Ethnologie zusammenfassende Statements zu bereits verteilten Vorträgen hielten, die danach diskutiert werden sollten.

Ich hätte dies alles in den Unterlagen, die mir Laura gestern Abend ausgehändigt hatte, nachlesen können. Doch wann wäre dazu Zeit gewesen? Jetzt sah ich beim Durchblättern des Programms, dass meine Präsentation als abendliche Rahmenveranstaltung geplant war. Deshalb fehlte auch mein Namensschild auf dem Tisch. Der zweite Fotograf, der einen ähnlichen Auftritt bereits heute bestreiten sollte, war zu meiner Überraschung David Crompton. Er war der zur Zeit wohl gesuchteste Werbe- und Modefotograf, berühmt für seine Porträts des Jetsets, der jedoch auch ein bedeutendes zeitgenössisches Werk geschaffen hatte: Aufnahmen aus den Elendsvierteln amerikanischer Städte. Dass ich mit Crompton zusammen, als die alleinigen Fotografen, zu dem Kongress eingeladen worden war, freute mich, schmeichelte mir auch und weckte gleichzeitig mein Bedenken: Konnte ich neben diesem Weltstar bestehen?

Bolt, nachdem er die Runde am Tisch begrüßt, Einzelne der Referenten mit zwei- und dreimaligem Verbeugen vorgestellt hatte, hielt ein erstes Referat über das Institut und seine Tätigkeiten, gab einen geschichtlichen Überblick, strich sein Verdienst heraus, das Gebäude dank seiner Beziehungen hauptsächlich mit ausländischem Kapital – vorab britischem – wiederhergestellt zu haben. Dann sprach er über den realen und den ideologischen Kolonialismus, die beide – sowohl der englische, wie der anschließend sozialistische – in unterschiedlicher, jedoch spürbarer Art nachwirkten. Sie bildeten den Forschungsschwerpunkt des Institutes. Aus diesen Nachwirkungen erkläre sich die im Land heute verbreitete Ambivalenz den technisch-wirtschaftlichen Einflüssen gegenüber, wie sie seit der Jahrtausendwende spürbar geworden seien. Einerseits bestehe eine bewundernde Identifikation mit den Bildern eines modernen, konsumistischen Lifestyle, anderseits eine radikale Ablehnung der »kapitalistischen Zügellosigkeit« als fremde, kolonisierende Lebensform. Dann begrüßte Bolt nochmals die Anwesenden, wies darauf hin, dass all die Bände und Bücher in den Regalen und Schränken seine durch die Jahre zusammengetragene private Bibliothek seien. Er habe sie mit dem Archiv, das sich im ersten Stock befinde, dem Institut übergeben, eine Sammlung von zirka dreißigtausend Werken, die nun durch das ICCS, das Institute for

Contemporary und Colonial Studies, weitergeführt und betreut werde.

Ich hätte, statt hier im Saal zu sitzen, liebend gern die nähere Umgebung des Instituts erforscht, das Blockviertel, den See, die angrenzenden Straßen. Seit meiner gestrigen Ankunft war ich noch keinen Schritt allein unterwegs und ungestört gewesen, nicht einmal Mineralwasser, Biskuits und Früchte hatte ich mir besorgen können. Doch der Moment, den Saal zu verlassen, war verpasst. Es hätte Aufmerksamkeit erregt, wenn ich jetzt den Raum verlassen hätte, wäre vielleicht sogar als unfreundliche Geste einem englischen Referenten gegenüber empfunden worden, der eben mit dem zweiten Vortrag begonnen hatte. Er war um die vierzig, trug einen für das Klima zu warmen Tweed-Anzug, ein blaugestreiftes Hemd und hatte eine bordeauxrote Krawatte vorgebunden. In langsamen, überaspirierten Wortfolgen trug er seine Überlegungen zu der sich verändernden Bildwahrnehmung in der Renaissance vor, ein Thema, das mich doch zu interessieren begann. Er leitete seine Ausführungen mit einer Kritik an Panofskys Schlussfolgerungen zu Leon Battista Albertis »De Pictura« ein, dem umfassendsten Buch zur Zentralperspektive, das 1435 in Florenz erschienen war. Joel Pecker, wie ich auf dem Namensschild las, betonte mehrmals, dass er nur mit Herzklopfen wage, Panofsky zu widersprechen, gelte dieser doch als unbestrittene Autorität und seine Abhandlung über »Die Perspektive als symbolische Form« als Klassiker.

Er fuhr sich aufgeregt durch die gewellten Haare, um dann mit Eifer seine These darzulegen.

Eine wissenschaftliche Theorie des Sehens, sagte er, in dem er jedes einzelne Wort betonte, sei die Voraussetzung für die Entwicklung der geometrischen Perspektive gewesen. Der Künstler sei durch diese Theorie befähigt worden, »das, was wir sehen, abzubilden, weil das, was wir sehen, *bildlich* ist. Gleichzeitig kann er in seinen Gemälden, gestützt auf sein Wissen über das Sehen und Abbilden, auch sein *eigenes* Sehen getreu wiedergeben«. Die Zentralperspektive ermögliche nun dieses innere Vorstellungsbild durch mathematisch-geometrische Konstruktion nach außen auf ein Tableau zu bringen, das seinerseits wiederum als ein veräußertes Innenraumbild zum Sehen und Wahrnehmen der Welt schlechthin werde. Und Joel Peckers gerötetes, von einem leichten Schweiß glänzendes Gesicht verzog sich zum Lächeln eines Jungen, der im Begriff ist, den Erwachsenen einen Streich zu spielen.

»Die Leistung Albertis bestand nicht in einer Objektivierung des Subjektiven, wie Panofsky in ›Die Perspektive als symbolische Form‹ schreibt, sondern in einer Externalisierung des Innern. In einer gewissen Weise war das nichts Neues, denn man glaubte, dass jegliches strukturierte und rationale Verhalten gegenüber Sinngegenständen auf Vorstellungsbildern beruht, die man von ihnen zuvor gemacht hat. Neu aber war der Glaube, dass die Sehbilder (imagines), die unserem Leben Struktur geben, die Form von Tafelbildern annehmen (pictures), die dadurch künstlerisch dargestellt werden können. Ein Glaube, der aus der Verbindung von künstlerischer Praxis und der Theorie des Sehens entstanden ist.« Die ersten Demonstrationen der Zentralperspektive hätten wie Wunder auf das Publikum gewirkt.

Während des Vortrags blickte ich durchs Fenster hinaus ins trüb gelbliche Licht, hatte in dem Ausschnitt – »wie ihn als Element der Komposition bereits die Antike kannte, und die Renaissance wiederentdeckte« – ein höchst unvollkommenes Bild betrachtet, das aus abgeschnittenen Buschkronen, der Dachlinie des Gartenpavillons sowie der Brandmauer eines Nachbarhauses mit Lukarnen und einer Satellitenschüssel bestand. Peckers Vortrag erinnerte mich an die Vorlesungen in Kunstgeschichte, während der Blick auf die Lukarnen mir mein »Land über Dächern« zurückbrachte, die Mansarde meiner Studentenzeit über der Stadt, deren Türme wie Stacheln am Schuppenpanzer der Häuser waren. Kein fließendes Wasser, keine Heizung. Ein Bett, ein Tisch mit Stuhl, eine Waschkommode, diese karge Einrichtung war Protest und gewählter Gegensatz zum behüteten Milieu des Elternhauses gewesen. Mein Vater war von Beruf Chemiker, hatte in einem der Entwicklungslabors der Pharmaindustrie gearbeitet und früh schon ein Haus außerhalb der Stadt, auf dem damals noch freien Feld unterhalb des Wasserturms bauen lassen: klar gestaltete, helle Räume, wie sie in den sechziger Jahren zum begehrten »Modernen Wohnen« gehörten, die durch Mutters

Wunsch nach schweren englischen Möbeln etwas verdüstert wurden.

Vater hatte neben seinem Beruf nur wenige Interessen, und diese flammten kurzzeitig aus der Begeisterung für einen Apparat auf, »den man sich leisten konnte« und der das Entdecken von etwas ihm Unbekanntem versprach: Ein Kurzwellenempfänger beispielsweise oder ein Teleskop, eine Filmkamera oder ein Tonbandgerät, doch all diese Geräte endeten als Puzzles in Schachteln, die in einem Einbauschrank vergessen gingen. Vater schraubte regelmäßig »sein neuestes Hobby« auseinander, zerlegte den Apparat in Einzelteile, weil er wissen wollte, wie er funktionierte, und den er danach nie mehr zusammensetzen konnte.

Ein »Apparat« jedoch schaffte es, die väterliche Begeisterung ungebrochen zu erhalten, schon weil ihm gelang, was er in freien Stunden an Teilen auseinanderschraubte, auch wieder zusammenzusetzen: das Auto. Dazu kam seine Leidenschaft für ein, wie er es nannte, »sportliches Fahren«. An einem Wochenende konnte es schon mal vorkommen, dass er nach Genua oder Marseille fuhr, wobei er sein Verschwinden mit dem Hinweis entschuldigte, er habe nur einfach vergessen, anzuhalten. So kam ich dank Vaters Begeisterung für das Autofahren früher als meine Schulkollegen ins Ausland, nach Italien beispielsweise, das alle damaligen Sehnsuchtswünsche vereinigte: Küste und Meer, blühender Oleander, Sonne und lichte Pinienhaine. Und dank Peckers Ausführung zu »Albertis System der Konstruktion einer messbaren

Struktur aus zusammengefügten Flächen – dem Fliesenmuster« erinnerte ich mich da im Bibliothekssaal des Instituts an einen Ausflug nach Florenz. Vaters Rolleiflex umgehängt, in kurzer Hose und mit Sandalen an den nackten Füßen, hatte ich als vielleicht Zehnjähriger vor der unscheinbaren und unfertigen Fassade der Kirche von San Lorenzo gestanden. Mein Vater, der noch nie hatte erkennen lassen, dass er Sinn für irgendetwas anderes als Formeln und Apparate haben könnte, beugte sich zu mir herab, legte die Hand auf meine Schulter. Diese Kirche, sagte er, ist als Erste nach Gesetzen der eben entdeckten Zentralperspektive gebaut worden. Brunelleschi hat sie entworfen, und du musst dir vorstellen, dass die Leute, die damals die Kirche betraten, einen Raum noch nie zuvor so gesehen hatten, wie er sich ihnen beim Eintreten präsentierte. Ich verstand nicht, wovon Vater sprach, und die unfertige Fassade wies auf nichts Großartiges hin. Im Moment, da ich die Kirche betrat, war ich jedoch überwältigt. Obschon die Zentralperspektive in unserer Zeit nichts Außergewöhnliches ist, hatte ich einen Raum, so wie hier im Innern der Kirche San Lorenzo noch nie gesehen. Die Rasterstruktur der Decke und die des Bodens ergaben eine räumliche Tiefe, die unglaublich war, den Blick schwindelnd in die Tiefe auf den einen Punkt hin zog: den Altar. Nicht erst Grünfeld oder der Fotograf im Souterrain hatten mich das Sehen gelehrt. Es war mein Vater gewesen. Mit ihm war ich durch die Kirchentür von San Lorenzo in ein ›erwachsenes Sehen‹ getreten, wie mir jetzt bewusst wurde. Und mich streifte in der Bibliothek, beim Zuhören von Peckers Vortrag, der Gedanke, Vater hätte mit all seinen Apparaten vielleicht aus eben diesen berechneten Geometrien, aus Formeln und Reaktionsabläufen ausbrechen wollen – eine Flucht, die nie gelingen konnte, weil auch die Geräte die erhoffte Weite, Ferne und Tiefe nur vortäuschten, wie es Brunelleschis Architektur tat, in der Kirche San Lorenzo in Florenz.

XXI

LAURA

Die Behauptung Joel Peckers zum Schluss seines Vortrags, die inneren Sehbilder seien mit Beginn der Neuzeit als äußere, gestaltbare Tableaus wahrgenommen worden und hätten die Menschen in eine bebilderte Wirklichkeit eingeschlossen, erinnerte mich mit Unbehagen an den stellvertretenden Minister. Dieser war in seiner Rede zu einem ähnlichen Fazit gekommen. Doch wie sah wohl die Wirklichkeit für Herrn Saleh jetzt selber aus, seit die Fotos von der gestrigen Rede in der Boulevardpresse erschienen waren?

Die Bibliothek leerte sich, Referenten und Hörer begaben sich in den Garten, wo in der offenen Halle die Tische zum Mittagessen gedeckt waren. Ein Professor der hiesigen Universität, der neben mir gesessen hatte, schloss sich mir an, ein graubärtiger Mann von beachtlicher Statur, der, die Arme verschränkt, mit reglosen Zügen – als säße er einem Bildhauer Modell – Peckers Ausführungen gelauscht hatte. Wir schlenderten durchs Foyer und über die Treppe ins Freie, während der Graubart bemängelte, der Vortragende habe in typisch britischer Manier alles, was nicht ins Konzept passe, weggelassen. Gar nichts, kein Wort habe er zur Camera obscura gesagt, seinem Spezialgebiet. Man könne über das Cinquecento und seine Bildauffassung nichts Vernünftiges sagen, ohne auf sein Standardwerk zu verweisen: »Der Nadelstich in Platons Höhle«. Und er begann auch sogleich mit einem Abriss seiner epochalen Arbeit, dass bereits der Antike bekannt gewesen sei, wie durch ein Loch das umgekehrte Bild in einem dunklen Raum erzeugt werden konnte – zur Beobachtung der Sonnenfinsternis beispielsweise –, die Camera obscura jedoch erst mit der Idee realistischer Darstellung an Bedeutung gewinne, vor allem, nachdem Cardano zur Verbesserung des Bildes die Linse eingesetzt habe: ein wichtiges Hilfsmittel der Maler – Ausführungen, zu denen ich anerkennend nickte. Doch fielen meine eingestreuten Ausrufe offenbar zu wenig enthusiastisch aus, so dass der Graubart mitten im 17. Jahrhundert seiner Entwicklungsgeschichte nachfragte, an welcher Universität ich denn lehre. Meine Antwort, an gar keiner, ich sei Fotograf, der morgen Abend einen Bildzyklus präsentieren werde, ließ das Interesse des Professors augenblicklich erlahmen. Mit der Bemerkung, auch für den Praktiker sei sein Buch selbstverständlich sehr aufschlussreich, verabschiedete er sich, strebte nach kurzer Entschuldigung einer Gruppe zu, bei der sich auch Joel Pecker befand und die ihm eine nützlichere Mittagsrunde versprach.

Ich sah mich nach einem Platz an den schon gut besetzten Tischen um, entdeckte dann Laura im Halbdunkel der Halle. Sie saß in dem für die Institutsangestellten reservierten hinteren Teil, und ich trat hinzu, fragte, ob ich mich zu ihnen setzen dürfe. Nach einer kurzen Irritation – für die Gäste sei vorne, zum Garten hin gedeckt – wurden die Stühle gerückt. In Lauras Gesellschaft würde ich mich ungezwungen fühlen, brauchte auch keine Gespräche über das eben Gehörte zu führen, eine Art der Konversation, die mein Nachdenken darüber nur störte. Sarah hätte nicht gebilligt, dass ich mich dem Kreis der Gäste entzog, wenn ich ihm schon einmal angehörte. Sie hätte mir Vorhaltungen gemacht, es »typisch und charakteristisch« gefunden, dass »der Herr Fotograf« – wie sie mich in solchen Momenten nannte – sich »außerhalb des Bildes setzt«, an jenen »neutralen« Ort, wie Roland Barthes ihn bezeichnet hatte, der lediglich existiert, weil es die Aufnahme gibt, gleichzeitig jedoch auch nicht existiert, weil er unsichtbar bleibt. Es sei eben der Ort der Kamera, pflegte ich darauf zu sagen, was als Begründung einleuchtend genug war, um keine weiteren Fragen nach sich zu ziehen. Doch hielt ich mich schon als Kind im Abseits auf. Dort war ich geschützt vor den Ansprüchen meiner Umgebung, konnte mich ihnen entziehen. Denn ich war stets leicht zu beeinflussen gewesen und schnell wehrlos fremden Forderungen gegenüber, denen ich mich fast zwanghaft unterwarf. Warum das so ist, hat mich lange beschäftigt. Heute habe ich damit zu leben gelernt. Und während meine Mutter sich »ins Bild« gelogen hat, eine vornehme und ästhetische Behauptung an die leere Stelle ihrer Herkunft gesetzt hat, bin ich im

Abseits geblieben, außerhalb des Bildes, am neutralen Ort.

– Würden Sie mir einen Gefallen tun, Laura? Sie haben Herrn Saleh erwähnt, den gestrigen Redner, und dass Sie ihn kennen. Ich wäre Ihnen dankbar, wenn Sie mir seine Wohnadresse ausfindig machten.

Ich müsse ihn sehen, mit ihm sprechen, ich fühlte mich nach dem gestrigen Abend dazu verpflichtet. Auch weil ich fürchte, dass Schlimmeres, als bereits geschehen sei, sich noch ereignen könne.

Laura versprach, es zu versuchen. Sie habe allerdings mit Herrn Saleh stets über das Ministerium Kontakt gehabt, der Institutsleiter, Herr Bolt, kenne sich dort als ehemaliger Minister sehr gut aus. Ob das Amt auch eine Privatadresse herausgeben würde, wisse sie nicht, doch sie werde schauen, was zu machen sei.

Auch Laura, dachte ich, während sie sprach, war in ihrer zurückhaltenden, schüchternen Art eine auf dem Bild »fehlende« Person, so leicht in all den herandrängenden Auffälligkeiten zu übersehen.

Das Essen wurde »vom Wagen« serviert. Zwei Köche in hohen Mützen schoben ihn heran, verzichteten hier am Angestelltentisch auf das synchrone Öffnen der Wärmebehälter, dafür wurde reichlicher vorgelegt: ein vegetarisches Menü und eines mit Fleisch, beides Eintopfgerichte, zu denen gebratene Kartoffeln geschöpft wurden. Laura gab zu verstehen, ich könne unbedenklich von dem Wasser trinken, das in einem Krug auf dem

Tisch stand. Das Institut habe eine eigene Aufbereitungsanlage, denn das normale Leitungswasser sei, vor allem in der warmen Jahreszeit, nicht sauber genug und durch Schwermetalle weit über die Toleranzwerte hinaus belastet.

So aß ich auch das Eis, das als Nachtisch gereicht wurde, betrachtete den Garten, während ich die kalte, nach einer mir unbekannten Frucht schmeckende Masse löffelte. Ein gebrochenes, metallisches Licht lag auf dem Rasen und den Büschen, die Schatten blieben diffus, und eine trockene, rissige Wärme färbte die Fassade des Instituts. Beim Ausschaben des cremigen Rests aus der Schale versuchte ich mich zu erinnern, weshalb mir das ehemalige Clubhaus vertraut vorkam, als kennte ich es oder hätte zumindest ein ähnliches Gebäude schon gesehen. Laura erzählte von ihrer Arbeit. Sie habe Geschichte und Literatur studiert und sei froh, hier am Institut eine Stelle als Archivarin gefunden zu haben. Die Bezahlung sei gemessen an den üblichen Löhnen sehr gut, sie könne dadurch die Eltern unterstützen. Ihr Vater entstamme einer einstmals einflussreichen Familie, in der es Abgeordnete und auch Kabinettsmitglieder gegeben habe. Die Tatsache sei Grund genug gewesen, dass er nach dem Medizinstudium, das er noch in den liberaleren Anfangszeiten der sozialistischen Regierung abschließen konnte, als Arzt nicht habe praktizieren dürfen. Er sei einem Bautrupp zugeteilt worden, habe als Installateur in den Neubauten elektrische Leitungen verlegt. Nach dem Umsturz habe er sich nicht mehr zurechtgefunden, seine

Arbeit gab es nicht mehr, und für eine medizinische Tätigkeit lag sein Studium zu weit zurück.

– Es ist ein Privileg, am Institut angestellt zu sein, viele meiner Bekannten beneiden mich, und täglich gehen Anfragen und Bewerbungen ein. Doch die Arbeit im Archiv, die ich nun schon seit über fünf Jahren verrichte, ist sehr einfach, reines Ordnen, in einem Dachraum voller Schachteln. Ich hoffe, dort oben nicht selbst zu einem Stück archivierter Vergangenheit zu werden, zumal ich mich auch in der Familie mit Zeiten beschäftigen muss, die lange schon vorüber sind.

Sie lächelte dieses halb versteckte Lächeln, das allem Gesagten die Schwere nahm, sehr anziehend war, sie zugleich unerreichbar machte.

XXII

PARK DER WOHLFAHRT

Ich beschloss, nicht in den Saal zurückzukehren. Ich würde einen Streifzug in die Umgebung machen, den ersten ohne Begleitung, die Leica in der Tasche. Nachdem Laura und die anderen Angestellten zurück an ihre Arbeit gegangen waren, die Gäste noch beim Kaffee saßen, durchquerte ich den Garten zur Einfahrt, wo der Off-Roader stand, trat durchs Tor hinaus auf die Straße. Eine Unruhe befiel mich, ich blickte zur Allee, hinter der die Blocks in ihrer vernachlässigten Mächtigkeit standen, anonym und drohend. Ich hätte Laura fragen sollen, ob es gefährlich sei, sich allein und als Fremder in das ehemalige Vorzugsquartier zu wagen. Ein festgetretener Pfad wand sich durch das von Unkraut überwucherte Brachland, zwischen Schutthaufen und angehäuftem Abfall hindurch, endete bei einem Weg aus rissigem Teer, der mich zu einem Durchgang mitten in einem der Blocks führte. Die Wände waren feucht, als schwitzten die Mauern die Dünstungen der Wohnungen aus. Das helle, sich mit jedem Schritt weitende Viereck am Ende des Durchgangs zog mehr und mehr von der Fassade eines weiteren Blocks ins Gesichtsfeld, verwitterte Betonplatten, gerastert von Fenstern und verglasten Balkonen, an die sich eine nächste und nächste Fassade reihte und sich im Blick zu einer Schlucht seriellen Zerfalls verengte. Durch die Mittelachse lief eine Straße, gesäumt von abgestellten Wagen, von denen einige rostige Wracks waren, ohne Räder, mit zerbrochenen Scheiben. Die Büsche in den beidseitigen Grünstreifen hatten kaum Laub, fristeten mit geknickten und abgerissenen Ästen ein Überleben auf hartgetretener Erde, gemeinsam mit den Hunden, die in ihre dünnen Schatten eingerollt schliefen.

Nachdem ich ein paar Aufnahmen gemacht hatte, stellte ich mich auf der Straße auf, die Kamera am Auge. Ich suchte nach dem Fluchtpunkt in der Trübung des Smog, um einen ironischen Kommentar – »Das Ende des zentralperspektivischen Sehens« beispielsweise – zu Peckers Vortrag zu fotografieren, war noch dabei, das Bild zu komponieren, als wie aus dem Nichts eine Bande von Kindern auftauchte. Sie umringte mich johlend, ich wurde an der Hose gezupft, einzelne Jungs und Mädchen sprangen vor mir hoch, um – wie sie hofften – ins Bild zu kommen, eine schmutzige Schar, das Haar strähnig, die Augen dunkel. Dichter umdrängte sie mich, stieß, schrie und bettelte. Etwas Unbedingtes und Forderndes lag in ihrer Zudringlichkeit. Mit dem Entschluss, nachzugeben, die Kinder für eine Aufnahme zu gruppieren, spürte ich, was mir bis jetzt entgangen war. Ich wurde beobachtet. Wahrscheinlich seit ich den Innenraum der Überbauung betreten hatte. Und obschon niemand zu sehen war, der aus Eingängen, durch Ritzen und Scheiben spähte, nahm ich ein Misstrauen wahr. Es konnte nur mir gelten, diesem Fremden mit der Kamera, der hierhergekommen war, um ihr Elend »zu schauen« und festzuhalten. Gefangen im Veitstanz der Kinder, verspürte ich Angst. Ich dürfte sie nicht zeigen, ohne mein bisschen Autorität zu verlieren: Mit bestimmten Gesten und aufmunternden Lauten bedeutete ich den Kindern, sie sollten sich vor mir aufstellen, und der Schwarm, der mich eben noch umringt hatte, sammelte sich blitzschnell in dem vermuteten Sichtwinkel der Kamera. Die Leica am Auge, fühlte ich mich geschützt. Der Apparat verbarg mich. Zugleich konnte ich durch den Sucher ungehemmt die Jungs und Mädchen betrachten, diese schmutzigen, vernachlässigten Kinder, in deren Gesichtern Not und Schläge früh harte Züge eingeschrieben hatten. Scheel blickten sie, abgeschlagen und hinterhältig, gezeichnet von einem Leben, das sich einzig mit Schlauheit und dem schnelleren Zugreifen bewältigen ließ. In den Augen jedoch war Trauer und Stumpfheit, wie bei Erwachsenen, die enttäuscht und verbraucht sind. Doch als ich nun der Schar, obschon ich bereits einige Male auf den Auslöser gedrückt hatte, das Zeichen gab, ich wolle sie nun fotografieren, sah ich im Sucher ein verwandeltes Bild. Egal ob Mädchen oder Junge, sie alle, vom Dreikäsehoch zum aufgeschossenen Lümmel, hatten auf mein Zeichen hin blitzschnell eine Pose eingenommen – die Posen von Helden aus Actionfilmen –: die hochgehaltene, mit der Linken bedeckte Pistole, die an die Hüfte gepresste Pumpgun, die zu Handkantenschlägen bereiten Arme.

Feste, hollywoodgeprägte Körperformen, Ausdruck von Macht und Aggression. Und für den Augenblick, da sich die Linse öffnete, waren sie ihre Idole – und die Gesichter, die stumpfen, traurigen Augen, zeigten eine aufleuchtend verspielte Kindlichkeit, als hätte sie mein Fotoapparat für die Dauer der Aufnahme aus den verelendeten Blocks in ein besseres Dasein versetzt.

Noch während die Kinder mehr- und nochmals fotografiert sein wollten, jetzt übermütiger, auch ungehemmter forderten, trat ein älterer Mann auf mich zu und scheuchte mit ein paar Befehlen die Schar zur Seite. In einem weiten Kreis umstanden sie mich und den Alten, der in Sommerhose und überfallendem Hemd sich nach meiner Herkunft erkundigte. Die Wortwahl, seine höfliche, verbindliche Art verrieten, dass er Bildung besaß und Wohlstand gekannt haben musste, auch wenn seine Kleidung jetzt abgetragen und nicht mehr frisch war. Das weiße Haar trug er lang und nach hinten gebürstet, der Schnurrbart war sorgfältig geschnitten, und zu meiner Verblüffung gestand der Alte, auch ein paar Brocken Deutsch zu sprechen. – In Jugend, ich studierte Deutsch, sagte er, glücklich über die wiedergefundenen Worte, deutsche Kultur groß. Er lächelte dazu, dass sein Gesicht einen glatten, vertraulichen Zug bekam. Und in dem geläufigeren Englisch fuhr er fort: Er habe die Sprache lernen wollen, weil die Engländer damals so viel Unsinn über Deutschland erzählt hätten, von Lagern und Verfolgungen, woran er auch heute noch nicht glaube.

Er sei später Beamter im Innenministerium gewesen, beim Sicherheitsdienst, und habe zu den ersten Bewohnern dieser Siedlung gehört. Er hob den Kopf, sah die Straße entlang, über die Kinder hinweg, und die halb geschlossenen Lider, das vorgereckte Kinn ließen erahnen, er sähe die Überbauung wieder, wie sie gewesen war, als er hier einzog.

– Man hatte getreu einer fortschrittlich sozialistischen Politik die Siedlung als eine Gartenstadt konzipiert. Ein Rest Genugtuung kam in seine Züge, als er erklärte, wie einzigartig dies alles einmal gewesen sei, damals. Und er habe es als Auszeichnung empfunden, eine Wohnung hier draußen beim Englischen Club, im »Park der Wohlfahrt«, zugeteilt erhalten zu haben, so dass er mit seiner Frau aus der Innenstadt hierherziehen durfte.

Ich drückte Mal um Mal den Auslöser, versuchte die subtilen Veränderungen in seinem Gesichtsausdruck festzuhalten, dieses leichte Senken der Mundwinkel, den daraus entstehenden härteren Zug.

– Später gelangte man zur Überzeugung, wir müssten ebenfalls verdichtet bauen. Man habe eine Reihe weiterer Blocks zwischen die bestehenden geschoben. – Sie mussten rasch errichtet werden, sind mit billigem Material gebaut worden. Viele Wohnungen haben kein Wasser, die elektrischen Leitungen sind defekt, alles ist kaputt.

Und der Alte machte eine Geste, die nicht nur die Blocks, sondern auch das umfassen musste, woran er geglaubt hatte: eine Handbewegung, die herrisch und verwerfend zu der Fassade hochgeführt wurde und in müder Langsamkeit niedersank.

Während ich den Alten porträtierte, kam ich nicht um die Vorstellung herum, meine Kamera meißle den alten Funktionär nochmals aus den Sedimentationen der Vergangenheit, stelle ihn für die Menschen hier erneut als ein vergangenes Monument über sie, die hinter den trüben Scheiben und aus Eingängen heraus uns beide beobachteten. Und der Alte zeigte angewidert und verächtlich auf die Kinder, auf Gesindel, das eingesammelt und weggeschafft gehöre, wie er sagte. Die Schuld an der Verwahrlosung trügen die Engländer, die das Land ausgebeutet hätten und die ethnische Eigenart und Kultur zerstören wollten wie jetzt das internationale Kapital auch, – und der Alte merkte in seinem Fanatismus nicht, dass er die Sprache derer redete, die an all dem schuld sein sollten: er die Silben hart und abgehackt aussprach, als bestünden die Sätze aus einem Staccato von Stockschlägen.

Ich ertrug die Wörter des Alten nicht mehr, lief weg, begann zu rennen, als würde ich verfolgt. Sein Hass hatte die Straße, die Blocks mit ihren Grünstreifen in eine Sequenz von Bildern aus der Zwischenkriegszeit des letzten Jahrhunderts verwandelt, grobkörnige, nicht ganz scharfe Aufnahmen in Schwarz-Weiß, durch die ich mich zwischen grauen Wohnkasernen die Straße hinunterhasten sah, an Passanten vorbei, die misstrauisch hinter mir herblickten oder nur einfach wegsahen, als fürchteten sie das Heulen von Sirenen, das Heranrumpeln eines Kübelwagens mit uniformierten Schlägern. Und in den Ohren tönten die Wörter des Alten blechern nach, als wären sie von der Bildlegende eines Hetzblattes abgelesen: – *Es ist Gesindel, das eingesammelt und weggeschafft gehört.* Ich suchte diesem Nachhall zu entrinnen, bog zwischen zwei Blöcken in einen Fußweg ein, gelangte in einen nächsten Straßenraum, der genauso aussah wie der, den ich verlassen hatte, als geriete ich in die gebaute Wiederholung des Geschwätzes, in eine Schlaufe der ewig gestrigen Ansichten des alten Funktionärs. – Er ist ein Abfall, wiederholte ich im Keuchen, das ein Brennen in den Bronchien ausgelöst hatte: – Dieser Alte ist Abfall, ein Abfall vom Menschlichen, und ich verlangsamte die Schritte erst, als ich den Rand der Überbauung erreicht hatte, über einen Zaun aus Maschendraht und Buschwerk auf den See blickte, ein nicht allzu großes, lang gezogenes Gewässer. Ich fand eine Lücke, von der ein Pfad durch Grasland hinab zum Wasser führte. Ein rostiger Steg mit gewaltsam verbogenem Geländer, dessen Stangen in den grauen Himmel stachen, überbrückte einen Abzugsgraben zum Ufer des Sees hin. Der Stamm einer Weide, von dem sich die Borke löste, war schwarz, das Geäst kahl, und die Platten des Gehweges hatten sich gesenkt, einzelne fehlten oder waren zerbrochen. Dazwischen hatten sich Spuren von Fahrrädern und Schuhen in die sumpfigen Stellen gedrückt. Auf dem algigen Wasser drifteten Fetzen von Papier, Petflaschen, Büchsen, aufgeweichter Karton als schwankende Inseln, getrieben vom Wind. Am gegenüberliegenden Ufer, an den Wiesenborden und Buschrändern, saßen Einzelne und Paare auf Decken oder auf der nackten Erde, aßen oder sahen vor sich hin. Eine Frau wusch ihre Wäsche, legte die Stücke auf dem Gras aus, und ein Mann stand hüfttief im Schlamm, schäumte die Haare ein, weiße Flocken, die von seinen spritzenden Händen wegtrieben, rund um ihn einen milchigen Saum ins Wasser zogen.

Ich holte mein Handy aus der Tasche, die leuchtende Klarheit des Displays war wie ein Schlupfloch zur intakten, geordneten Welt meines Wohnorts. Ich tippte eine SMS: *Alles ok. Auch ich habe einen neuen Auftrag: Abfall. Unvorstellbar, wohin ich geraten bin. Namenlos in seiner Versehrtheit. Vermisse Dich C.*

Dann beugte ich mich, die Kamera am Auge, über ein gebrochenes Rohr, aus dem eine schwarzbraune Scheiße hervor in Papier, Plastik, Stofffetzen quoll, glänzend wie japanischer Lack. Darauf spiegelte sich ein Stück Himmel, stumpfes Grau mit einem diffusen Schein verdreckter Sonne. Ich könnte den Abfall zum Thema meines Portfolios machen, überlegte ich mir. In der nutzlosen Materialität waren sowohl der Ort wie die Menschen enthalten, ein Amalgam aus Massenprodukt und zerknüllenden Händen, designter Verpackung und wegwerfenden Gesten. Abfall war Gier, die nach der Befriedigung übrig blieb, das Überbleibsel der Werbewelten, nachdem die Bergquelle ausgetrunken, der einzig echte Landschinken gegessen war.

Ich beugte mich über das Stück Himmel, heruntergefallen als eine trübe Spiegelung zwischen Papier- und Stofffetzen, verspürte eine freudige Erleichterung über das gefundene Thema und wusste zugleich, dass der Causeur in meiner Nähe war.

XXIII

LIMBUS

Landers stand hinter mir, ganz der gepflegte, elegante Herr in grauem Anzug, den Hut in die Stirn gedrückt, die Hand am Knauf eines dünnen Stocks. Seine Erscheinung hätte in keinem größeren Gegensatz zur Umgebung stehen können. Als wäre er ein Überbleibsel aus der Zeit des Englischen Clubs, in die Gegenwart hineingespiegelt, und mir, der da vor dem aufgebrochenen Rohr hockte, entgingen nicht die blitzblanken Lackschuhe, die er in all dem Dreck trug.

– Staub haftet sich bei unsereinem nicht mehr an, sagte Landers, der meinen Blick bemerkte, die Gravitation hat ihre Anziehungskraft verloren. Sehr angenehm übrigens. Ich habe mich während meines Lebens nicht zuletzt deshalb fast ausschließlich mit Wörtern beschäftigt, weil sie den Fallgesetzen von Tellern, Tassen und ähnlichem Kram nicht unterliegen.

– Doch immerhin stehen sie bei aller Schwerelosigkeit fest auf dem matschigen Weg.

– Inkonsequenz ist schon immer mein Spezialgebiet gewesen. Man hat sie auch meinen Schriften vorgeworfen.

Er sah mich in dieser neugierigen, doch unpersönlichen Art an, die mir das Gefühl gab, Objekt eines Experiments zu sein.

– Sie haben befürchtet, mich nicht mehr zu sehen? Ich bitte Sie, ich glaubte erwähnt zu haben, dass ich zu Ihrem Begleiter ausersehen worden bin?

Der Causeur sah nicht nur so aus, er sprach auch wie ein Herr aus vergangenen Tagen.

– Der nicht da ist, wenn man ihn braucht. Ich bin hierhergeflohen, weil mir das Quartier zu einer Kulisse der Vergangenheit geworden ist, ich mich in das Berlin oder Wien der dreißiger Jahre versetzt gefühlt hatte.

– Jahre, in denen ich noch ein gesellschaftliches Leben in Theater- und Künstlerkreisen geführt habe. Oder müsste ich sagen, in denen es ein solches Leben überhaupt noch gab? Man traf sich täglich im Café, redete, trank, es wurde intrigiert und über aufgebauschte Nichtigkeiten gestritten. Doch das war lediglich der Stuck, die Verzierung um den wesentlichen Kern, nämlich des fortgesetzten Austausches zwischen den besten Köpfen, die sich dort trafen – oh, ich bestreite nicht: die sich auch gegenseitig halfen und sich kleine Aufträge zuschanzten. Wir waren ja in gewissem Sinne alle Unbehauste.

– Unbehaust? Sie hatten doch eine ansehnliche Wohnung? Wenigstens behauptete das der Steward. Mit Bibliothek, Arbeitszimmer, einer Chaiselongue für die ausgedehnte Lektüre. Heute wohl kaum noch zu erfüllende Ansprüche, das kann ich Ihnen versichern.

Ich hockte noch immer vor dem gebrochenen Rohr,

ließ mich nicht abhalten, weiter an meinen Aufnahmen zu arbeiten.

Der Causeur sah nachdenklich über mich hinweg.

– Sie können heute nicht mehr verstehen, was ich mit unbehaust meine. Wir waren unnachgiebig im Urteil, was künstlerische Werke anbelangte, doch selbst konnten wir, was die eigene Arbeit betraf, nicht immer wählen. Ich habe viel auf der Bühne gestanden, sowohl in Berlin wie in Wien, obwohl ich nicht wirklich Schauspieler war. Habe Feuilletons und Reportagen geschrieben, konnte aber kein Journalist sein, ich habe während Jahren meine kulturhistorischen Studien betrieben, war dazu jedoch durch nichts als mein eigenes Nachdenken qualifiziert. Das Unbehaustsein war eine geistige *raison d'être*, geprägt vom Bewusstsein, nirgends wirklich zugehörig zu sein. Man hatte, was man schuf, das eigene Werk, fühlte sich deshalb den gesellschaftlichen Gepflogenheiten gegenüber nicht wirklich verpflichtet. Ein Bewusstsein, das vom europäischen Judentum stark mitgeprägt war, doch beides wurde mehr und mehr bedroht, das Bewusstsein und die Juden.

Landers, der eben noch als eleganter Herr neben mir gestanden hatte, verblasste zusehends zur zweidimensionalen Durchsichtigkeit eines Negativs, in dem hell und dunkel vertauscht sind. Leise und für mich kaum hörbar murmelte er vor sich hin, die Augen geschlossen, einen Zug im Gesicht, wie ich ihn zuvor noch nie gesehen habe, ein Ausdruck tiefsten Schmerzes:

– Sie kamen an einem Nachmittag, klingelten Sturm,

unten an der Haupttür, vier Männer in Uniform und mit Armbinden. Ich hörte ihre Stiefel auf der Treppe poltern. Freunde hatten mich gewarnt, ich solle gehen, solange noch Zeit sei. Doch da waren mein Schreibtisch, die Bücher, das Zimmer, in dem ich fünfhundert Jahre Geschichte europäischer Kultur erdacht hatte. Konnte ich das zurücklassen? Sie traten mit ihren Stiefeln gegen die Wohnungstür, schlugen sie ein. Was hätte ich tun können? Mit diesen Schergen und dem, was sie repräsentierten gleichzeitig in meinen Räumen zu sein, in denen ich Jahrzehnte gelesen, nachgedacht und über die Kulturgeschichte geschrieben hatte, würde es nicht geben. Damals – der Causeur lächelte, war wieder der elegante Herr, als hätte dieses Wort »damals«, das er gedehnt aussprach, ihn wieder in ein positives Bild verwandelt:

– Damals gab es für mich die Schwerkraft noch. Ich bin aus dem Fenster gesprungen, vier Stockwerke tief.

Kaum eineinhalb Stunden hatte ich im Freien verbracht. Nun saß ich im Foyer des Instituts, froh, einen Moment verweilen zu können: Die Augenwinkel juckten, die Nasenschleimhäute brannten, ich schnäuzte Ruß ins Taschentuch. Ich fühlte eine Mattigkeit im Kopf, als wäre mein Gehirn von einem schmierigen Beschlag überzogen.

– Werden Sie sich noch einen der Vorträge anhören?

Der Causeur hatte mich durch die Blocks zurückbegleitet, und ich war ihm dankbar gewesen: In der Gleichförmigkeit der Überbauung hätte ich den Weg zum Institut nicht so leicht gefunden, wäre womöglich dem Alten oder der Horde Kinder nochmals begegnet.

– Nein, ich denke nicht. Ich werde mich zum Guest House fahren lassen.

– Viel verpassen Sie nicht. Es gibt kaum eine These zur Fotografie, die nicht einleuchtend und in einem Aspekt durchaus wahr erscheint. Das macht sie so hilfreich für allerlei Irrtümer, wie eben dem, der heute Nachmittag ein weiteres Mal breitgetreten wird: nämlich, dass die Fotografie eine Aneignung und Bemächtigung des Objekts ist, das sie abbildet. Haben Sie nicht auch daran geglaubt? Als Sie Student waren und durch die Stadt streiften? Dennoch ein veraltetes Konzept, das ein handelndes Individuum voraussetzt, das Macht über die Bilder hat, obwohl es doch umgekehrt ist: Es sind die Bilder, wie unser liebenswürdiger Stellvertreter gestern Abend ausgeführt hat, die uns und was wir für wirklich halten bestimmen … erinnern Sie sich?

Er stand da vor mir, seine rauchlose Zigarre im Mund, die Hände auf den Knauf des Stocks gelegt.

– Sie können beruhigt sein, sagte er in einem milden, besänftigenden Ton. Ich habe das Schicksal des Beamten zu seinem Vorteil geändert.

– Darum wollte ich Sie bitten. Die Vorstellung wäre mir unerträglich gewesen, seinen Tod durch meinen gut gemeinten Versuch, ihn am Zerbrechen der Gläser zu hindern, mitverursacht zu haben.

– Nun, die Stelle hat er verloren. Doch er wird durch mein Eingreifen ein langes und sehr gutes Leben haben, vielleicht das beste, das er von den ihm möglichen Schicksalen haben konnte.

Das versonnene Gesicht des Causeurs verwandelte sich in ein Lächeln, das mich erneut an Grünfeld erinnerte: Auch der Redakteur konnte am Kaffeehaustisch, nach seinen Auslassungen über Epochen, Theorien und transzendente Welten, hinter der Tasse hervor, verdeckt von der Hand mit der Zigarette, seine Adepten mit diesem Lächeln ansehen, als sei er zufrieden, wie sich die Marionetten an seinen Fäden bewegten.

Kaffeeduft kündigte die nahe Pause an. Landers winkte einen Abschiedsgruß mit der Hand, wie er es am Flughafen getan hatte, ließ eine Schwere in mir zurück, die mich tiefer in den Sessel drückte. Doch auch ich wollte weg sein, bevor die Leute den Saal verließen. Also rappelte ich mich hoch, ging den Flur entlang zu den Ökonomieräumen, fand den Chauffeur in der Küche, wo Imbisshäppchen und Getränke vorbereitet wurden. – Ich möchte gerne zum Guest House gefahren werden, sagte ich, und der Chauffeur, der sich den Rest eines Brötchens in den Mund schob, die Hände abwischte, quetschte hervor: – No problem, no problem! und war ebenso plötzlich wie der Causeur verschwunden.

Ich setzte mich an den Tisch, an dem der Chauffeur seinen Anteil Pausenbrötchen verzehrt hatte, und eine Angestellte brachte mir unaufgefordert eine Tasse Tee, mit Zucker und Milch, wie ihn die Engländer getrunken hatten. – Der Tee wird sie erfrischen!, sagte sie, und es klang nach einer Wendung, die wie die Art des Zubereitens aus den vergangenen Zeiten übrig geblieben war. Obschon ich nicht die Gewohnheit hatte, am Nachmittag Tee zu trinken, ihn auch nicht sonderlich gut vertrug, nahm ich die Tasse dankend an. Der Duft war angenehm, ein erster Schluck lindernd für die noch immer brennenden Schleimhäute. Aus dem süßlich herben Geschmack kam die Erinnerung an den Park, den See und die Gehwege zurück, vernachlässigt und übernutzt, wie sie waren. Ich hatte dem Causeur geklagt, nachdem dieser wie aus dem Ei gepellt und unangekündigt wie stets aufgetaucht war, ich hätte gehofft – nach den Wohnkasernen und ihrer Hässlichkeit – wenigstens da noch etwas von der Parklandschaft zu finden, die der See und die Wiesen laut Laura noch zur Zeit des Englischen Clubs gewesen seien.

– Und nun sehen Sie sich das an!

– Ja, sehen Sie sich das an, hatte der Causeur geantwortet, schauen Sie, wie es hier vor nur einem Menschenalter noch ausgesehen hat.

Es war, als würde mir ein Stereoskop vor die Augen geschoben: ein Gerät, wie es im 19. Jahrhundert in Mode gekommen war, das aus zwei Linsen bestand, durch die man auf eine Karte in einer Halterung blickte, auf der zwei beinahe identische Fotos aufgeklebt waren. Der Effekt war ein dreidimensionales Sehen, das allerdings die Eigenart hatte, die Bildebenen wie Theaterkulissen hintereinander zu staffeln, wobei jede einzelne gestochen scharf war, wie dies beim natürlichen Sehen nicht der Fall ist.

Ich sah in eine unverbaute, weite Landschaft, in der zwischen Hügellehnen, bestanden von einzelnen Bäumen, der See in seinen natürlichen Ufern lag. Hoch aufgetürmt drangen Wolken in den weitgespannten, klaren Himmel. Ein Fuß- und Reitweg führte am gegenüberliegenden Ufer unter Weiden entlang, das Wasser spiegelte dunkle Schattensäume, und eine Dame, ganz in Weiß, einen Sonnenschirm aufgespannt, blickte zu dem Boot, einem Vierer mit Steuermann, das an den herabhängenden Zweigen vorbeiglitt: Junge Männer, kräftig gebaut, in weißen Hosen und rund ausgeschnittenen Shirts, zogen in gemächlichem Rhythmus die Ruder durchs Wasser. Ein wenig zurückgeblieben auf dem Weg, noch halb im Schatten der Bäume, stand in sommerlichem Kleid und Kniestrümpfen ein Mädchen, das noch kindlich und doch schon eine junge Frau war. Es blickte zu dem Fotografen, der etwas oberhalb der Stelle, wo ich mich befand, sein Stativ aufgestellt haben musste: ein offenes, neugieriges Gesicht, zwischen zu Schnecken gedrehten Zöpfen – und genauso unvermittelt, wie das Bild sich eingestellt hatte, war es auch wieder verschwunden. Ich blickte auf den See, die rostige Brücke, die betonierten Ufer, und der Schock über den jetzigen Zustand des Parks drang wuchtig auf mich ein.

– Sie glauben, durch Ihre Reise hierher in danteske Höllenkreise geraten zu sein?

Die Stimme des Causeurs klang amüsiert.

– Aber selbstverständlich sind Sie das. In der Regel genügen ein paar Assoziationen – Botticellis Bild der Höllenkreise im Büro Ihrer Frau zum Beispiel – und schon wähnt man sich auf einem ähnlichen Weg wie Dante. Zu meinem Bedauern haben Sie statt eines römischen Dichters bloß meine Wenigkeit zur Begleitung.

Sein Spott ärgerte mich, auch wenn ich mich bemühte, es mir nicht anmerken zu lassen. Sarah wurde oft genug von Kollegen wegen ihrer Beschäftigung mit Dante, dessen Jenseitswelt sie in Beziehung zu Forschungsergebnissen der Astronomie, beziehungsweise Kosmologie brachte, belächelt oder gar angefeindet. Einige warfen ihr Unwissenschaftlichkeit vor, und ich schimpfte diese mir unbekannten Kollegen Fachidioten, um Sarah zu trösten, obschon ich mir eingestehen musste, dass mir die Analogien zwischen Dantes Bild des Kosmos und den heutigen Erkenntnissen selbst nicht klar waren. Mir fehlten die Kenntnisse, und Sarahs Bedürfnis, die mittelalterlich religiöse Welt mit der heutigen zu verbinden, war mir letztlich auch fremd. Landers jedoch, der da mit sauberen Schuhen und nach vergangener Mode gekleidet vor mir stand, hatte von den modernen kosmologischen Theorien erst recht keine Ahnung, sein Spott war pure Anmaßung. Er mischte sich in etwas ein, das ich an Sarah liebte, weil es anders und eigen war, wie der Globus auf dem Fensterbrett, der nicht blau von Ozeanen, sondern rot von Magma leuchtete.

Doch der Causeur kümmerte sich nicht um meine Empfindlichkeiten. Nüchtern und konstatierend sagte er:

– Das »Institut für zeitgenössische und koloniale Studien«, wie auch der Kongress zum Paradigma der Fotografie selbst, sind lediglich der Limbus, wenn Sie es mittelalterlich mögen: eine ganz passable Vorhölle, in der sich eine durchaus annehmbare Gesellschaft gelehrter Leute aufhält. Ich allerdings ziehe, wie Ihre Frau auch, die zeitgemäßeren Analogien vor. Sie sind vielleicht weniger anschaulich, das gebe ich gerne zu, dafür ohne die Patina und Übermalungen von Jahrhunderten. Zum Schluss des 19. Jahrhunderts waren die religiösen Vorstellungen von so deprimierender Nüchternheit, dass es sinnlich kaum noch einen Unterschied macht, ob Sie sich hier tatsächlich in der Vorhölle, dem Limbus, befinden oder nur einfach durch die neurologischen Projektionen ihres limbischen Systems wandern. Ihre Frau Sarah würde vielleicht noch erwähnen, dass im Thalamus und in den Basalganglien auch die Wahrnehmungsmatrizen aufbewahrt sind, die dafür sorgen, dass nach jedem Blick, der laut Quantentheorie die Schrödingerschen Wellenfunktionen zusammenbrechen lässt, die Ihnen bekannte Welt dennoch wieder existiert.

Der Causeur hatte tatsächlich Begriffe gebraucht, die Sarah in ihren Erläuterungen jeweils verwendete. Ob er sie auch sinnvoll benutzte, konnte ich nicht sagen. Ich hätte ihm zugetraut, sie nur in seine Plauderei einzustreuen, um mich zu versöhnen, da ihm meine Verstimmung nicht entgangen war. Unfassbarer Kerl, dachte ich vor meiner Tasse Tee. Doch wenn das Institut bloß die Vorhölle ist, muss es die Hölle ja doch geben.

XXIV
STUFEN UND KREISE

– We now ready, sagte der Chauffeur, als er zurück in die Küche kam. Er versuchte mir zu erklären, dass er eine andere Route zum Guest House fahren müsse als diejenige, auf der wir hergekommen seien. Ten minutes more. Er habe noch eine Besorgung zu machen.

Vom Vorplatz des Instituts bogen wir in die Allee ein, und die Blocks lagen als drohende Mauer hinter den Bäumen und dem Ödland. Der Wagen rumpelte über den schadhaften Belag, ordnete sich drängend beim Boulevard in die Kolonnen. Wir fuhren stockend auf einer dreispurigen Ringstraße an Behausungen entlang, die aus Tuch, Karton, Blech gebaut waren. Eingeschwärzt vom Ruß der Abgase, sahen sie Haufen von Abfall ähnlich, vor deren Schlupflöchern Mütter auf offenen Feuern kochten. Kinder klopften bei jedem Halt an die Scheiben, blickten mit geweiteten Hungeraugen in diese Kapsel, in der ich im Strom aus qualmenden Fahrzeugen mitgeschwemmt wurde. Der Chauffeur radebrechte von der nicht endenden Zuwanderung aus den ländlichen Gebieten und dass jetzt alles besser werde, *we now big industries, biggest of world. We also rich*. Ich nickte, sagte *yes* und *of course*, und nachdem wir uns bereits eine Dreiviertelstunde durch den Verkehr gequält hatten, driftete der Wagen von der Überholspur nach rechts, pflügte hupend und mit blinkenden Warnleuchten durch die zwei Wagenkolonnen zum Straßenrand. Der Chauffeur lenkte den Off-Roader längs zu den bereits abgestellten Wagen, hielt an. Er sagte *just a minute*, angelte ein Paket von der Rückbank und stieg aus. Der Motor lief weiter, die Warnleuchten blinkten, und auf dem Gehsteig gestikulierten zwei Männer. Die geparkten Wagen waren blockiert, der Verkehr zusätzlich behindert. Doch der Chauffeur schnauzte sie an, zeigte mit dem Finger auf mich, der dort in der Homunkulus-Kapsel hell und als ein reicher Ausländer saß, und die Männer machten runde Rücken und wandten sich mit einem Blick über die Schultern ab.

Wie das Wasser vor dem Fenster meines Arbeitszimmers, so flossen hier die Autos vorüber – ein dunkler Strom von Maschinen aus Eisen, Plastik, Öl. Auch dieser Kanal war gestaut, und die Häuser am Ufer waren alt und niedrig. Davor kauerten Gestalten, die Leder schnitten und auf Bleche hämmerten, und die Hauseingänge waren wie Höhlen. Auf den Treppenstufen davor hockten Kinder und Alte, sahen den Handwerkern zu, blickten in den Strom der Wagen. Über ihnen, entlang der Dachkanten, war eine Reihe von Plakaten angebracht. In verblassenden Farben priesen sie Kühlschränke, Fernseher, Waschmaschinen an, warben für Waren aus einer für die Leute auf dem Gehsteig unerreichbaren Welt, hergestellt in *we now big industries, biggest of world*. Als wären die

Geräte auf den Plakaten lediglich eine Stufe zur nächst höheren, strahlten darüber hinterleuchtete Werbeflächen, die ein Wohnen im Grünen anpriesen: moderne, großzügige Räume, deren Fenster auf englischen Rasen und einen Swimmingpool gingen und wo in der kiesbestreuten Zufahrt der Sportwagen stand. Ein Paar strahlte über Telefonnummer und Logo mit zufriedenem Lächeln, in der Kleidung noch mit heimischen Accessoires versehen – die Musterung der Krawatte, der Seidenschal der Frau –, doch ihre Gesichter waren zu internationalem Aussehen verschliffen, hatten die Züge von jungen Leuten, die sich ein modernes Leben leisten können. Und der Strom wälzte sich unter Lärm und Smog weiter, löste auch den Off-Roader wieder vom Ufer ab, trieb mich in der Kapsel weiter der Kreuzung Mainstreet-Harbour Road zu und von da zum Tor mit den beiden Gehilfen, die auf ein Hupen hin es beflissen öffneten.

Der Parkwächter salutierte, das Stöckchen an der Hosennaht. Ich nickte ihm zu, stieg das Treppenhaus zum Appartement hoch. Kurz nach dem Klingeln öffnete der Koch, trat lächelnd zur Seite, und nachdem ich den Essraum durchquert hatte, fand ich mein Zimmer gewischt und aufgeräumt vor. Angenehm gedämpft war das durch die Blätter vor den beiden Fenstern einfallende Licht. Ich legte mich hin, obwohl ich eigentlich duschen wollte, mich nach Wasser sehnte, um den Schmutz und die Eindrücke abzuwaschen, die ich glaubte auf der Haut zu spüren. Doch größer noch war das Bedürfnis, nur einfach still im dämmrigen Licht dazuliegen und zur Decke zu sehen. Ich dachte an den Gehsteig mit den Handwerkern, an die Plakate entlang der Dachkanten der Häuser, an die Leuchttafeln, welche einen gehobenen Wohnkomfort anpriesen. Und ich malte mir, auf dem Bett liegend, nach Botticellis verkehrt herum aufgehängtem Bild in Sarahs Büro, den Plan einer heutigen Hölle aus: Sie bildete eine gestufte Pyramide. Die einzelnen Stufen würden zu einer immer größeren Virtualität und zunehmenden Lebensferne führen, bis zu einem Zustand völligen Aufgelöstseins in reiner Künstlichkeit. Drei Stufen – so glaubte ich – hatte ich bereits gefunden, und in meiner Begeisterung über meine Entdeckung fügte ich gleich noch eine vierte Stufe hinzu, die mir beim Weiterfahren, während eines Stopps aufgefallen war. In der Auslage eines Geschäfts waren die Fernsehapparate zu einer Wand von Bildschirmen über- und aneinandergereiht gewesen, in denen sich ein ähnliches Paar wie auf der Wohnungswerbung, in genau den Räumen bewegte, die dort angepriesen waren, Kühlschränke öffnete, Drinks eingoss, sich gleichzeitig in allen Bildschirmen stumm unterhielt. Die Wohneinrichtung, einfach und geschmackvoll, war von bestechender Brillanz, die Zimmer klinisch sauber, nichts war schäbig, nichts nutzte sich ab, und die Fensterfronten gingen auf eine Gartenlandschaft ohne zerbrochene Rohre, ohne verschlammten Teich. Und da ich schon einmal dabei war, Stufen und Kreise aneinanderzureihen, fügte ich unter den zerfallenden Häusern der hämmernden, schneidenden Handwerker gleich noch einen weiteren, fünften hinzu: die Hütten aus Blech, Karton, Tuch, aus diesem geschwärzten Abfall am Straßenrand, in dem Menschen wie die Ratten hausten.

Ich könnte versuchen, ein Portfolio nur für Sarah zusammenzustellen. Sie würde sich freuen, auch wenn ihr meine Version des Infernos vielleicht abstrus erschiene. Ich ahnte auch schon ihre Einwände. Weshalb sollte ein Leben in den Slums weniger furchtbar sein als das eines wohlstandsverwahrlosten Freaks, der sich bloß noch in Computerwelten aufhalte? Virtuelle Errungenschaften hätten durchaus positive Seiten, brächten Erleichterungen, und was ich gegen ein Wohnen im Grünen hätte? Doch ich wollte an solche Einwände jetzt nicht denken, wollte an meiner Vision festhalten, sie in den nächsten Tagen weiter ausarbeiten: Neun Höllenkreise würden es wahrscheinlich nicht werden. Doch der schmale Gang, der bei Dante durch den Mittelpunkt der Erde zur anderen Seite der Weltkugel, zum Läuterungsberg führt, wäre in meinem Plan durch den Flug eines Jets um den halben Globus dargestellt. Doch war dort, wo ich normalerweise lebte, am Fluss mit Nebel statt Smog, und wo Sarah in ihrem Bildschirm bis in die Anfänge des Himmels hinaufstieg, tatsächlich der in vielen Belangen angenehmere, doch auch langweiligere Läuterungsberg?

XXV
GRÜNFELDS MANUSKRIPT

Ich wurde durch das Klopfen an der Tür aufgeschreckt. Ein *Sir please Sir?* folgte. Dann sagte eine zögerliche Stimme, die dem Sohn des Kochs gehören musste, das Essen sei angerichtet. Dicht und wattig lag das Dunkel um den Lichtkreis der Lampe, war vor den Fenstern an einzelnen Stellen von rötlichem Schein durchbrochen. Das Essen würde wohl ähnlich karg wie am Vorabend sein, nicht nur, was die Vielfalt, sondern auch, was die Menge betraf. Ich schaltete die Deckenbeleuchtung ein, erinnerte mich dabei, dass ich vor dem Essen hatte duschen wollen. Auch die Früchte und Biskuits hatte ich zu kaufen vergessen, und das Wichtigste: Mineralwasser.

Nachdem ich Gesicht und Hände gewaschen und ein frisches Hemd übergezogen hatte, betrat ich den Vorraum. Missmutig las ich an den Gedecken ab, dass ich nicht allein speisen würde. Der Koch und sein Sohn hätten zwei Gäste vom Durchgang der Küche aus zu beobachten, und dort standen sie auch wie Wärter, die bereit sind, ihre Schützlinge zu füttern. Kaum hatte ich mich gesetzt, stürmte auch schon der Steward herein, als wäre ein Gitter hochgezogen worden, sah sich kurz im Raum um, fauchte die beiden an, die erschreckt auffuhren, im Durchgang verschwanden und mit einem heftigen Lärmen begannen. Der Steward trat inzwischen an den Tisch, lächelte ölig: – Nein, tut mir leid, ich kann Ihnen meine Gegenwart nicht ersparen, und wuchtete sich in den Stuhl, dass dieser in den Fugen knackte. Er trug noch immer denselben Anzug wie auf der Reise, nur seine Haare waren nicht mehr lang und blond wie bei Brad Pitt als Achill, sie waren kurz und schwarz gefärbt, und mit der Sonnenbrille, die er jetzt hochschob, sah er mehr wie ein New Yorker Cop aus der Vorabendserie denn ein griechischer Held aus. Er zwinkerte mir mit seinen blauen Augen zu, sagte, er würde mich um seiner Gegenwart willen mit einem etwas ausgiebigeren Mal entschädigen, klatschte in die Hände, und die beiden trabten aus der Küche an, trugen wiederholt Schüsseln und Platten auf, dazu Früchte und zwei Petflaschen Wasser. Mit Genugtuung sah ich, dass auch ein Topf mit Fleisch dabei war, der beim Auftragen eine erbärmliche Furcht in die Gesichter des Kochs und seines Sohnes gebracht hatte.

– Sie haben strikte Anweisung, nur vegetarisch zu kochen, auch keinen Alkohol auszuschenken, und ihr Chef, der Besitzer des Guest House, ist ein mächtiger Geschäftsmann. Er ist gewohnt, dass man sich an seine Anordnungen hält, und weiß sie mit seinen Bodyguards notfalls sehr handgreiflich durchzusetzen.

Der Steward grinste, weil er meinen Einwand, warum er dann die armen Kerle in Gefahr bringe, bereits erraten hatte.

– Man muss den beiden ein wenig zur Hand gehen. Warum glauben Sie, dass der Mann so kärglich kocht? Weil er vor Schmerzen nicht kann und sein Sohn es nicht versteht.

Er winkte den Koch heran, flüsterte ihm ein paar Worte zu, und den Mann überkam Scham, er wand sich, wackelte mit dem Kopf hin und her, entblößte schließlich nach nochmaliger Aufforderung den Rücken, und ich starrte auf Mullbinden und Klebestreifen, die beinahe das ganze Rückgrat bedeckten.

– Er hat im Krankenhaus gelegen, sagte der Steward, musste jedoch unseretwegen herkommen, zu früh selbstverständlich, aber was kümmert das seinen Boss? Auf den Einwand des Arztes, sein Patient könne nicht entlassen werden, er sei noch zu schwach, hieß es, dann solle sein Sohn ihm beistehen. Und nun schauen Sie sich den Jungen an, noch ein halbes Kind.

Er habe den Sohn des Kochs mit ein wenig Geld losgeschickt, um in einem Restaurant der Umgebung ein Fleischgericht, Gemüse und Früchte zu holen. Nun aber seien die beiden voll Furcht, ihr Chef könnte etwas davon erfahren.

– Sie sind abergläubisch, und die Erfahrung hat sie gelehrt, dass ihrem Meister nichts verborgen bleibt.

– Und wird er es erfahren?

Das bisschen Sympathie, das sich der Steward eben noch durch die Hilfe erworben hatte, verflog unter dem zynischen Gelächter.

– Irgendwann bestimmt, so ist die Welt.

Ich hatte mit gutem Appetit zu essen begonnen, doch die Lust auf die vielen Speisen war mir vergangen. Das Gebaren des Stewards empörte mich, und ich schimpfte ihn einen kaltherzigen Egoisten, unfähig an jemand anderen zu denken als an sich selbst. Dabei stachelte mich das Mitleid mit dem Koch an, der zu uns hinsah, ob wir nicht schon bald mit Essen fertig seien, dann wieder mit verängstigtem Gesicht zur Tür blickte. Er fürchtete, der Chauffeur oder jemand anderer könnte vorbeikommen und die Töpfe und Gerichte sehen, von denen sein Boss nichts wissen durfte.

– Sentimentalitäten, sagte der Steward, und Sie bilden sich auch noch etwas darauf ein. Es ist ja so menschlich, mitfühlend zu sein, schon weil es Sie nicht das Geringste kostet.

Vielleicht wäre dies der Moment gewesen, den Stuhl zu rücken, aufzustehen und mich entschuldigend zurückzuziehen. Doch die missmutige Haltung meines Gegenübers, sein in sich gekehrter Blick, hielten mich fest. Er stocherte übellaunig in seinem Essen, sagte vor sich hin, er habe eben einen Ausflug nach Moskau gemacht, wo er den letzten wirklich großen Auftritt im Varieté Ende der zwanziger Jahre des letzten Jahrhunderts gehabt habe. Der Besuch in der russischen Hauptstadt sei nötig gewesen, weil er sich den Ablauf des Abends nochmals anschauen und sich ein paar Details habe vergegenwärtigen wollen. Er müsse hier im Theater noch eine Abendveranstaltung bestreiten. Nicht die übliche Zauberei, wie schon am Hof des Kaisers vor ein paar Hundert Jahren oder bei den braven Trinkern im Weinkeller: diese öde Verwandlung von Wasser in Wein – die bereits der »Andere« bei jener Hochzeit im Nahen Osten gemacht habe. Geld verwirre die Sinne weit stärker als Wein, weshalb es bei seinem Auftritt um Geldvermehrung gehe. Und während er in aller Ausführlichkeit beschrieb, wie man mit Nullen – also mit nichts – astronomische Beträge schaffen könne, die allerdings rein fiktiv seien, konnte ich diesen massigen, fast grobschlächtigen Kerl in aller Ruhe betrachten: Sein Körper, hingefläzt in den Stuhl, war wie ein zu großes Gefäß, in dem ein kindliches Gemüt steckte, naiv und prahlerisch, das jedoch zu empfindungsloser Grausamkeit fähig war. Was für ein seltsames Paar der Causeur und sein Gehilfe doch waren. Ich konnte mir nicht vorstellen, was die beiden zusammengebracht hatte, diesen älteren, gewandten Intellektuellen, durch und durch Europäer einer vergangenen Zeit, und diesen Grobian mit Kinderseele, der mir da gegenüber am Tisch saß und sich an seinen Tricks, aus wenig Geld viel zu machen, mehr und mehr begeisterte. Der Causeur hielt es zwar auch nicht allzu genau mit der Wahrheit, wie schon der Titel seines Büchleins besagte. Selbst historische Fakten benutzte er lediglich als Stoff zu Flunkereien, für die er schon mal die Anstellung eines anständigen Beamten opferte. Doch der Steward war offensichtlich zu weit größerem Unheil fähig, kündigte er als Höhepunkt seiner Vorstellung doch das Platzen aller mit Nullen vergrößerten Milliardenbeträge an: Sie würden ein finanzwirtschaftliches Desaster auslösen.

Da er verstummt war, wollte ich versuchen, ein paar Fragen beantwortet zu bekommen, die sich mir seit längerem stellten. Wie hatte der Causeur den stellvertretenden Beamten dazu gebracht, sich um Kopf und Kragen zu reden, danach aber sein Schicksal offenbar wieder zum Guten gewendet? Über welche Kräfte verfügte er, um mir einen Park, wie er vor siebzig Jahren ausgesehen haben mochte, stereoskopisch vor Augen zu führen?

– Ich kann kaum glauben, dass diese Tricks, die Sie in Ihren Vorstellungen verwenden und die auch Herr Landers gelegentlich benutzt, auf prestidigitalen Fertigkeiten beruhen?

Schon blinkten die Augen, der Steward setzte ein Siegerlächeln auf, reckte das kantige Kinn. Seine Muskeln strafften sich zu steinernen Wölbungen, wie sie an Statuen von Werktätigen zu sehen waren, als er noch seine Vorstellungen in Moskau gab.

– Sehr einfach, sagte er, Elektrizität und Publikum, das macht den ganzen Zauber.

Dann folgte eine Erklärung, die mir sehr nach einer auswendig gelernten Lektion des Causeurs klang, was das angestrengte Schülergesicht, der stockende Vortrag bezeugten:

– Hinter den Bildern, die Ihr Gehirn von den Vorgängen um Sie her reproduziert, hinter den von Hirnarealen dargestellten Sehgewohnheiten, liegt – für Sie selbstverständlich uneinsehbar – ein Gewirr von Strängen, ein Dschungel durcheinanderlaufender, sich überlagernder Nervenleitungen – und Sie brauchen nur hineinzugreifen, wie in die Saiten einer Harfe, einer allerdings verwirrend gebauten Harfe. Es braucht durchaus eine hohe Fingerfertigkeit, um an den wenigen möglichen Punkten die Reize so zu setzen, dass in Ihrer Wahrnehmung eine Straße oder ein Park so verändert erscheint, wie wir es wünschen. Meistens müssen wir uns nahe an bereits Vorhandenes halten, näher als es den Anschein macht. Auch unsereiner kann den Gang der Welt nicht ändern.

Der Steward grinste stolz, er schien ein bewunderndes Staunen zu erwarten, und als dieses bei mir ausblieb, erlosch der freudige Ausdruck zu einem schmaläugigen Blick. Ein Zug vertraulicher Kumpelhaftigkeit, der sein Gesicht aufhellte, ließ mich fürchten, eben jetzt zum Mitwisser eines Streiches gemacht zu werden, der aller Voraussicht nach zuletzt auf meine Kosten ginge.

– Domnu Landers, raunte er mir zu, als bestunde die Gefahr eines Mithörens, Domnu Landers hat mir vor der Reise nach Moskau noch aufgetragen, für Sie das Manuskript von diesem Grünfeld zu beschaffen. Das hat mich ein hartes Stück Arbeit gekostet: Ich habe mir erlaubt, den Umschlag in Ihr Zimmer zu legen. Doch bitte, verraten Sie Domnu Landers nicht, dass ich nur einen Teil gefunden habe. Er wäre mit mir sehr unzufrieden, vor allem, weil ich nicht einmal herausbekommen habe, ob das Manuskript überhaupt abgeschlossen wurde.

– Er wird es erfahren, sagte ich. Irgendwann, so ist die Welt.

Doch der Steward hatte keinen Sinn für Zitate, selbst wenn es von ihm selber war. Er sah mich an, als wäre er nicht ganz sicher, ob er mich richtig eingeschätzt habe.

Die Aussicht, in Grünfelds Manuskript hineinzuschauen, es vielleicht gar zu lesen, berührte mich unangenehm. Ich hatte den Redakteur geliebt, seine Artikel bewundert und mehr noch seine brillante Erzählkunst am Kaffeehaustisch geschätzt. Stets fühlte ich mich erhoben, gegenüber anderen ausgezeichnet, wenn Grünfeld mir und zwei, drei Mitschülern die Tore zu neuem Wissen aufstieß, uns durch psychologische Tiefen, über Ebenen unfreiwillig komischer Alltäglichkeit zu der geistigen Höhe führte, die nach Grünfelds Ansicht nur Wenige in ihren Werken erreicht hatten. Und nun sollte ich in sein geheimes Scheitern Einblick nehmen? In Grünfelds lebenslangen Versuch, mit einem Stoff zu Rande zu kommen, dessen Bewältigung ihm offenbar nicht gelungen war? Grünfeld hatte selten und wenn, dann nur in Andeutungen von seinem Romanprojekt gesprochen. In der Vorstellung von uns Gymnasiasten gehörte es zweifellos zu den Gipfelpunkten der Geistesgeschichte. Sollte ich mir jetzt das Dokument einer missglückten und überanstrengten Bemühung ansehen?

– Ich bin von Moskau direkt nach Ingenkofen gefahren, sagte der Steward etwas missmutig, und selbstverständlich habe er als Erstes das Café aufgesucht, in dem Grünfeld seine Wortexkurse gehalten habe.

– Es ist ein Altweiber-Café, wie es sie in den Dörfern neben den Backstuben gibt. Schon im Windfang steckt man wie unter einem Rock, und an den wenigen Tischen sitzen diese einsamen Seelen aus den Wohnblocks, die sich ihr Elend jeden Tag um dieselbe Zeit mit einem Stück Torte versüßen und lange mit den Löffeln in den Tassen rühren. Die Luft ist zwar noch immer verbraucht, doch kein Zigarettenrauch vernebelt mehr die Schäbigkeit, und die Kaffeemaschine hat das »Violin« von Mozart, das damals aus den Boxen drang, endgültig besiegt: eine Referenz der jungen, biederen Bäckersfrau an »ihren Intellektuellen-Zirkel«. In ihrem Köpfchen war das Café zu einem »Salon« geworden, der sich selbstverständlich ihren Reizen verdankte.

Dieser »Zirkel«, wie der Steward ihn bezeichnete, hatte im hinteren, leicht erhöhten Teil des Lokals die späten Nachmittagsstunden oder Abende versessen. Grünfeld beanspruchte für sich die Stirnseite des Tisches, so dass er den Raum überblicken konnte, sah, wer eintrat oder das Café verließ. Der Platz erlaubte ihm, Aperçus in seine Belehrungen einzustreuen, von der Art, man solle nicht zu auffällig hinsehen, doch beim Tisch neben dem Ausgang finde gerade der Trojanische Krieg zwischen einer Dame und einem Stück Schwarzwäldertorte statt. Das berühmte Pferd sei allerdings nur durch sein Gebiss vertreten. Und während die Runde amüsiert lachte, entging mir nicht, mit welch schmalem, kaltem Blick Grünfeld die Frau vor ihrem Teller ansah – eine Witwe, die im Verdrücken des Tortenstücks ihr täglich kleines Vergnügen fand.

– Waren Sie einmal in seinem Arbeitszimmer? Nein? Ich musste mich einschleichen, was nicht allzu schwierig war. Grünfelds Frau lebt sehr zurückgezogen, sie ist inzwischen ja auch alt und wohnt seit dem Tod ihres Mannes allein im Haus. Das Arbeitszimmer hat sie nicht angerührt, die Tür war zugesperrt, und in dem eher kleinen Raum hatte sie alles so belassen, wie es gewesen ist als Grünfeld starb. Vielleicht ahnte sie, es fänden sich dort Zeugnisse von nicht so lichter Art, wie sie ihn zu erinnern sich angewöhnt hatte.

Als Grünfeld krank war und kaum noch ausgehen konnte, war ich öfter in dem Haus über den Reben gewesen, allerdings immer nur im Wohnraum, der mit einer breiten Fensterfront auf eine zersiedelte Landschaft sah, durchschnitten von der Autobahn. Längst war die Absicht aufgegeben worden, die nackte Spekulation und Rentabilität noch irgendwie zu kaschieren: Zweckbauten reihten sich an Zweckbauten, dazwischen wucherten Blocks und lag ein Feld eingeschwemmter Billighäuser, Lego-Architektur, wie Grünfeld die Fertigbauten nannte, und ich erinnerte mich, wie der Redakteur von dem Ausblick gesagt hatte, dass er ihn liebe. – Das Tal ist wie ein Rinnstein voller Schmutz, dahinter aber liegt dieser sinnliche Torso einer Frau, jener sanft geschwungene Hügelzug dort, von dem der Blick zu dem Molassekopf da drüben gleitet, der wunderbar gerundet, aus der Frühzeit in diese gebaute Zerstörung ragt.

– Eine hundsgewöhnliche Aussicht, sagte der Steward, die Grünfeld da von seinem Schreibtisch aus hatte. Ach, was sag ich, Schreibtisch – eine plastifizierte Spanplatte mit ein paar Bleistiften, einem Stapel Papier und wenigen Büchern darauf, kahl und nüchtern, wie das ganze Zimmer – ein wenig enttäuschend, wenn man an Landers Ansprüche gewöhnt ist, selbst auf Reisen seine ganze Bibliothek, den Schreibtisch und die Leseliege mitzuschleppen. Grünfeld war dazu noch so unoriginell wie ich in meinen Auftritten. An der Wand – den Bücherregalen gegenüber – hing eine Landschaft, von ihm selbst gemalt, die an die Aussicht erinnerte: eine Höhle, in der Tiefe zweier Hügelflanken, und auf dem gerundeten Kopf dahinter erhebt sich ein Türmchen, erigiert im dunklen Hof, und Sie ahnen schon, was jetzt kommen muss, weil auch dieser französische Psychoanalytiker es so gemacht hat und zuvor ein Scheich, bevor das Bild in einem Antiquariat entdeckt worden war: Diese »anspielungsreiche Landschaft« lässt sich zur Seite schieben, wie der Deckel einer Holzschachtel, und hervor kommt Courbets Bild »L'Origine du Monde«, ein Druck selbstverständlich, der in Nahsicht das Geschlecht einer jungen Frau zeigt, besser eines Torsos aus gespreizten Beinen, Bauch und Nabel und der einen Brust, mit dem Türmchen ihrer Warze.

Der Steward stieß einen Grunzlaut von abschätziger Amüsiertheit aus, in dem auch Lüsternheit mitschwang. Ich saß reglos am Tisch, blickte in diesem ehemaligen Wohnraum zum Fenster. Das Licht spiegelte auf dem

Dunkel der Nacht. Eine Hitze stieg in mir hoch, drang in meine geordneten Erinnerungen, die ich mir aus der Zeit mit Grünfeld bewahrt hatte, brachte eine Unordnung in das Archiv meiner Bilder, nicht wegen Courbets Gemälde, sondern weil mir wieder eine Geschichte unangenehm gegenwärtig wurde, die bei einem Bergwerksstollen begonnen hatte. Sie war von Grünfeld inszeniert worden, ohne dass ich davon gewusst hatte, und führte zu mehreren Treffen mit einer Freundin des Redakteurs. Ich habe später mit niemandem über diese Begegnungen gesprochen – nicht einmal mit Sarah. Sie hätte nicht verstanden, wie man sich so fraglos dem Willen Grünfelds unterordnen konnte. Und ich hatte mich von ihm für Zwecke benutzen lassen, die ich nicht durchschaute. Als wäre ich hypnotisiert gewesen, wie offenbar das Publikum von den Nummern des Stewards im Varieté.

Und ich fühlte mich in meinen Gedanken ertappt, als ich den Blick vom Fenster und dem Dunkel löste, den Steward ansah, auf dessen wohlgeformtem Athletikergesicht ein anzüglich spöttisches Lächeln lag.

XXVI

ABENDLICHE OBSERVANZ

Ich atmete auf, als ich die Tür zu meinem Zimmer hinter mir zuzog. Im Gegensatz zum Causeur, dessen Nähe belebend wirkte, lähmte mich der Steward. Seine Gegenwart entzog mir alle Kraft. Doch die Erleichterung war kurz. Sie hielt nur ein paar Atemzüge an, dann fiel im aufflammenden Licht der Deckenleuchte mein Blick auf eine graugrüne Mappe, die neben dem Laptop lag: Grünfelds Manuskript.

Ich hatte beabsichtigt, die Spiegelreflexkamera an den Laptop anzuschließen und die Fotos durchzusehen, obwohl nur wenig Zeit blieb, bis der Fahrer mich abholen würde. Cromptons Präsentation wollte ich auf keinen Fall verpassen. Doch nun drängte sich der abgegriffene, speckige Karton, von zwei Gummibändern zusammengehalten, mit befremdlicher Dringlichkeit auf. Ich sah auf dieses stumpfe grünliche Grau, fuhr mit der Hand über den Deckel, der sich kühl und glatt anfühlte, betrachtete die mit Filzstift groß hingesetzten Buchstaben des Titels »Die Schatten der anderen« und wog den Packen in meinen Händen. Eine Atmosphäre weit zurückliegender Zeit ging von der zerstoßenen, an den Kanten aufgerauten Mappe aus, zog mich in das Dunkel einer fernen Erinnerung, als wolle man mich zwingen, auf eine Schale mit schwappend bewegter Entwicklerflüssigkeit zu sehen, in der allmählich Vergessenes, Verdrängtes heraufttauchte –: Schwarz-Weiße Figurationen von frühen, unfassbaren Mängeln, noch wässrig über der sich verstärkenden Schwärzung.

Come in – rief ich auf ein feines Klopfen hin: *Come in, come in*!, und fühlte mich aus einer Starre erlöst, als Laura den Kopf durch den Türspalt streckte.

– Kommen Sie herein, sagte ich freudig, es ist zwar nicht sehr ordentlich, ich bin kaum einmal im Zimmer – und warten Sie, ich will noch die Nachttischlampe anzünden.

Laura stand schüchtern zwischen der Tür und dem Rund des Bettes, auf dem die Decke aufgeschlagen lag, schaute sich verstohlen um, doch so, als fände sie es ungehörig, hier in meinem Zimmer zu sein.

– Ich komme Sie abholen. Wir fahren zu Cromptons Präsentation ins Museum für moderne Kunst.

Sie hatte sich umgezogen, trug einen dunklen Hosenanzug, aus dessen Revers ein weißer Kragen ragte, der wie ein Fächer ihre herabfallenden Zapfenlocken umfing. Ein Duft Parfüm wehte zu mir hin, durch die Fenster drangen die Geräusche der Straße, und vom Teich her tönte ein Vogelruf.

Ich lächelte beim Gedanken, dieses aus Mangel sich entwickelnde Bild, an das ich beim Betrachten der Mappe eben noch hatte denken müssen, zeige mir jetzt Laura, in der kühlen Unnahbarkeit, die ich von meiner Mutter her so gut kannte, während sie da in meinem Zimmer stand, wartete, bis ich bereit wäre, zur Ausstellung meines berühmten Kollegen zu fahren.

Das Museum für moderne Kunst war in einer Villa aus der Kolonialzeit untergebracht, in einem Brickbau mit weißen Simsen und Fensterstürzen, der in einem Park lag. Der Mittelteil wölbte sich halbrund mit einer Fensterfront vor, flankiert von je einer Säule, angestrahlt von Scheinwerfern. Ein geschwungener Weg führte von der ehemaligen Park Lane, einer heute vierspurigen Entlastungsstraße um die Maiden Gardens, zum seitlichen Eingang des Museums. Auf einem Tuch, das im Giebelteil aufgehängt war, stand in Lettern: DAVID CROMPTON: SHOOTINGS – und unter dem überdachten Entrée stand die Gruppe der Kongressteilnehmer, die vom Imperial Hotel in einem Bus hergefahren worden waren, wie Laura mir erklärte. Die Direktion des Museums offeriere vor der Besichtigung den *honoured participants* einen Aperitif.

Während wir gemächlich den mit Öllampen und Fackeln beleuchteten Weg durch den Park in eine zunehmende Ruhe schlenderten, erzählte Laura, das Haus sei früher das Hauptquartier der Staatssicherheit gewesen. Unter den Rundfenstern müsse noch eine Gedenktafel an einen jungen Menschen erinnern, der sich dort aus Protest verbrannt habe. Zwei Jahre sei er wegen folgender Zeilen eines Gedichts im Gefängnis gewesen:

... dann erst atme ich frei / wenn dieses Tages blutige Last / im Abend mit dem Rot versinkt ...

Laura zitierte die Worte mit einem Nachdruck, als wolle sie dem schon seit Jahrzehnten toten Dichter die Wahrheit seiner Voraussage bestätigen.

– Für die Generation meiner Eltern waren die Zeilen gerade durch den Tod des erst Fünfundzwanzigjährigen zu einer Formel des Widerstandes geworden, auch der Hoffnung auf eine Zukunft, in der sie nicht weiter um ihre Jugend betrogen würden. Heute denkt niemand mehr an die Zeit von Willkür und Unterdrückung zurück. Die Jugendlichen verstehen die Zeilen nicht mehr, können sich nicht einmal denken, dass während des sozialistischen Regimes eine Anspielung auf das Abendrot bereits als Kritik galt und verfolgt wurde. Und die Alten haben es vergessen.

Ich ging über den Rasen zum Rundbau, wollte die Tafel sehen: eine Bronzeplatte, auf die der Widerschein der Fassadenbeleuchtung fiel, von Unkraut stellenweise zugewachsen und mit ein paar Steinen dürftig umrahmt. In gegossenen Buchstaben standen der Name des Dichters und die drei Zeilen, dazu eine Jahreszahl, die ich freiwischte.

Eine Gedenktafel, die vergessen worden ist, dachte ich, während ich sie fotografierte. Auch sie eine Art »Abfall«. Doch vor allem: was für ein Widerspruch!

Als ich zum Gehweg zurückkehrte, sah ich Laura mit Bolt beim Eingang des Museums stehen. Offensichtlich war Crompton gerade eingetroffen, und Bolt hatte Laura zu sich gerufen. Die Leica, die ich wie stets in der Hand hielt, glitt gewohnheitsmäßig ans Auge. Im Sucher sah ich die kleine Gesellschaft der Teilnehmer, die wartend dastand, hervorgehoben vor dem dunklen Hintergrund der Büsche und Bäume: eine in sich geschlossene Gruppe, ohne Bezug zu der sie umgebenden Atmosphäre flackernder Öllampen, eingerahmt von Leuten, die wahrscheinlich Angestellte des Museums waren oder zum Bedienungspersonal gehörten. Mich faszinierte, wie die Teilnehmer durch ihre Haltung und in der Kleidung das jeweilige Milieu repräsentierten, aus dem sie herkamen. Ihre Theorien mussten folglich, so stellte ich mir vor, den Häusern, Gärten, den Hörsälen und Institutsgebäuden gleichen. Und während ich dieser Vorstellung nachhing, auf den Auslöser drückte, um die in sich geschlossene Gesellschaft im Kontrast zu ihrer Umgebung festzuhalten, sagte eine Stimme:

– Sie müssen der Fotograf sein, dessen Bilder wir morgen Abend zu sehen bekommen. Werden diese schon dabei sein?

Es war ein junger, schmalgesichtiger Mann, der mich ansprach, in einem zu großen, karierten Jackett. Auch er hatte sich offenbar der Gruppe von Teilnehmern nicht angeschlossen.

– Cromptons Bilder kenne ich selbstverständlich. Doch Ihre sind mir unbekannt. Nachdem ich Sie eben beobachtet habe, bin ich sehr neugierig, welche Art Fotos Sie uns präsentieren werden.

Ich nickte freundlich, murmelte etwas von, er werde ja sehen, und mochte mich von meinem Motiv nicht wirklich ablenken lassen.

– Die Vorträge heute Nachmittag waren echt gut, fanden Sie nicht? Vielleicht sind Ihnen die Überlegungen längst bekannt. Für mich waren sie neu, und ich muss gestehen, mir ist dieser Bruch zu Beginn des 19. Jahrhunderts, für den Goethes Farbenlehre steht, nicht bekannt gewesen. Wie soll sich heute noch jemand vorstellen können, dass man erst dann gewahr wurde, dass das Auge selbst Anteil an dem hat, was es sieht. Und Naturforscher wie Brewster oder Fechner deshalb so fasziniert von den Netzhautbildern waren, weil sie ihnen die Farbsensationen ihrer eigenen Nerven zeigten – so dass sie immer wieder in die Sonne starrten, bis sie schließlich erblindeten? Und da sehen Sie, wie zurückgeblieben wir trotz allem in unserer Sinnlichkeit noch immer sind. Denn das hat mich bei Melanie Decontins Referat verblüfft, als sie über diesen französischen Psychoanalytiker sprach, der Courbets Bild »L'Origine du Monde« besessen hat – hieß er Lacan? – der offenbar beschreibt, wie nicht nur wir die Dinge ansehen, sondern die Dinge auch uns, dass sie uns in diesem Sinne beständig fotografieren.

Ich hatte lediglich genickt, aus Höflichkeit bestätigend eingeworfen: – Jaja – genau – war mir so auch nicht klar –, doch mich beschäftigte ein neuer Aspekt, während ich die Gruppe der Teilnehmer jetzt mit dem Teleobjektiv durchstreifte, die Gesichter und Gesten groß und deutlich betrachten konnte. Ich war dadurch gleichsam in die Abkapselung eingedrungen, in der die kleine Gesellschaft sich befand, und ich glaubte zu sehen, dass die Gruppe sich in einer von der tatsächlichen Umgebung unbeeinflussten Blase aus Vorstellungen befand. Diese schuf sich beständig selber neu aus den Imaginationen, die sich jeder Einzelne der Teilnehmer von seiner Wirkung auf die anderen Teilnehmer machte. Durch das Spielen mit Zoom und Bildschärfe konnte ich beobachten, wie jeder versuchte, sich möglichst vorteilhaft seinem Gegenüber zu zeigen, während er gleichzeitig herausfinden wollte, wenigstens nahm ich das an, was der andere, der sich ebenfalls präsentierte, von ihm erwartete: ein Vorgang stetigen Abwägens und Suchens nach positiver Aufmerksamkeit. Die Notwendigkeit dazu musste der Erfahrung jedes Einzelnen entstammen, dass *nur existiert, wer beachtet wird* oder, wie es richtiger heißen müsste, *was beobachtet wird* – eine Grundtatsache der Physik, die Sarah stets mit seltsamem Ernst betonte. Falls diese tatsächlich auch auf unsere Menschenwelt zutreffen sollte, so war es eine Erkenntnis, dachte ich, die sich hier, an diesem Ort ehemaliger Bespitzelung und observierender Willkür, besonders bizarr ausnahm.

XXVII

MEISTER DER GESICHTER

Vom überdachten Vorplatz drängten die Teilnehmer durch die Eingangstür in ein Foyer, in dem eine Deckenlampe bräunliche Wasserflecke beleuchtete. Vier Stützsäulen beengten den Raum, leiteten die Besucher an den seitlichen Treppenaufgängen vorbei zu einer Flügeltür, die jetzt aufgestoßen wurde. Ursprünglich mochte es ein Empfangssaal gewesen sein, jetzt strahlten Spotleuchten von der Balkendecke, und die eintretenden Teilnehmer stockten, wurden von den Nachkommenden geschoben, hielten überwältigt inne: Großformatig, schwarzweiß, von wuchtiger Nähe blickten die Porträts von Pop- und Filmstars, Sportgrößen und Models auf die Besucher herab, und die standen klein und seriell wie ein Bogen Kontaktabzüge vor diesen Ikonen. Man kannte die Aufnahmen, hatte sie schon in Zeitschriften, auf Plakatwänden, in Büchern gesehen. Die Berühmtheiten hatten Crompton selbst berühmt gemacht: Er war der Meister ihrer Gesichter, der ihren Zügen durch den Bruchteil einer Sekunde die ewige Dauer wiedererkennbarer, nie alternder Größe verlieh – und die Stars strahlten, trotz überlebensgroßer Nähe, aus der unendlichen Ferne eines privaten Moments, der tief hinter ihrem bewegten öffentlichen Dasein liegen musste, auf die Betrachter herunter, belustigt, melancholisch, überrascht oder von nachdenklichem Ernst. Doch wie verschieden der Ausdruck auch sein mochte, er war geprägt von der Gravitation eigener Gewichtigkeit, wie sie einzig der Erfolg verleiht. Keine dieser Größen hatte es nötig, ihre Bedeutung zu betonen. Dass sie groß waren und jedermann das auch wusste, machte alle Posen unnötig – außer der einen, im scheinbar unbeobachteten Moment gesehen zu werden. Und ich spürte, wie gerade durch diesen »privaten Moment« die Betrachter an der Sphäre der Porträtierten teilhatten, selbst hinauf ans Firmament ihrer Berühmtheit gehoben wurden, als wären sie deren Bekannte, auf die nun ein Widerschein der medialen Leuchtkraft der Erfolgsverwöhnten fiele: auf sie, die mit staunend andächtigen Gesichtern im abgedunkelten Teil des Raums standen.

Crompton betrat durch eine Seitentür den Saal, sagte, verstärkt durch ein Mikrophon, dessen Bügel seinen kahlen Schädel umspannte:

– *Hi, everybody!*

Und wir, die *everybodies,* drehten uns um, wendeten uns ihm zu, die Damen in ihren Deux-Pièces, die Herren im besseren Anzug, blickten jetzt auf den Starfotografen, der in Rollkragenpullover, zerschlissenen Jeans, die Sonnenbrille auf die Stirn geschoben, dastand, seine Arme um eine junge Frau gelegt, in der Hand die Kamera. Kein Lächeln, das Gesicht ernst, blass und stoppelbärtig, von fast anstößiger Nacktheit, das im Gegensatz zu denjenigen seiner Porträtierten offen erste Spuren von Verwitterung zeigte.

– *Forgive me, you guys, she is my muse*, sagte er, noch immer ohne Lächeln. Ich brauche sie an meiner Seite, ohne sie bin ich unvollständig, ohne Inspiration für die Augenblicke: Timea, so heißt sie – was von euthymia, der Freude, kommt, wie ich mir habe sagen lassen. Ich hab sie vor drei Jahren kennengelernt.

Die Frau, die Mitte zwanzig sein mochte, nahm diese Präsentation ohne Scham und Schüchternheit, doch auch ohne einen Anflug von Eitelkeit hin. Sie blieb unberührt, wie jemand, der gar nicht verstand, was eben über ihn gesagt wurde. Und das gab ihr die Schönheit eines unbelebten Gegenstandes.

– *Okay*, sagte Crompton und zog die Sonnenbrille vor die Augen, was Sie in diesem Saal sehen, sind Porträts, die in den letzten zehn, fünfzehn Jahren entstanden sind. Mich interessieren Gesichter, und ich habe alle fotografiert, die Rang und Namen haben.

Als drücke er den Auslöser für Serienaufnahmen, rasselte Crompton die Namen von Zelebritäten herunter, ein virtuoses *namedropping* durch alle Sparten des mondänen Lebens, variiert mit den Auftraggebern und Zeitschriften, für die er gearbeitet hatte, *Per Lui*, *Lancôme*, *Vanity Fair*, *Vogue*, *Gaultier*, hielt dann unvermittelt ein. Jetzt ein Lächeln, ein Wechsel im Ton. Crompton ließ unerwartet eine Verletztheit sehen, zog Timea näher an sich heran, benutzte sie wie einen Schild, die Hand mit der Kamera vor ihrem Leib.

– Ich machte mir die Hände dreckig, sagte er in einem abschätzig verächtlichen Ton, ich war mir nicht zu schade, ein kleiner Paparazzo-Arsch zu sein, im Tross mit all den anderen durch die Scheiße zu kriechen, um diesen einen Splitter unerwarteter Sicht zu ergattern. Damals war das Leidenschaft, heute – nur noch Geld.

Und nun hatte auch ich, versteckt im Gedränge, wie ein Paparazzo die Kamera am Auge, ließ die Hände an der Einstellung spielen, weil das Gesicht über demjenigen der jungen Frau, das noch genauso unbewegt war, alle Arroganz verlor, den Ausdruck eines Jungen annahm, der ein wenig verschüchtert und staunend die Leute vor sich entdeckt.

– Wie kann man diese Jenseitigen in den Kasten kriegen, ohne sie darin einzusperren, fragte er leise, und seine Stimme war trotz Mikrophon von weicher Zärtlichkeit, als flüsterte er in Timeas dunkel fallendes Haar. – Wie kann ich sie aus dem Zuviel-Gesehenwerden befreien, wie ihnen mit meiner Kamera das Gesicht hinter den Schichten sie entstellender Blicke zurückgeben?

Crompton schien die Antwort durch die Ausdruckslosigkeit selbst zu geben, mit der er vor sich hin und durch die ihn im Halbkreis umdrängenden Leute sah.

– Ich bin Befreiungsfotograf, der das Ungesehene hinter dem Immergeschauten sichtbar macht.

Er lächelte, schaute auf, und blitzgewittrig legten sich »die Schichten entstellender Blicke« auf sein Gesicht, verdickten sich zum verächtlich arroganten Aussehen, und im Ton, den er zu Beginn angeschlagen hatte, fuhr er fort:

– *Okay you guys*, das ist das, und geht euch eigentlich einen Dreck an. Ihr redet über Fotografie, ich mache sie, und das ist soweit ganz in Ordnung. Wenn ihr nur nicht immer den Scheiß von Kunst und Kommerz, von künstlerischer Fotografie und Werbung erzählen würdet. Das ist Unsinn, das gibt es nicht, ich habe in den Achtzigern des letzten Jahrhunderts begonnen, und wir haben damals begriffen, dass es Kunst nicht gibt, nicht als dieses abgehobene Zeug elitärer Feierabendübung. Schauen Sie da drüben, den Raum mit Modefotografien, von Models, mit denen ich gearbeitet habe. Das sind Bilder, die zu den besten gehören, die ich gemacht habe.

Erst zögerlich, dann von einer plötzlichen Bewegung erfasst, strömten die Teilnehmer in den Nebenraum, durch dessen Tür sie vor ein monumentales Rundbild nackter Models traten. Die Körper lagen verrenkt auf Decken hingestreckt, ohne Beziehung zueinander, wie hingeworfene Teile eines einst geordneten Frieses, und die Obszönität der Aufnahme lag nicht in der Nacktheit der Frauen, sondern in der Vereinzelung ihrer Körper, in der Willkür ihres Hin- und Weggeworfenseins – und ich wurde mir durch einen Schock bewusst, dass dieser Raum das Hauptbüro der ehemaligen Staatssicherheit gewesen sein musste, die Rundung hinter dem Bild konnten nur die vorgewölbten Fenster sein, unter denen die vergessene Gedenktafel des jungen Dichters lag:

... dann erst atme ich frei / wenn dieses Tages blutige Last / im Abend mit dem Rot versinkt ...

Und jetzt war Nacht, das abendliche Rot versunken, und in diesen Räumen, die ein Zentrum der willkürlichen Verdächtigungen gewesen war, hingen im Licht der Spots die Fotografien von Stars, gab es neben dem Rundbild eine fensterlose Kammer, in der eine Serie von Aktfotos hing, Körperhaltungen der Verführung, die auf ein Begehren zielten, das nicht in den Schenkeln, Brüsten, Lippen lag, sondern in dem, was diese perfekten Körper symbolisierten: ein mondänes, sich stets im Glanz spiegelndes Leben.

War es das, was als Traum in der Nacht folgte?

So einfach war es nicht. In der bizarren Über-Künstlichkeit der Körper verbarg sich ein Stück Utopie, eine unerreichbare, unberührbare Erotik, hinübergebannt ins Bild – und während Crompton weiter referierte, Anekdoten erzählte, aber auch davon berichtete, dass für eines der Bilder eine Equipe von fünfzig Leuten gearbeitet habe, Tonnen von Material mit Helikopter eingeflogen worden seien, sah ich Timea an. Sie stand an der Seite Cromptons, gerade, mit ruhigem Blick. Sie war einfach und unverstellt, strahlte eine Unbefangenheit aus, wie sie auch Laura besaß. Ich konnte diese Art der Ausstrahlung nicht genau fassen, erkannte nur – was mich Bild für Bild hatte genauer betrachten lassen –, dass Timea in all die Aufnahmen hineinfotografiert war, nicht ihr Äußeres selbstverständlich, sondern dieses schwer fassbare »neutre«, wie Barthes es bezeichnet hat: das Sich-Entziehen aus allem Gegensätzlichen, und dieses Moment der Neutralität machte das Faszinierende der Aufnahmen aus, ließ die riesigen Porträts erst zu Ikonen werden. Crompton hatte recht, wenn er auf die Frage eines Teilnehmers, warum er denn hauptsächlich die Großen und Berühmten fotografiere, antwortete: Sie seien wie einstmals die Heiligen unter den Spitzbogen der Kathedralen, die Märtyrer einer reinen Künstlichkeit.

– Und stehen für Ihre Hoffnung, meine Damen und Herren, selbst einmal ein Star am Firmament ungeteilter Anerkennung zu sein.

XXVIII

DER HAGERE MANN

Die Gesellschaft hatte sich in den Museumsräumen zerstreut, einzeln oder in kleinen Gruppen folgten die Teilnehmer den Porträts an den Wänden, einige wenige sahen sich den Dokumentarfilm über ein Modeshooting im brasilianischen Urwald an, doch bald schon begann eine Bewegung zum Foyer hin, der auch ich mich anschloss. Im Licht der Deckenleuchte unterhielt sich Crompton, an eine der Säulen gelehnt, mit Bolt und dem Direktor des Museums. Der Starfotograf würde bestimmt nicht bei der Tagung auftauchen, und da Bolt keine Anstalten traf, Crompton mit mir bekannt zu machen, trat ich auf den überdachten Vorplatz hinaus. In der Auffahrt wartete bereits eine Limousine im Widerschein der Fackeln und Öllampen. Sie würde Crompton und seine junge Frau zum Flughafen bringen, wie mir ein Teilnehmer sagte.

Ich blieb unschlüssig neben einer Gruppe von Rauchern stehen, von der dunklen filzigen Nachtluft und dem Rauschen des Verkehrs umschlossen. Als ich mich eben anschickte, auch die Rückseite des Gebäudes zu erforschen, kam Laura auf mich zu.

– Werden Sie noch mit den Teilnehmern gehen?

Ich hatte während der Präsentation beobachtet, wie sie die Models im Rundsaal betrachtete, und ich fotografierte, wie Laura allein vor dem Bild stand und hinauf zu den nackten Körpern sah: eine wunderbare Gegenüberstellung.

– Die Teilnehmer besuchen noch einen Nachtclub, sie könnten im Bus mitfahren.

– Nein, Laura, nein danke, dazu habe ich keine Lust. Und durch meinen Kopf polterten Wörter wie Steine in einem Fluss: Schwerkraft war eines davon, Missverständnis ein anderes. Stets hatte alles die Tendenz, auf ein nächst tieferes Niveau zu fallen. Der fotografischen Darstellung folgte die pornografische Darbietung. Die Aktfotos würden hinter den Tänzerinnen im Nachtclub verschwinden, Timea aus den erinnerten Aufnahmen gelöscht werden. Cromptons Models wären noch Pin-ups in den benebelten Einschlaffantasien der Teilnehmer, spät nachts in den Betten des Hotel Imperial.

– Nein, ich werde zurück ins Guest House fahren. Doch Sie brauchen sich nicht zu bemühen, ich kann ein Taxi nehmen.

Sie müsse wohl zu dem Nachtclub mitgehen, sagte Laura, stand da ergeben vor mir, lächelte und würde klaglos auf sich nehmen, was von ihr erwartet wurde.

– Damit ich's nicht vergesse.

Laura reichte mir einen gefalteten Zettel.

– Die Adresse des stellvertretenden Ministers, um die Sie mich gebeten haben.

Sie wolle mich noch zur Straße begleiten, den Preis für

die Fahrt verabreden und sicherstellen, dass der Fahrer das Guest House kenne. Auch wenn es noch nicht spät sei, müsse man nachts doch vorsichtig sein.

– Werden Sie morgen zu den Vorträgen kommen?

– Ich weiß nicht, ich denke schon.

– Dann schaue ich auf dem Weg ins Institut im Guest House vorbei. Sie können sich auch dann noch entscheiden. Sie sind ja frei zu tun, was immer Sie mögen.

Es dauerte eine Weile, bis ein Taxi auf ihre Zeichen hin aus dem Verkehrsstrom scherte, und ich – nach einem kurzen Wortwechsel Lauras mit dem Fahrer – zusteigen konnte. Doch ihre zuletzt geäußerte Bemerkung, ich sei ja frei, zu tun, wozu ich Lust habe, klang in mir nach, als ich nun neben einem hageren Mann saß, der den Wagen geschickt in den Verkehrsstrom zurückmanövrierte, mit großen, von dunklen Ringen umfassten Augen nach Lücken in den Kolonnen spähte, die knochigen Hände am Steuer. Seine Nase peilte spitz wie eine Kompassnadel die Richtung an, die Füße in Badeschlappen traten die Pedale, dass die Hose um die Waden schlotterte. Gleichzeitig ging die Hand vom Steuer zur Schaltung, zur Hupe, zum Blinker, und mir kam der Mann vor, als wäre er durch seine nächtlichen Fahrten ausgemergelt worden. Sein Körper verlöre im Hupen, Bremsen, Beschleunigen jedes Mal etwas von seiner Substanz, sie bliebe an den eilig vorbeiziehenden Fassaden, an den Menschen vor den Buden, den überholten Lastwagen hängen, löste sich sogar im Smog der Nachtluft auf.

Ich sah auf den Zettel, den mir Laura gegeben hatte.

– Ist es weit zur Redgate Road?

Der Kopf auf dem sehnigen Hals wackelte, als müsste er die angegrauten Haare balancieren.

– Was ist in dieser Stadt schon weit, Mister, sagte er in geläufigem Englisch, eine halbe bis dreiviertel Stunde müssen Sie rechnen, je nach Verkehr. Redgate liegt etwas außerhalb des Zentrums.

– Bringen Sie mich bitte hin?!

Es war unsinnig, jetzt noch zur Adresse von Herrn Saleh zu fahren. Für einen Besuch, unangemeldet noch dazu, war es zu spät, und ich fragte mich, warum ich dennoch sehen wollte, wo der stellvertretende Minister wohnte. Ohne Lauras Bemerkung, frei zu sein, wäre ich nie auf den Einfall gekommen. Und trotz der Versicherungen des Causeurs, er habe das Schicksal des Beamten zum Besten gewendet, hielt sich in mir ein Unbehagen: Schließlich hatte Herr Saleh die Gläser meinetwegen umgestoßen.

– Redgate war früher das Viertel der Parteigrößen, hier hatten sie ihre Häuser, sagte der Fahrer, und auch heute gehört es zur Gegend, in der vor allem Beamte und Mitglieder der Regierung wohnen. Seit kurzem haben sich dort auch ein paar Geschäftsleute und Künstler niedergelassen.

Ich sah mir den Mann genauer an, der da in waghalsiger Virtuosität den Wagen zwischen Kolonnen durchzirkelte, dabei Sätze vorbrachte, wie sie von einem Taxifahrer kaum zu erwarten waren.

– Ich brauche Englisch nur mehr sehr wenig, antwortete der hagere Mann auf meine Frage, wo und wann er die Sprache erworben habe. – Manchmal wundere ich mich selbst, dass ich nicht alles vergessen habe, und vielleicht noch mehr, dass es eine Zeit gegeben hat, in der ich täglich Englisch sprach. Er wandte mir kurz sein Gesicht zu, das um die Augen und die Stirn breiter angelegt war, als sein Vogelprofil hatte ahnen lassen. – Ich stamme aus Verhältnissen, die Sie nicht kennen und sich auch nicht vorstellen können. Meine Eltern sind in den Wirren am Ende der Kolonialzeit geflüchtet. Auf dem Land herrschte Hungersnot, die Felder lagen brach, das Dorf war geplündert und zu einem Teil zerstört worden. Die einzige Hoffnung war die Stadt. Vater kam mit Mutter und mir dort an, wo alle Landflüchtigen ankommen, in den Slums. Er zimmerte für uns einen Unterschlupf an einem Kanal. Der war zwar voll Müll, doch immerhin gab es Wasser. Ich bin da aufgewachsen, und jemand, der wie Sie hierher zu Besuch kommt, kann nur missverstehen, wenn ich sage, es sei für mich als Kind dort in den Slums nicht nur schrecklich gewesen.

Wir fuhren unter einer sechsspurigen Autobahn durch, die mit ihren Zufahrtsrampen wie ein gewaltiges Trümmerstück aus dem nächtlichen Smog herauftauchte, uns für einen Moment in einen kathedralen Raum aus Säulen und Deckenbögen einschloss. Im Schatten der grünlichen Straßenleuchten brannten einzelne Feuer, bewegten sich Gestalten, bestand der Boden aus zertretenem Gras und Schutt.

– Was immer die Regierung in meiner Jugendzeit unternommen hat, war stets großartig in der Absicht und ein Stückwerk in der Ausführung. Am Schluss fehlte immer das Geld, weil bereits ein anderes, noch größeres Projekt realisiert werden sollte. Nichts war wirklich geplant, obwohl Pläne alle Lebensbereiche bestimmten. Wir waren Teil einer Lotterie, bei der man manchmal gewann, wie ich, und öfters verlor. Ich nahm an einem Bildungsprogramm für Kinder aus »unbewilligten Siedlungen« teil, und weil ich an einem verdreckten Kanal aufgewachsen war, erhielt ich einen Studienplatz, wohnte im Studentenkollektiv, durfte Chemiker werden. Das waren die Vorteile damals, die Nachteile waren, dass ich nach dem Studium in der Rüstungsindustrie arbeiten musste. Ich wäre gerne der Pharmaforschung zugeteilt worden, eben weil ich an einem Kanal aufgewachsen bin und gesehen habe, wie viele Krankheiten es dort gab. Doch das System war besessen von der Idee, das Land aufrüsten zu müssen, wie alle Welt damals im »Kalten Krieg«. So wurde ich einer Abteilung für biologische und chemische Waffen zugeteilt. Sie können sich denken, was am Ende des Regimes mit uns und der Fabrik geschehen ist.

Da wir nun durch einen ruhigeren Stadtteil fuhren, der Verkehr weniger dicht geworden war, entspannte sich der Fahrer, lehnte sich tiefer in seinem Sitz zurück. Die Hände lagen leicht am Steuer, auf das er unvermittelt hieb.

– Das allein ist mir geblieben. Nachts fahre ich selbst, am Tag dröhnen die Autos durch unsere Wohnung. Unsere Zimmer im zweiten Stock gehen direkt auf die Hochstraße. Doch ich will mich nicht beklagen. Wie könnte ich sonst für die Familie sorgen? Meine Lungen sind kaputt. Oder glauben Sie, bei den Experimenten mit toxischen Stoffen hätte sich irgendjemand um unseren Schutz gekümmert?

Die Gegend um die Redgate Road hatte Ähnlichkeiten mit dem Quartier, in dem ich vor dem Flug hierher eine Nacht zugebracht hatte. Obwohl es erst zwei Tage her war, seit ich dort ratlos im Treppenhaus gesessen hatte, schienen mir inzwischen Wochen vergangen. Vorgestern war mir an der Wohngegend nichts Besonderes aufgefallen. Jetzt realisierte ich, dass es ein bevorzugtes Quartier gewesen sein musste. Vielleicht nicht ganz so exklusiv wie dieses hier, das mit seinen hell erleuchteten Häusern von einem soliden Wohlstand zeugte. Zudem gab es neben Villen aus den sechziger und siebziger Jahren des letzten Jahrhunderts zahlreiche protzige Bauten, die einen neuen Reichtum repräsentierten.

Ich hatte während der Erzählung des Taxifahrers an meinen Vater denken müssen. In allem schienen er und der hagere Mann am Steuer gegensätzliche Figuren zu sein. Vater stammte aus einer wohlhabenden Arztfamilie, er konnte in Amerika, später in England studieren, wo er auch meine Mutter kennengelernt hatte, war in der Pharmaforschung tätig und hatte an der Entwicklung von Substanzen gearbeitet, die ihm internationale Anerkennung einbrachten. Selbst bei einem so alltäglichen und allgegenwärtigen Ding wie dem Auto blieben sie miteinander in Gegensätzen verbunden: Hier war das Fahren ein notwendiges Übel, dort ein leidenschaftlich betriebenes Vergnügen. Sarah hatte in der für sie typisch unklaren Art, ob sie nicht bloß scherze, einmal zu mir gesagt, wenn die Theorie der singulären Fernwirkung stimme, so müsste man doch annehmen, dass es den Menschen nicht besser als den Elementarteilchen ergehe, die sich in ihrem Verhalten gegenseitig bestimmten, gleichgültig, wo sie sich im Universum gerade befänden. Jedermann hätte eine Gegenfigur, und was die eine im Positiven unternehme, tue die andere im Negativen, das Gute hier, hätte im Bösen dort seine Entsprechung, und neben einer Konfusion aller Moralvorstellungen, hätten wir auch noch so etwas wie einen ethisch-dynamischen Erhaltungssatz menschlicher Unzulänglichkeit.

– Auch mein Vater war Chemiker, sagte ich zu dem hageren Mann, und er konnte frei wählen, was immer er studieren oder tun wollte, gerade weil er einer wohlhabenden Familie entstammte. Er hat zwei Schmerzmittel entwickelt, an denen er lange noch Patentanteile besessen hat, und wir wohnten in einem Quartier, das diesem hier in unserem Land entspricht...

Ich fand es unfair und ein wenig beschämend, das großzügige, von Helle und Luft durchflutete Haus zu beschreiben, in dem ich aufgewachsen bin, während mir der hagere Mann doch eben geschildert hatte, in welch desolaten Verhältnissen er groß geworden war und auch heute noch lebte. Diese mussten so sein wie die verfallenden Häuser am Straßenrand, über denen die Plakate von Waschmaschinen und Kühlschränken angebracht gewesen waren. Unser Haus dagegen übertraf selbst noch die auf den hinterleuchteten Werbetafeln angepriesenen Wohnungen im Grünen, was Lage und Komfort betraf.

– Und Sie, darf ich fragen, was Sie von Beruf sind?

Der hagere Mann lachte, nachdem ich geantwortet hatte, ich sei Fotograf, lachte ein freies, von keinem Neid und keiner Bitternis getrübtes Lachen.

– So ist es, so ist es, was kann man machen? Auch Sie sind Chemiker geworden. Nur dass Sie Ihre Fabrik gleich am Auge haben.

Und mit der Digitalkamera, ergänzte ich in Gedanken, und nickte dem hageren Mann freundschaftlich zu, auch gleich noch Sarahs angewandte Quantentheorie.

XXIX

DIE ANDERN ICH

Was hatte ich erwartet? Herrn Saleh vielleicht doch zufällig zu treffen? Ihn in einem erleuchteten Fenster sitzen oder auch nur vorbeigehen zu sehen, um so die Gewissheit zu erlangen, dass es ihm gut gehe?

Dunkel lag das Haus hinter einer Mauer. Vom schmiedeeisernen Tor führte ein Plattenweg zum Eingang, der über der Tür einen vorgesetzten Aufbau hatte. Zu beiden Seiten waren symmetrisch die Fenster angeordnet. Lichtlose Vierecke.

Ein Mann tauchte hinter dem Gitter aus dem Dunkel auf, leuchtete mit der Taschenlampe in mein Gesicht, schnarrte eine Frage, die nach Befehl klang: ein noch junger Mann, in Wollpullover und Khakihose, einen Schlagstock am Gurt, der ein paar Falten zu einem angestrengt bedrohlichen Gesicht zusammengezogen hatte.

Ich bat den Fahrer, mit dem Wächter zu reden, ihn nach Herrn Saleh zu fragen – und beobachtete ein wortreiches Ritual, das von dem hageren Mann mit der alten, befehlsgewohnten Stimme eingeleitet wurde und auf eine heftige Widerrede stieß: Die Worte waren wie Kiesel, die auf die Waage der jeweilig eigenen Gewichtigkeit gelegt wurden, und erst als in Ton und Rhythmus eine

Balance gefunden war, wurden die Wörter weicher, die Sprechweise melodischer, sanken die zuvor heftig hervorgestoßenen Laute zu einem Murmeln herab, das auf Vertraulichkeiten schließen ließ. Danach hob sich die Stimmlage zur Höhe eines freundlich höflichen Austauschs, wie bei einer Erkundigung, und fand ein Ende, als ein rascher Wechsel von Hand zu Hand durch die Gitterstäbe stattgefunden hatte.

Der hagere Mann trat vom Tor zurück. – *Please do come*, ging um den Wagen herum und forderte mich auf, einzusteigen. Erst nachdem wir weggefahren waren und der Wagen beschleunigte, sagte der hagere Mann, die Hände am Steuer, die Nase pendelnd wie eine Kompassnadel:

– Herr Saleh ist gestern gegen Mittag abgeholt worden. Kurze Zeit danach hat auch seine Frau das Haus verlassen. Der Wächter vermutet, sie sei mit den Kindern zu ihren Eltern gefahren, um Bekannten, vor allem aber Journalisten aus dem Weg zu gehen. Offenbar sind etliche Leute von Magazinen, aber auch vom Fernsehen im Laufe des Tages aufgetaucht, auch heute wieder, Fotografen, die versucht hätten, in den Garten einzudringen, um durch die Fenster Aufnahmen zu machen.

Wohin Herr Saleh gebracht worden sei, könne der Wächter nicht sagen, er wisse auch nicht, wer ihn geholt habe. Der stellvertretende Minister sei am Morgen nach Hause gekommen, nachdem die Zeitungen von dem Skandal berichtet hatten. Kurz danach sei im Fernsehen seine Entlassung bekannt gegeben worden. Er habe ihm, der ansonsten den Garten besorge, aufgetragen, niemanden vorzulassen und auch keine Auskünfte zu geben, doch Herr Saleh habe verstört und übermüdet gewirkt. Kurze Zeit später sei er von Beamten in einer Limousine abgeholt worden.

– Er erzählte von der Frau, die protestiert hätte, und von den weinenden Kindern, wie das Personal ratlos gewesen sei, was es tun solle – die hier üblichen Ausschmückungen, um sein dürftiges Wissen etwas kostbarer zu machen.

– Und Sie steckten ihm das Geld zu, das er verlangt hat? Am Ende der Unterhaltung, als Sie Ihre Hand durch die Gitterstäbe schoben?

Der hagere Mann wandte mir das Gesicht zu, und die ausgemergelten Züge zeigten die Durchtriebenheit eines Jungen, der am Kanal aufgewachsen war.

– Ich hätte es an seiner Stelle nicht anders gemacht. Es ist sein kleines Geschäft, das ihm gestern ganz unverhofft zugefallen ist, sagte er, ein Wunder, das ihm nicht nur ein bisschen Geld, sondern auch einen Tag Beachtung einbringt.

Gegen elf Uhr war ich zurück im Guest House. Nachdem ich die Jacke aufgehängt, im Bad die Hände und das Gesicht gewaschen hatte, trat ich an die Ecke des Bords, an der ich meinen Arbeitsplatz eingerichtet hatte. Unschlüssig nahm ich Grünfelds Manuskript zur Hand, blickte auf den Schriftzug des Titels, auf Grünfelds zittrige Buchstaben, einzeln hingemalt und mehrfach nachgezeichnet: »Die Schatten der anderen«. Ich fühlte mich in die Zeit zurückversetzt, da Grünfeld krank geworden war, er vor beinahe zwanzig Jahren als Folge einer Lähmung mehr und mehr die Sprache verlor, dieses von ihm so eindrücklich beherrschte Instrument der Magie. Mit ihr hatte er für sich und seine Adepten Kathedralen geheimer Einweihung beschworen, großartige Weltkulissen mit Seelenstützen und Bedeutungskuppeln aufgebaut, die nun allesamt einstürzten, und seine Figuren, wie ich selbst eine war, inmitten der Trümmer verstört zurückließen: Keiner und keine, die ihn gekannt hatten, mit denen ich später über ihn sprach, hätten zu sagen gewusst, wer dieser Grünfeld gewesen war, der dort im Kaffeehaus die späten Nachmittage versessen hatte, uns in Abenteuer schickte, die alle bedeutungs- und geheimnisvoll waren. Er hatte uns das Gefühl gegeben, wir seien die Hauptperson in einem Roman der Weltliteratur, auch wenn dessen Handlungsstränge einen Zug ins Triviale hatten, zu aufregenden Unglücksfällen und Verbrechen führten – und in den »ewigen Wirren der Liebe« endeten. Doch bei allen Zweifeln, nachträglichen Korrekturen an dem bewunderten Vorbild: Grünfeld hatte mich geprägt.

Vielleicht verspürte ich gerade deshalb keine Lust, mich hier und jetzt, in diesem fremden Land, erneut mit ihm und jener fernen, zurückliegenden Zeit zu beschäftigen. Was ging mich an, woran der Redakteur gearbeitet hatte? Wozu sollte ich jetzt noch einen Einblick in Aufzeichnungen erhalten, die nicht für mich bestimmt waren?

Ich schlug dennoch den Deckel auf.

Was die großen Erzählungen wie Tolstois »Krieg und Frieden« oder Stendhals »Kartause von Parma« für die Literatur sind, das sollten meine kleinen Erzählungen für die Biographien der jungen Leute sein: Werke, die einen dauerhaften Einfluss haben.

Mich interessierte nicht mehr, Geschichten aufs Papier zu bringen. Die zunehmende Gleichgültigkeit, die ihrer Veröffentlichung entgegengebracht wurde, brauchte ich mir nicht länger mitanzusehen. Zumal ich eine viel reizvollere Art des literarischen Arbeitens entdeckt hatte, nämlich die, in den Köpfen junger Menschen zu schreiben. Sie kamen an den Nachmittagen von ihren öden Lehrstunden ins »Behringer«, wollten hören, wovon im Gymnasium nicht die Rede ist: dass diese Welt aus noch anderen als den Unterrichtsstoffen besteht, es ein Abenteuer gibt, das Leben heißt, in dem sie die Hauptrolle spielen, ich, Grünfeld, aber die Fäden der Handlung führe – im Sinn meiner eigenen Erzählungen, in denen sie die Figuren waren.

Nicht, dass die jungen Leute davon eine Ahnung gehabt hätten. Sie wollten nur unbedingt das sein oder werden, was ich ihnen vorgab. Und ich gab ihnen große, erhabene Ziele vor, zu deren Erreichen es jedoch auch weniger erhebende Episoden brauchte, die ich für sie genüsslich inszenierte: Ich lebte durch sie, ich lebte in ihnen, nicht anders als ein Romanautor in seinen Figuren, und ich hatte einen Stoff. Ich schickte sie zu den Höhlen, vor deren Ausgängen das Arkadien der Kindheit liegt. Sie sollten dort für mich den Augenblick holen, den ich selber mir nie wirklich schaffen konnte. Ich sah ihnen zu, hörte ihre

Berichte. Sie waren meine erzählten Ichs, und ich empfand in ihren Erlebnissen meine Lust, befriedigte mich durch sie mit ihren Mädchen und Jungen, genoss ihre Ankunft – jung, unerfahren und unschuldig – am »L'Origine du Monde«, an Courbets Ort.

An einem Nachmittag stand ein junger Mann im Café. Ich hatte ihn nie zuvor gesehen. Er trug einen weißen Mantel, den Kragen hochgeschlagen. Ungewohnt in der Kleidung, ungewöhnlich in den Zügen seines Gesichts. Diese verrieten ein Wesen, weich und doch dicht, wie Büttenpapier, das begierig die Tinte aufsaugen würde. Und schneller als jeder Gedanke, ein wenig leichtsinnig auch – um den Preis eines kleinen Scherzes – hatte ich den Titel gesetzt: Der seltsame Fremde. Die Runde am Tisch lachte, wie sie es immer tat. Doch ich erschrak, weil es der Titel der letzten Erzählung Mark Twains war. Sein Vermächtnis, unvollendet geblieben. Die meine Geschichte war, die ich für mich gewählt hatte. Als die kleine Erzählung meiner eigenen Biographie. Doch der junge Mann lächelte, als ich den Titel nannte, überrascht zuerst und doch auch so, als hätte ich mit der Nennung des Titels den Kern seines Wesens getroffen.

XXX

EIN NÄCHTLICHER STREIT

Einen Moment lang hatte ich geglaubt, Grünfeld sitze dort im Fauteuil bei dem niederen Tisch, wo jeweils der Chauffeur auf mich wartete und der Koch die Zeitung las. Ich hatte im Vorraum noch eine Banane aus dem Korb holen wollen, der auf der Anrichte beim Esstisch stand und auf meine Bitte hin täglich mit frischem Obst gefüllt wurde.

– Sie hier, um diese Zeit?

Wieder irritierte mich, wie wandlungsfähig das Gesicht des Causeurs war, es die Züge eines Bekannten annehmen konnte, die jedoch wieder verblassten, kaum hatte man an den jeweiligen Menschen gedacht.

– Was bringt Sie her?

– Nun, man hat so seine Pflichten, und eine davon sind Sie. Wie gefällt Ihnen die Lektüre?

– Sie können die Mappe gerne wieder mitnehmen. Ich kenne die Geschichte, ich habe sie erlebt und wurde von Ihrem Steward beim Abendessen unliebsam daran erinnert.

– Wirklich? Ich kann mir nicht vorstellen, dass er das Manuskript gelesen hat.

– Es genügte das eine und andere Stichwort. Und ich

gebe zu, dass ich ungern an die damaligen Ereignisse denke.

– Und nun wollen Sie nicht wissen, wie Grünfeld Ihre »kleine Erzählung« konzipiert hat? Immerhin danken Sie es doch ihm, dass Sie Fotograf geworden sind.

– Nicht mehr als meinem Vater, der Kameras unbenutzt herumliegen ließ, oder dem Alten in seiner Souterrain-Wohnung, der Bildermappen komponierte. Und wenn schon ein anderer in mich eingeschrieben hat, was ich jetzt leben muss, dann hätte die Erzählung auch etwas großartiger ausfallen dürfen. Sie hätten heute Abend Crompton sehen sollen!

– Eine bezaubernde Frau, die er beständig im Arm hält, finden Sie nicht? Hat diese Timea Sie nicht an jemand anderen erinnert, nein? Wie alt waren Sie damals, neunzehn Jahre? Timea ist doch ein ähnlicher Typ wie Anna? Es hätte gewiss elegantere Lösungen gegeben, als Sie zu einer Besichtigung jenes alten Bergwerks zu bestellen, wo Sie sich mit Grünfeld und seiner Bekannten hätten treffen sollen. Er kam nicht, selbstverständlich nicht, Sie sollten ja mit der jungen Frau allein sein. Ganz entsprechend der Obsession, seine Adepten zu Figuren eigener Erzählungen zu machen. Übrigens, Bergwerk war keine so schlechte oder gar triviale Wahl, wie Sie glauben mögen. Hatten Sie in Ihrer Jugend nicht ein Erlebnis mit Ihrem Großvater, dem Landarzt, in einem Stollen? Sie blickten von der Draisine, die in den Tunnelbau einfuhr, zurück zum Eingang, sahen aus dem Dunkel heraus dort zum ersten Mal bewusst die Landschaft als »Bild«, gerahmt von den rauchgeschwärzten Felswänden: eine Ebene mit Feldern und Äckern, von einem Fluss durchzogen. Das Wasser gleißte zwischen den Uferbäumen, blinkte und blendete zu dem Felsloch hoch, das kleiner wurde, sich entfernte, bis es nur noch ein Lichtpunkt im Dunkel war. Und noch immer fotografieren Sie »Flussbilder«, sind hinter diesem Augenblick her, der so flüchtig gewesen ist.

Anfänglich war ich verblüfft gewesen, wie genau der Causeur, offenbar durch Grünfelds Manuskript, über meine Begegnung mit Anna Bescheid wusste. Doch dann ärgerte mich die Bemerkung über meine Flussbilder, an denen ich tatsächlich schon lange arbeite. *Was geht dich's an*, dachte ich, und hörte gleichzeitig wie einen Nachhall – *Hab' ich doch meine Freude dran!*, und genau so war es auch. Der Causeur leistete sich den Scherz und das Vergnügen, mich mit einer längst vergangenen Geschichte, die für mich peinlich und beschämend verlaufen war, zu traktieren. Kam noch dazu, dass sich unter dem onkelhaften Ton nur schlecht der Zynismus verbarg, den ich auch in den Abschnitten von Grünfelds Manuskript gespürt hatte.

– Ich bin benutzt worden, sagte ich heftig, auf eine Art, dass ich es nicht einmal merkte, benutzt wie alle anderen auch, die Grünfeld in seine Geschichten verwickelte. So sollte ich an seiner Stelle diese Bekannte erobern, an die er selbst nie herangekommen wäre. Und es gab ja auch einen kurzen Moment an diesem ersten Nachmittag, da eine Liebe hätte entstehen können, der jedoch verpasst wurde.

Der schwarze Flügel beherrschte Annas Musikzimmer, in dem noch ein Sofa und ein Sessel standen. Den Boden bedeckte ein crèmefarbener Wollteppich, die Wände waren kahl bis auf eine Graphik: eine einzige schwarze Linie, die in einem Schwung zu einer Spitze auslief, und in den Fenstern dunkelte der Abend. Lichter drangen wie Nadelstiche aus der Nachbarschaft durch die Büsche des Gartens. Anna hatte mich nach der Besichtigung des Bergwerks zu einer Tasse Tee nach Hause eingeladen, brachte das Tablett mit Kanne, Milchkrug und Zuckerdose herein, bewegte sich leicht in einem weitgeschnittenen Dress. Ihre Aufmerksamkeit war ganz bei der Balance des Servierbretts, und die dunklen Wimpern bedeckten die gesenkten Augen. Eine Strähne fiel über die Wange, streifte den Mundwinkel, und nachdem sie das Tablett auf dem niederen Glastisch zwischen Stuhl und Diwan abgestellt hatte, blickte sie auf, sah mich mit einem amüsierten Blick an, bei dem sich ihre Mundwinkel leicht hoben. Sie würde gleich mit dem Mittelfinger die Strähne hinters Ohr ziehen, und ich hatte das Gefühl, Anna schon lange zu kennen, obwohl ich sie an diesem Nachmittag zum ersten Mal getroffen hatte.

– Haben Sie überhaupt etwas von den Kavernen und Stollen gesehen? Sie haben beständig in Ihren Apparat geguckt, um den Blick aus dem Stollenausgang in kleine Vierecke zu zerstückeln.

Anna wirkte auf mich sehr anziehend, nicht in einem äußerlichen Sinn, obschon sie eine gutaussehende, selbstbewusste Frau war. Ich verspürte das Bedürfnis, sie zu berühren, dem Vertrautsein, das ich ihr gegenüber empfand, auch einen körperlichen Ausdruck zu geben, indem ich den Arm um sie legte oder ihre Hand nahm. Ich suchte eine Nähe, die mir stets verwehrt gewesen war, und es war Annas zurückhaltendes Wesen, das mich anzog.

Ich erzählte ihr von meinem Kindheitserlebnis mit Großvater, von der Fahrt in den Stollen, von der wärmer und stickiger werdenden Luft, wie die Öllampen einen flackernden Schein auf die Wände geworfen hatten, und von dem verletzten Arbeiter in einem Kegel grünlichen Karbidlichts, der vor Schmerzen schrie.

– Mich haben das Bergwerk, die Höhlen und Gänge auch deshalb so fasziniert, weil ich seit jenem Herbstnachmittag nie mehr im Innern eines Berges gewesen bin.

Ich war dann aufgestanden, um mich neben Anna auf den Diwan zu setzen und ihr meinen Fotoapparat zu erklären. Sie hatte gesagt, dass sie selbst nie fotografiert habe und auch nicht verstehe, wie so ein Ding funktioniere. Doch ich verlor das Gleichgewicht, fiel gegen Anna und fand mich in einer unbeabsichtigten Umarmung wieder, die mich verwirrte. Die Nähe, die ich erhofft hatte, war unerwartet da: Ich spürte Annas Atem auf meinem Gesicht, sah, wie ihre Lippen sich bewegten, die eine flüsternde Litanei von Begriffen wie Linsen, Brennweite, Objektive herunterleierten, die ihre behauptete Kenntnislosigkeit Lügen strafte, mit Spiegelreflex und Belichtungsmesser an mein Wissen appellierte, während Annas dunkle, geweitete Augen etwas ganz anderes verlangten. Ich versuchte den Fotoapparat loszuwerden, streckte die Hand mit der Kamera von mir weg zum Tisch hin, während ich mich gleichzeitig zu Anna hinneigte, wollte den Apparat ablegen, stieß dabei die Teetasse an, dass die braunmilchige Flüssigkeit wie eine hervorschießende Zunge sich aufs Glas ergoss. Ich entschuldigte mich erschreckt, wandte mich von Anna ab, um die Lache mit meinem Taschentuch aufzunehmen, hatte einen tropfenden Lappen in der Hand, von dem ich nicht wusste, wohin ich den nun legen sollte. Ich ließ mich verwirrt in den Sessel gegenüber fallen, das tropfende Tuch noch immer in der Hand, während Anna sich zurück ins Polster sinken ließ.

– Sie haben das Talent zur Ungeschicklichkeit, sagte sie, ich hoffe, es ist nicht Ihr einziges.

Dann stand sie auf, ging in die Küche, um einen Aufwischlappen zu holen, und während sie sauber machte, sagte sie leise, doch mit einer Schärfe, die mich ernüchterte:

– Nun gehen Sie schon und waschen das Taschentuch aus, das wenigstens werden Sie wohl können.

– Es war dieser Moment auf dem Diwan, nicht wahr, klang die Stimme des Causeurs aus dem Halbdunkel, dieser Moment, da Sie aus dem Gleichgewicht gerieten. Zwei-, dreimal im Leben kommt so ein Augenblick vor, ist stets mit einer Kleinigkeit wie einem Versehen oder einer Ungeschicklichkeit verbunden, der Augenblick, »an dem sich das Schicksal ändern lässt«, wie es bei Twain heißt – und den Sie nicht genutzt haben.

– Offenbar wollte ich nichts ändern, sagte ich trotzig. Ich bin ja auch ganz zufrieden mit dem, was geworden ist.

– Was wissen Sie schon, wo Sie heute stünden, wenn Sie den Augenblick ergriffen hätten. Vielleicht an Cromptons Stelle? Sie haben doch Timea gesehen, und Sie haben auch erkannt, dass sie dieses »neutre« hat, dieses Sich-Entziehen aus den Gegensätzen, wie Anna damals auch. Für Sie wäre es an jenem späten Nachmittag darum gegangen, den Augenblick nicht zu verpassen und für Anna, dieses geschlechtslos Neutrale wenigstens für eine kurze Zeit aufzugeben. Das wollte Grünfeld erreichen. Doch Sie reagierten, wie man es anstandshalber tut, und Anna hatte ein gutes Argument, sich auf nichts mehr einzulassen. So hat *es* sich entschieden – nämlich, dass sie beide bleiben sollten, was sie schon immer gewesen sind.

– Wären wir das nur geblieben. Doch Grünfeld hat mich ja noch dreimal zu ihr hingeschickt. Hätten Sie, Herr Landers, sein ganzes Manuskript gelesen, wüssten Sie, zu was für Grotesken diese Besuche geworden sind. Ich bin brav nach den von Grünfeld entworfenen Szenarien hingegangen, obwohl ich genau gewusst habe, es würde zu Szenen kommen, die in ihrer verletzenden Hässlichkeit bereits erzählt und aufgeschrieben sind: von Strindberg beispielsweise oder von Albee.

– Nun ja, Grünfeld wollte diesen Moment auf dem Diwan nochmals herbeiführen.

– Indem ich alles nochmals durchspielte wie am ersten Nachmittag, von meinem Erlebnis mit Großvater erzählte, Anna dann den Fotoapparat erklären sollte, indem ich mich wieder zu ihr setzte, ihr schließlich noch die Bilder zeigte, die ich an dem Nachmittag beim Bergwerk gemacht hatte: Ein Ablauf säuberlich von Grünfeld notiert, und ich bin noch nicht einmal auf die Idee gekommen, Anna hätte von Grünfeld ein entsprechendes Drehbuch erhalten.

– Er wollte ihnen beiden nochmals eine Chance geben.

– Ganz uneigennützig natürlich, als wäre es ihm nicht darum gegangen, Anna durch mich zu erobern – und sie war eine anziehende Frau. Vielleicht bin ich weniger in sie verliebt gewesen als getrieben, die mir seit Kindheit vertraute Distanziertheit wenigstens bei Anna zu durchbrechen. Doch seit meinem ersten ungeschickten Verhalten zog sie sich bei jeder nur andeutungsweise entstehenden Nähe sofort zurück: Mit nichts konnte ich sie noch erreichen, durch nichts mehr ansprechen. Stunden hässlichster Beschimpfungen, Herabsetzungen und Demütigungen folgten, und sie verdanke ich Grünfeld und seiner Fähigkeit, mich wieder und nochmals zu ihr hinzuschicken, obwohl längst entschieden war, dass Anna und mich nichts mehr zusammenbringen konnte.

– Er hat doch immerhin erreicht, dass Sie genau in der Zeit sich entschlossen haben, die Fotografie zu Ihrem Beruf zu machen. War es nicht so? Ist Ihnen damals nicht aufgegangen, dass Sie sich mit dem Moment befassen wollen, den Sie dort verpasst haben, diesem auslösenden, erlösenden Augenblick?

– Ach, allmählich verstehe ich, Sie meinen, ich würde mit meinem Beruf, den Flussbildern, die ich hier präsentieren soll, und dem ganzen bisherigen Leben brav Grünfelds »kleiner Erzählung vom verpassten Augenblick« folgen, wäre noch immer eine Figur in seiner Geschichte, und Sie sind nun der Lektor, der ein wenig korrigierend in den Text eingreift?

– Das Gefühl ist Ihnen doch nicht fremd, Sie haben es jetzt nur das erste Mal ausgesprochen. Die wenigsten Menschen leben ihre eigene Biografie. Und Sie fragen sich doch schon lange, ob Sie nicht einer kleinen Erzählung folgen, wie die Weltgeschichte ihren großen?

– Beide sind zu Ende, die von Grünfeld für mich ausgedachte wie auch die europäische Kulturgeschichte.

– Oh, der Herr Fotograf kommt allmählich in die Gegenwart, wo man für beendet erklärt, was einem nicht passt. Das wird Sie allerdings nicht hindern, auch gleich wieder in die beendete Vergangenheit abzutauchen. Sie ist doch so angenehm unveränderlich, ein Ort, an dem nichts überrascht und nichts ängstigt, in deren Kulissen es sich angenehm träumen lässt. Nur von großartigen Dingen selbstverständlich, von einem ruhigen, einzig den eigenen Interessen gewidmeten Leben zum Beispiel – oder von fotografischen Kompositionen, wie sie Cartier-Bresson schuf.

– Dann sagen Sie doch endlich, was Ihnen nicht passt, was Sie gern gestrichen haben möchten, was Sie unklar oder nicht genügend ausgeführt finden. Sie dürfen auch ruhig an den Rand notieren: ›Verstehe ich nicht, was wollen Sie damit sagen.‹ Sie wären nicht der Erste, der nicht versteht: ›Zu wenig gängig, zu eigen, zu versponnen Ihre Bilder. Sie sollten endlich deutlich machen, was Sie eigentlich umtreibt.‹

– Beruhigen Sie sich. Ich schließe ja nicht aus, dass Sie aus all Ihren Vergangenheiten, Bergwerksstollen, Familiengeschichten endlich herausfinden, vielleicht sogar zu einem Blick in die Zukunft kommen?

– Und dazu sind Sie ja freundlichst zu meiner Hilfe abgestellt.

– Ein Portfolio vom »Ort und den Menschen«. Mehr verlangt ja niemand. Und vielleicht gelingt es Ihnen sogar, das Schlusskapitel ihrer »kleinen Erzählung« selbst zu schreiben?

– Ach, gehen Sie doch zum Teufel!

Und ich donnerte die Tür ins Schloss, dass auf der anderen Seite des Globus die Erde beben musste.

Doch zuvor hörte ich den Causeur murmeln:

– Nicht leicht, zum Teufel zu gehen, wenn man ihn selber spielt.

XXXI

AUF DER SCHWELLE

Ich konnte lange nicht einschlafen, wälzte mich unruhig in den Laken von einer zur andern Seite. Zu sehr hatte mich die Auseinandersetzung mit dem Causeur aufgeregt, und das hätte sie kaum getan, wäre nicht etwas Wahres an dem gewesen, was Landers gesagt hatte. Die Begegnungen mit Anna hatten mich gezwungen, auf Verhaltensmuster zu blicken, die in der Geschichte meiner Familie eingewoben waren. Doch das hatte nichts geändert, wir blieben die, die wir gewesen waren, beide in unseren unterschiedlichen Befangenheiten verhaftet: Anna in ihrer unangreifbar neutralen Distanz, ich im Gefühl, von allem Äußeren abgetrennt zu sein.

Doch warum sollte ich mich nochmals mit den alten Geschichten beschäftigen? Dazu hier, in dieser fremden Stadt? Das alles lag über zwanzig Jahre zurück, war vorbei und hatte sich erledigt.

Ich lauschte auf den gleichmäßigen Lärm der Straße, auf das Rascheln der steifen Blätter am Fenster. Sarah würde sich jetzt in der Küche aus dem Wenigen, das sich auf den Regalen und im Kühlschrank fand, ein Abendbrot zubereiten. Stets vergaß sie einzukaufen, wäre hungrig vom Institut nach Hause gekommen, hätte als Erstes den Globus auf der Ablage beim Fenster angeknipst, dass er rot vor den schon eindunkelnden Häusern leuchtete. Wie gerne wäre ich jetzt dort in der Küche gewesen, würde ihr zusehen, wie sie selbstvergessen Handgriff um Handgriff machte, dann am Tisch mit der für sie so charakteristischen Andächtigkeit aß. Ich liebte Sarah, doch damals im Arboretum, als die Kamera versagte, wir uns kennenlernten, war die gläserne Wand, die mich von meiner Umgebung trennt, nicht wirklich zerbrochen.

Und der Causeur hatte es mir auf den Kopf zugesagt:

– Sie ist nur weniger spürbar geworden, und die Gewohnheit hat sie scheinbar ganz zum Verschwinden gebracht. Doch sie ist da, und Sie sind der geblieben, der Sie schon immer waren.

Ich schlief unruhig, träumte, doch als ich am Morgen aufwachte, erinnerte ich mich nur an Bruchstücke. Ich hatte Anna auf der Straße getroffen und mit ihr eine Ausstellung besucht, in der Fotos gezeigt wurden, die meine eigenen waren: der gestaute Fluss; der Wirbel, der vom früheren Wasserfall übrig geblieben war; die gespiegelten, ins ziehende Wasser hinabdrängenden Häuser; der Nebel – und ich erklärte die Bilder den Teilnehmern, die von Orden behangene Uniformen trugen. Sie stellten Fragen und führten ein Verhör mit mir durch, von dem ich jedoch nicht mehr wusste, worum es gegangen war.

Ich saß auf der Bettkante, rieb das Gesicht mit den Händen, blickte durch das dämmrige Viereck des Fensters in die milchige Helle hinter dem Dunkel der Blätter.

Das gleichmäßige Rauschen des Verkehrs war gepierct von Vogellauten, und ein Duft drang herein, fremd, feucht, angenehm weich, als wäre die Luft durch die Nacht mild und leichter zu atmen geworden. Das steigende Licht kannte noch keine Schatten, drängte nur das Dunkel zurück, mit ihm die Nacht, die Erinnerung an Grünfeld, den Causeur, an das, was er gesagt hatte. Ich war jetzt hier, in dieser fremden Stadt, und zum ersten Mal seit meiner Ankunft fühlte ich Zuversicht, eine Erwartung und Neugier. Ich müsste endlich das Quartier erkunden, durch die Nebenstraßen, Höfe, Plätze streifen. Und mit der Leica in der einen, das Dreihunderterobjektiv in der anderen Tasche, die Digitalkamera um den Hals, schlich ich durch den Vorraum, rannte dann die Treppen hinunter. Nüchtern schlug mir der Morgen entgegen: Aufgereiht standen die Wagen im geschlossenen Hof, kein salutierender Parkwächter war da, die beiden Gehilfen schliefen in ihre Decken gewickelt an der Hauswand. Vor dem Tor lag über dem Gehsteig, den Bäumen mit ihrem schütteren Laubdach eine Betäubung, ließ auch die Häuser hinter den Zäunen nur träge ihre alltägliche Ausdehnung finden. Noch hafteten Reste von Schlaf an den Wänden, bewegten sich die Leute, ein Tuch um die Schultern gezogen, eine Spur zu langsam, eine Spur zu energisch, doch beide so, als müssten sie ein inneres Moment der Trägheit überwinden.

Ich folgte der Straße, ließ mich von den Bildern führen, die sich mir darboten, fotografierte diese Momente des Aufwachens, die jung und erst halbwegs der Geschäftigkeit des Tages zugewandt waren: ein Ladenbesitzer, in abgetragener Hose und hell gestreiftem Hemd, der mit einem Hakenstab den Rollladen an seinem Verkaufsstand hochschob, noch in halb gebückter Stellung, ins dunkle Innere spähte, aus dem ein Schwall verbrauchter Luft vom Vortag quoll und mit dem Geruch von Stoffen und Tüchern die Sorgen um den Geschäftsgang, den Streit mit einem Lieferanten wegen einer ausstehenden Rechnung zurückbringen mochte. Ich fotografierte eine Frau vor feucht aufgewaschenen Stufen, die eben den Eimer Wasser quer über den Gehsteig ausgoss: Platschend zog der eben noch schwebend gläserne Strahl einen langgezogenen Fleck in den Staub. Ich dachte an mein Thema, dass auch dieser Wasserfleck ein »Abfall« war, seine dunkle Formlosigkeit in einem Kontrast zu den von der aufgehenden Sonne rötlich beschienenen, geometrischen Flächen der Hauswände stand. Ein paar Schritte weiter fand ich die von einem Maiskolben abgeschälten Blätter und Grannen, die der Gemüsehändler, um ein Schaustück auf seiner Ablage zu haben, von den Körnern gezerrt und weggeworfen hatte, fotografierte diesen Vegetationsrest, der im Hinterland, auf einem freien Acker gewachsen war und jetzt im Rinnstein lag. In die Blätter, deren Zellfächer im Sonnenlicht durchschienen, waren scharfe Knicke und Kanten gedrückt, die haarartigen Grannen waren zerknäult. Zu dem Gewachsenen kam diese gewaltsame Einwirkung hinzu, die eine Künstlichkeit in die natürlichen Formen brachte, und ich versuchte, durch die Nahaufnahme, diesem unbeachteten Kehricht das Aussehen einer Skulptur zu geben.

Während ich am Bordstein hockte, das Licht und den Sichtwinkel studierte, rollten auf der Straße unablässig die Räder der Autos, Fahrräder und Karren vorbei, stießen die Auspuffrohre ihren grauschwarzen Rauch in die Luft, die sich zu trüben begann – gingen auf dem Bürgersteig Leute in Sandalen, Schlappen, auch polierten, doch bereits staubig gewordenen Lederschuhen vorbei, und als ich von meinem maisblättrigen Studienobjekt einmal aufsah, bemerkte ich zwischen Hosenbeinen, Strümpfen und nackten Waden eine alte Frau, die auf der Schwelle eines mit Brettern vernagelten Eingangs saß. Sie winkte mir zu, ein Auf und Ab ihrer ausgestreckten Hand, während der Blick auf mir ruhte. Nachdem ich mit den Aufnahmen der Maisblätter fertig war, die Alte noch immer winkte, ging ich zu ihr hin. Sie sah mich aus wässrig ausgeblichenen Augen von unten her an. Stumm bewegte sie die eingefallenen Lippen, tappte mit ihrer knotigen Hand auf die Schwelle, ich solle mich zu ihr setzen. Ihre Füße steckten in Lumpen, darüber bedeckten entzündete schorfige Stellen die Waden. Doch ihr Gesicht, jetzt so nah, war wie eine alte Fayence, schmutzig zwar, voller Spuren eines langen, harten Lebens. Noch während ich die Alte porträtierte, hielt sie mir die Hälfte einer dieser fettigen Kugeln hin, die an Straßenständen feilgeboten wurden, die sie erbettelt haben mochte oder von einem Händler nach einem Wackeln des Kopfs jeden Morgen bekam. Ich konnte nicht anders, auch wenn es mich ekelte, ich nahm, was sie mir zittrig, mit ihrer gekrümmten Hand anbot, biss ein Stück ab, und während sich in meinem Mund eine Schärfe ausbreitete und die ölig teigige Masse am Gaumen einen dunklen, aus fremden Gewürzen gemischten Geschmack freigab, spürte ich die befriedigte Ruhe des alten Menschen neben mir, als wäre nach Anstrengungen wieder ein Ziel erreicht. Ich hockte da neben der Alten auf der Schwelle, sah auf die Passanten, den Verkehr und war in all dem Dreck, Lärm, Gestank glücklich. Als wäre ich endlich am Ort und bei den Menschen angekommen.

XXXII
SCHNAPPSCHÜSSE

Das Niederdrücken der Türklinke löste im Vorraum eine Turbulenz aus. Der Fahrer sprang aus dem Fauteuil hoch, der Koch trabte aus der Küchentür, Laura stürzte mir entgegen. – Wo sind Sie gewesen, wir haben uns Sorgen gemacht, gewartet, nicht gewusst, wann und wohin Sie gegangen sind. Auf dem Tisch stand unberührt mein Frühstück, vom Steward fehlte wie üblich jede Spur, und nachdem ich mit der Bemerkung, ich hätte lediglich einen kleinen Ausflug ins Quartier unternommen, meine Kameras im Zimmer abgelegt hatte, fand ich Laura am Tisch, meinem Platz gegenüber. Der Koch beeilte sich, den Kaffee aufzuwärmen, der Fahrer saß bereits wieder tief im Fauteuil, die Zeitung in den Händen, und Laura mit noch immer verdunkelter Miene schob Krümel zusammen, die vielleicht doch vom Frühstück des Stewards stammten.

– Sie sollten nicht allein ausgehen, sagte sie, auch wenn wir uns hier in einer sicheren Gegend befinden. Mit Ihren Kameras sind Sie eine wandelnde Aufforderung, Ihnen zumindest eine abzunehmen.

Sie war nicht gewillt, mir meine Eigenmächtigkeit nachzusehen.

– Sie kennen sich mit den Leuten nicht aus, sprechen die Sprache nicht, verirren sich womöglich in eine weniger sichere Nebenstraße oder werden, wie gestern ein Teilnehmer, von Trickdieben betrogen.

– Berufsrisiko, sagte ich, schöpfte von dem noch warmen Haferbrei auf den Teller. Ich könne nicht in Begleitung fotografieren, das sei ganz undenkbar, ich würde mich eingeschränkt und zu Rücksichtnahmen verpflichtet fühlen. Der Koch brachte den Kaffee, ich rührte Zucker ein und erzählte, dass mir genau das Gegenteil von dem widerfahren sei, was Laura befürchtet habe. Noch immer war der ölig scharfe Geschmack in meinem Mund, den auch ein Schluck des gesüßten Kaffees nicht wegzuspülen, der erste Löffel Porridge nicht zu überdecken vermochte.

– Mir wurde nichts weggenommen, sondern etwas gegeben. Eine alte Frau hat mich zu sich gewinkt, sie wollte, dass ich mich neben sie setze. Dann hat sie das Wenige, das sie hatte, eine fettig gewürzte Kugel, mit mir geteilt.

Laura, noch eben ernst, mit Sorgenfalten zwischen den gerückten Brauen, schien in sich hineinzuhören, ihr Gesicht glättete sich, wurde ausdruckslos, wie das meiner Mutter jeweils gewesen war, wenn die Fenster noch dunkel das Licht spiegelten und wir am Frühstückstisch gesessen hatten.

– Es ist ein alter Brauch, sagte Laura, und ihre Stimme senkte sich zu einem weichen Ton, ein Brauch, der vergessen ist. Ich habe die Worte noch von meiner Großmutter gehört: Teile deine Mahlzeit mit dem ersten Menschen, den du am Morgen siehst, und du wirst an dem Tag satt werden.

Sie lächelte. Doch dann kamen die Falten zwischen den Brauen zurück, mit ihnen der strenge Ton, und Laura war wieder die vom Institut beauftragte Betreuerin, die für meine Sicherheit zu sorgen hatte:

– Es war sehr unvorsichtig von Ihnen, die Speise anzunehmen. Sie wissen, dass Sie das nicht hätten tun dürfen.

Wir kamen zu spät ins Institut, die Vorträge hatten bereits begonnen. Laura verabschiedete sich, sie habe im Archiv zu tun, und während sie die Treppe hoch zum ersten Stock stieg, sah ich mich unschlüssig im Foyer um. Morgenlicht füllte den hohen Raum, unverständlich drang die Stimme des Vortragenden aus dem Saal, verstummte, hob wieder an, und ein wenig kam ich mir wie ein Schüler vor, der vom Unterricht ausgeschlossen, vor die Tür gewiesen worden war.

Auf dem Tisch mit den für die Pause bereitgestellten Kaffeetassen und Sahnekännchen lag ein Stapel Programme. Ich blätterte den Leporello auf. Mich interessierte vor allem der letzte Vortrag des Vormittags: »Digitale Bildaufzeichnung: Das absolute Dunkel der hellen Kammer«. Eben jetzt referierte ein Amerikaner über die »Ideologie des Snapshot«, nachdem bereits über die Bedeutung der Fotografie in der kolonialen Rassenpolitik gesprochen worden war. Da ich nicht wusste, was ich hätte unternehmen können, und keine Lust hatte, nochmals zur Blocksiedlung und dem Park zu gehen, beschloss ich, mir den Rest des Vortrags noch anzuhören.

Obgleich ich die Tür zur Bibliothek so leise wie möglich öffnete, unauffällig hineinzuschlüpfen versuchte, richteten sich einen Moment lang alle Augenpaare auf mich, unterbrach Hall Webster seine Ausführungen. Doch auch ich selbst sah den in morgendliches Licht getauchten Raum und die in ihrer Haltung des Zuhörens nachgiebig um den Tisch Sitzenden wie eine Momentaufnahme, die sich unter Räuspern und Zurechtrücken auflöste, und Webster, nach einem grüßenden Nicken, zum Weitersprechen brachte:

– … die üblichen Schnappschüsse seit der Brownie von Kodak. Wie ich ausgeführt habe, ist die Werbung – sieht man die Jahrgänge vom *American Baby* und ähnlicher die Eltern ansprechender Magazine durch – ein auf para-sozialer Anrede beruhender Diskurs. In seiner repräsentativen Aussage verweist er auf das Wie und Warum wir etwas mit den Kameras machen sollen: (1) Schnappschüsse fangen die wertvollsten Momente unseres Lebens ein, (2) sie bauen unsere Erinnerung auf und (3) formen unseren Alltag zu einer spontanen Chronik um, deren Objekt und Zentrum die Familie ist. Wir sollen dank erleichterter Kameratechnik zu einem Album »offenbarender Momente« werden, das uns und vor allem die früheste Kindheit dokumentiert, die Intimität des Windelnwechselns zu einem öffentlichen Akt macht, der zugleich bezeugt, dass auch wir Pampers benutzen. Der Kern des biografischen Albums, auf den die Strategie der Werbung zielt, ist die Kleinfamilie, und je weniger sie noch einer gelebten Realität entspricht, desto mehr wird sie zum utopischen Wunschbild, dem Ort der Geborgenheit, Harmonie und unbeschränkten Wunscherfüllung. Letztere wird substituiert durch Konsum. Der ununterbrochene Beschuss durch die Knipserkamera – ich hoffe, das haben meine Ausführungen deutlich gemacht – ist eine Erziehung auch zum Konsum, denn die Abgebildeten müssen äquivalent zur Werbung sein, die uns permanent anpreist, was zur glücklichen Chronik eines Menschen gehört: Dein Leben ist eine Reise durch Sehenswürdigkeiten, sie beginnt in der behüteten, glücklichen Kleinfamilie, in Badewannen und auf Wickeltischen, besteht aus emotionalen Fragmenten wie Schuleintritt und Abschlussfeier, dem Grillabend mit Freunden, Ferien und Hochzeit, all das gebannt auf Kodak Gold, und endet mit Kreuzfahrten. Die Schnappschüsse meißeln und hämmern an den Bedürfnissen, formen jeden Einzelnen zum schlanken, smarten Typen, der auf seinem Bild das trägt, was auch auf anderen Bildern so unwiderstehlich ist: die Armbanduhr, der Anzug oder die Löcherjeans, das Golfershirt und die Hörgeräte von Audifix.

Die anschließende Diskussion überraschte mich. Es ergriffen vor allem ältere Teilnehmer das Wort, äußerten sich kritisch oder gar ablehnend. Vielleicht, weil sie die Zeit aus eigener Erfahrung kannten, die Webster pointiert geschildert hatte, vielleicht auch, weil sie sich mit

Hörgerät und Luxusuhr am Handgelenk gemeint fühlten. Ein übergewichtiger Mann, die rotgeäderten Wangen glänzend von Schweiß, stand erregt auf, gestikulierte, in der Hand das Taschentuch, mit dem er sich über die Stirn gefahren war: Webster habe hier nur amerikanische Probleme vorgetragen, die weder für Europa noch für andere Kontinente von Belang seien. – Bitte, wo gibt es denn diesen Mythos der Kleinfamilie außer in Amerika, und auch dort nur als ein Konzept der weißen Mittelschicht. Die Kritik wurde durch heftiges Nicken eines schmalgesichtigen Mannes mit Stirnglatze begleitet, der nervös an seiner Hornbrille rückte und ergänzte, Websters Ausführungen seien neben dem Einwand des verehrten Kollegen auch komplett veraltet. Die Argumentation sei noch ganz dem wissenschaftlichen Diskurs am Ende der neunziger Jahre verpflichtet und dem damals üblichen Kulturpessimismus.

– Im Übrigen ist Kodak heute bankrott.

Mein Sitznachbar von gestern Vormittag – der massige Graubart, der ein Standardwerk über die Camera obscura »Der Nadelstich in Platons Höhle« verfasst hatte – ließ halblaut über die Brüstung seiner verschränkten Arme die Bemerkung fallen: – Typisch angelsächsisches *paper*, unterhaltsam, originell, doch ohne Verständnis für eine tiefergehende historische Herleitung.

Dann wurden die Türen aufgestoßen. Der helle Klang von Geschirr im Foyer mischte sich mit dem Zurückschieben der Stühle, dem ein Crescendo der Stimmen auf dem Weg zur Pause folgte.

Ich hätte gern einen Kaffee getrunken. Der Geschmack der öligen Kugel hing noch immer in meinem Mund, doch am Ausschank herrschte ein so großes Gedränge, dass ich beschloss, in den Garten zu gehen. Ich könnte mich auch später noch wegen einer Tasse anstellen. Auf dem Treppenabsatz traf ich den jungen Mann, der am gestrigen Abend so enthusiastisch auf mich eingeredet hatte, während ich die Teilnehmer vor dem Museum als einen fremden, einzig auf sich bezogenen Kreis fotografierte. Der junge Mann rauchte, scharrte ein wenig mit dem Fuß, blickte auf den Rasen mit den Tischen und Stühlen.

– Ihnen ist die Luft offenbar noch nicht schlecht genug.

Ich schätzte ihn um die dreißig.

– Schlechte Gewohnheiten werden durch schlechte Luft nicht neutralisiert. Leider.

Er zuckte mit den Schultern, blickte in das dunstig gelbliche Licht, das zur Straße hin sich bräunlich verfärbte, kniff die Augen dabei ein, als müsste er eine Quizfrage lösen.

– Ich überlege mir schon die ganze Zeit, worin sich denn der Schnappschuss eines Knipsers von einer Aufnahme unterscheidet, die Sie machen, ich meine von einem professionellen Foto.

– Da komme ich Ihnen wohl gerade recht? Und es war an mir, die Schulter zu zucken: Ich mochte die Frage nicht, schon weil sie immer wieder gestellt wurde. Meiner Meinung nach gab es darauf keine einfache Antwort.

So wiederholte ich, was mir der alte Fotograf vom Souterrain inmitten seiner Mappen vor langer Zeit gesagt hatte: »Mir geht es um das Wesen des Augenblicks, und der besteht aus einer Komposition, der Wahl des Bildausschnitts und der technischen, vor allem aber künstlerischen Fähigkeit, einer flüchtigen Realität deren wahre Bedeutung zu entreißen.«

Und während ich diesen Leitsatz des Alten dem jungen Mann hersagte, sah ich den vom Lüster erhellten Raum im Souterrain vor mir, den der Fotograf bewohnt hatte, seine Mappen, die säuberlich in dem Schrank geordnet waren. Wie war ich damals überrascht gewesen, in seinen Motiven die Themen meiner Herkunft in Schwarz-Weiß-Abzügen wiederzufinden: die väterliche Industriewelt der Labors, Fabrikationshallen, Röhren- und Kühlsysteme; die alten Pfarr- und Arzthäuser in ihren Gärten; die von Wohlstand und einem neuen Lebensgefühl geprägten Wohnquartiere; die Hügellandschaft, in deren Tälern sich noch ein karges, bäuerliches Leben hielt; die Porträts von Dörflern, deren Gesichter mich an Großvaters Patienten erinnerten; die Ballnächte zur Winterszeit, an denen meine Eltern teilnahmen; und die mich anrührende Mappe über Florenz und die Badeorte entlang der Pinienhaine und Sandstrände, die ich aus eigener Anschauung kannte.

– Eine altmodische Auffassung, entgegnete der junge Mann und schnippte die Kippe in den Rasen. Haben Sie gestern in der Ausstellung von Crompton die ausgehängten Kontaktabzüge in einem der hinteren Räume studiert? Er drückt nicht einmal mehr selbst auf den Auslöser, er inszeniert die Sequenz, gibt das Zeichen, und der Kameramann nimmt die Szene in Serie auf: ein Maschinengewehrfeuer von Schnappschüssen. Von den etwa dreihundert Aufnahmen kreuzt er eine einzige an. Sie ist das Kultbild.

– Crompton hat viel für die Werbung gearbeitet, da sind Teams und ein immenser technischer Aufwand üblich.

– Sie verstehen nicht, was ich meine! Der Haken in Ihrer Definition – Wahl des Ausschnitts plus Ihre technische und künstlerische Fähigkeit gleich professionelles Bild – ist, dass bei den Mitteln, die Crompton bei einem Shooting einsetzt, die menschliche Fähigkeit aus Ihrer Gleichung herausfällt: Sie ist ganz auf den Apparat übergegangen. Dieser erwischt den Augenblick und nicht mehr Sie.

Der junge Mann, von dem ich weder Namen noch Beruf kannte, glich im Aussehen einem ehemaligen Studienkollegen von Sarah, einem Physiker, der eine ähnliche Ausstrahlung konzentrierter Energie gehabt hatte, und wie dieser junge Mann hier auf seine Mitmenschen unruhig, quecksilbrig, gefährdet gewirkt hatte. Er starb jung an Krebs, betrieb »eine Zerfallsreihe eigener Art«, so waren seine resignierenden Worte gewesen, »bei der sich die Entropie nicht mehr im Austausch zu unserem Wissen herausrechnen lässt«, wie bei der angewandten Quantenmechanik, mit der er sich das kurze Leben lang beschäftigt hatte.

Auch im Kettenrauchen schienen sich die beiden ähnlich zu sein, der junge Mann steckte sich bereits die nächste Zigarette an.

– Den Unterschied zwischen einem Knipser und einem Profi gibt es in Bezug auf das Bild kaum noch, sagte er mit einem leichten Schulterzucken, als wäre das letztlich auch egal. Wir sind alle Knipser, ob Künstler oder Dilettant, dazu macht uns die digitale Bildaufzeichnung – und nur noch der Aufwand setzt einen Unterschied. Ein Shooting von Crompton kostet einen sechsstelligen Betrag.

– Und Sie glauben im Ernst, das Geld bekäme er ohne eine besondere Fähigkeit?

Ich fühlte einen leichten Schwindel, als stimmte etwas mit meinem Gleichgewichtssinn nicht, es fühlte sich an, als wäre der Grund, auf dem ich stand, nicht wirklich fest, und ich müsste fürchten, den Halt zu verlieren.

– Ich glaube, *Sie* sind altmodisch, sagte ich zu dem nervös und hastig Rauchenden, und vielleicht bin auch ich es. Doch Crompton hat eine instinktive Sicherheit, genau das Bild zu wählen, das unter den tausenden Aufnahmen als einziges der flüchtigen Realität eine Bedeutung entrissen hat: in seinem Fall, den Menschen in der Fiktion vollständiger Anerkennung zu zeigen. Und dieses sichere Gespür für das »gute Bild« ist eine ziemlich rare Fähigkeit.

XXXIII
DIE VERSAMMELTEN KÖPFE

Ich betrat den Rasen zwischen Institut und offener Halle, setzte mich an einen Tisch, sah zur rückwärtigen Wand, die das Grundstück des Instituts abschloss, froh, allein und ungestört zu sein. Der junge Mann war in den Bibliothekssaal zurückgegangen, um die folgenden Statements zu hören, begierig, ihm Unbekanntes, Neues kennenzulernen. Ich würde erst zum Schluss der Vormittagssitzung nochmals hineingehen, um mir den Vortrag »Digitale Bildaufzeichnung: Das absolute Dunkel der hellen Kammer« anzuhören.

Vielleicht hatte ich zu wenig geschlafen? Oder machte der Smog mich schwindlig? Auf der Treppe hatte ich kurz das Gefühl gehabt, die Umgebung gleite mit einer leicht drehenden Bewegung weg, als wären das Institut, die hohen, stuckverzierten Fenster, das Gittertor zur Straße hin ein Foto in einem Bildband, das umgeblättert würde.

Ich hätte ein Glas Wasser trinken sollen. Vielleicht brannte die Sonne stärker als die dunstige Luft vermuten ließ. Ich rappelte mich aus dem Stuhl hoch, stand einen Augenblick da, um mich zu vergewissern, dass der Boden seine übliche Festigkeit behielt. Ein Klopfen war in meinem Ohr, ein ungewohnt gleichmäßiges Pochen, doch verspürte ich keinen Schwindel mehr. Ich schlenderte über den Rasen zur Mauer, die das Grundstück abschloss, und wo eine Tür in einen Hinterhof führte. Vor einem niederen Holzschuppen war die Erde festgetreten und staubig, der Platz von Blättern, Abfall, liegengelassenen Geräten bedeckt, auch von unfertigen Arbeiten: Sägen, zusammengenagelte Holzstücke, aufgequollener und wieder getrockneter, fleckiger Karton. Zwischen zwei Verschlägen hindurch gelangte ich auf ein Stück Land, das von Bauschutt überdeckt war. Die Mauerbruchstücke, Ziegel, zerbrochenen Platten mussten schon lange hier liegen, denn aus den Ritzen wucherte Unkraut, drängte sich Buschwerk hervor, hatte sich in Kuhlen modrige Erde gesammelt. Schütter lagen die Schatten der Blätter und Zweige über dem Geröll, aus dem in regelmäßigen Abständen von ein paar Metern Köpfe herausragten, Männerköpfe mit Backenbart oder Schnurrbärten, streng blickende Büsten mit gescheitelten Haaren, alle weiß mit Kalk getüncht. Sie schauten wie Figuren eines Stücks von Beckett aus dem Schutt, den sie hinterlassen hatten.

Mit der Digitalkamera nahm ich aus verschiedenen Winkeln dieses Grabfeld einer Vergangenheit in den Sucher, hockte mich nieder, um die Sicht möglichst tief über den Geröllbrocken zu halten, als meine Aufmerksamkeit durch eine Bewegung am Rand des Gesichtsfeldes abgelenkt wurde. In einer Schattenhöhle des Buschwerks, das sich entlang einer Mauer zog, liebte sich ein

Paar, leuchteten nackte Haut und abgestreifte Tücher, halb verdeckt von Zweigen, hinter der stummen Reglosigkeit der Statuen. Langsam und tastend waren die Bewegungen, die in eine Landschaft führen mussten, in der es keinen Schutt mehr gab, das Unkraut aufblühte, die Zweige schwer von Früchten wurden, die Körper sich allmählich zu Zellen lösten, die wie Mückenschwärme überm Teich sich hoben und senkten. Einzig die Hände hafteten noch in der Haut des anderen, berührten dort die unversehrte Welt. Eine Welt, in all ihren Möglichkeiten, die jedoch im Moment der Lust zum gewohnten Alltag zusammenbricht, den anderen wahrnimmt und wiederum in die Gegenwart zurückbringt.

Ich kauerte auf den Brocken, hielt mich an der Kamera fest, die auf die geweißten Köpfe gerichtet war, unfähig, sie zu heben, ein Bild von den beiden in ihrem Versteck zu schießen. Zu sehr war ich selbst in den ekstatischen Moment des Paares eingeschlossen – fühlte mich zurückversetzt an den abendlichen Strand, während einer Ferienreise mit meinen Eltern nach Schweden. Ich hatte Elia allein getroffen, die ich bei Spielen mit Jugendlichen kennengelernt hatte: ein schlankes, ein Jahr jüngeres Mädchen. Zwischen zwei glatt geschliffenen Granitbrocken, in einer Mulde nahe dem leisen Auslaufen der Wellen auf den flachen Felsen, hielten wir uns umarmt, spürte ich diesen anderen Körper, eine warm atmende Lebendigkeit. Ich war verwundert und verängstigt gewesen, denn ich kannte keine Umarmungen, wusste nichts von Zärtlichkeit. Meer, Schären, die Kühle, der schwefelgelbe

Himmel, in den die Föhren ragten, all die Sinneseindrücke am Rand meines ängstlichen Verwundertseins blühten aus der Berührung, hatten in ihr die Wurzeln. Und ich spürte, wie jetzt auch, da ich auf dem Schuttfeld kauerte, etwas von dem damaligen lösenden Gefühl in meinen Körper strömen, das sich mit einer heiteren Leichtigkeit verband, wie stets, wenn der Causeur in meiner Nähe war.

– Nur schade, dass dieser Moment einmalig ist, das zweite und dritte Mal bereits an Erinnerungen geknüpft ist, die Vergleiche, Erwartungen, den üblich sehnsüchtigen Kitsch produzieren.

– Sie können wohl nichts so sein lassen, wie es ist.

– Ich habe nicht mehr Ihre Irrtümer.

– Doch bereits die beiden erfolgreich verscheucht.

Ich erhob mich steifbeinig aus der langen Hocke. Der Causeur sog an seiner Zigarre, die aufglühte, doch keinen Rauch gab.

– So bleibt den beiden wenigstens ein Schluck von dem Trunk übrig, den man nur einmal bekommt. Danach wird dieses Tasten und Sich-Mühen bloß noch ein Zwang zur Wiederholung. Sie fotografieren?

– Das sehen Sie doch. Was soll die Frage?

– Nun, manchmal kommt es mehr auf das höfliche Interesse als auf die Frage an. Mir tat der Streit von gestern Abend leid. Und da Sie eben die kleine Schäferszene beobachtet haben, dachte ich, es wäre ein guter Zeitpunkt, ein versöhnliches Wort einzulegen. Grünfeld ist damals uneigennütziger vorgegangen als Sie denken.

Die Bemerkung gestern Nacht, ich wäre der Gleiche geblieben, der ich schon immer gewesen sei, und daran habe auch die Begegnung mit Sarah nichts geändert, hatte mich in meiner Eitelkeit getroffen, und so sagte ich heftiger, als ich gewollt hatte:

– Auch wenn er mich für seine amourösen Geschichten dieses eine Mal benutzt hat, weiß ich trotzdem, was ich ihm verdanke.

Ich steckte die Kamera weg, fuhr mir flüchtig mit dem Handrücken über die Stirn. Sie war schweißnass.

– Und sind sich noch heute nicht sicher, ob seine »kleine Erzählung« auch wirklich zu Ende ist!

Mit diesem Pochen im Ohr blickte ich auf die geweißten Büsten im Schutt. Sie alle hatten gelebt, waren Grundsätzen gefolgt, die sie für richtig hielten oder für unausweichlich, weil ihre Zeit ihnen keine Wahl ließ. Sie hatten es zu Ansehen und Stellung gebracht, doch davon war nichts geblieben als ein paar äußere Zeichen, die sie mit Schnurrbärten, Seidenbinden, Perücken und Haarschnitt einer jeweiligen Epoche zuwiesen, die sie mehr, als sie selber wussten, verkörperten. Und ich bedauerte diese Menschen, ein Bedauern, in dem sich nur schlecht das Selbstmitleid versteckte: ob große oder kleine Erzählung – alles Reden, Behaupten, Bebildern war, so kam es mir in dem Trümmerfeld vor, ein Sich-Wehren gegen die Vergänglichkeit. Doch gäbe es ohne sie den Augenblick, der gerade weil er nicht dauert, festgehalten sein will?

Ich wendete mich von einem leichten Schwindel erfasst ab, hörte den Causeur sagen:

– Webster hatte durchaus recht. In unserer zu lauter Einzelheiten auseinandergebrochenen Welt sind wir knipsenden »Kodakiers« zu Jägern auf der Suche nach dem perfekten Moment geworden. Im Aneinanderreihen solcher Momente unterlegen wir unserem Leben tatsächlich eine »kleine fiktive Erzählung«, der wir gern konsumierend folgen.

Er verzog seinen Mund zu einem schiefen Lächeln.

– Heute sind die Werbehefte unsere Alben, denen wir hinterherknipsen, um uns nach Mode und Models stets »neu zu erfinden«. Sagt man nicht so?

Ich dachte an die Mappen, meine eigenen und die des alten Fotografen, an die Behälter mit den Diapositiven meines Vaters, auch an die anekdotischen Sprachbilder des Professors aus Wales, der mit ihnen das Dasein zu ergründen suchte, nicht anders als Sarah, in deren Fachgebiet nur noch mit Modellen, die abbilden, was kein Bild mehr hat, ein vollständig andersartiger Kosmos um unsere Welt herum gebaut wurde.

– Was sind das für Büsten, fragte ich, wer hat sie aufgestellt, zu welchem Zweck?

– Haben Sie nicht gewusst, dass das Institut früher das englische Clubhaus gewesen ist? Es wurde bis auf die Außenmauern eingerissen, der Schutt hierhergekarrt, mitsamt der Galerie ehrenwerter Präsidenten, die einstmals das Treppenhaus geschmückt hatten. Die Arbeiter werden – wie ich annehme – die Büsten aufgestellt haben, damit sie über die Trümmer ihrer ehemaligen Salons, Spiel- und Speisezimmer wachen, und ein Witzbold, so lässt sich vorstellen, der die Stämme der Bäume gegen die Insekten kalken musste, hat sie mit der Tünche weiß angemalt. Eine gelungene Installation, finden Sie nicht? Sie zeigt doch auf sehr schöne Weise die kulturgeschichtliche Entwicklung, von der aufsteigenden Treppe im Clubhaus, mit denkwürdigen Menschen auf jeder Stufe, zum eingeebneten Schutt mit übertünchten Persönlichkeiten, wie sie für uns heute so charakteristisch sind.

XXXIV

AHNEN UND ÄHNLICHKEITEN

Ich glaubte, wir würden zurück zum Institut gehen.

– Kommen Sie!

Während wir über die Schuttbrocken stiegen, plauderte der Causeur, wie das Familienalbum im Zeitalter der analogen Fotografie noch eine Art dokumentierter Lebensgeschichte gewesen sei.

– Es diente einer Gedächtniskunst, wie sie zur Zeit der Renaissance in hohem Ansehen stand.

Doch die Richtung, in die wir gingen, stimmte nicht, dessen glaubte ich mir sicher zu sein: Sie führte vom ehemaligen Clubgebäude, dem heutigen Institut, weiter weg.

– Mit den Orten, an denen sich jemand aufgehalten hat, waren auch starke Emotionen verbunden. Durch das Betrachten der Fotos ließen sich nicht nur die Erinnerungen wiederfinden, sondern die damit verbundenen Gefühle: ein kleiner *sentimental journey* durch die eigene Vergangenheit.

Wir hätten bei den Schuppen und dem Erdplatz vorbeikommen müssen, stattdessen gelangten wir zu einer Hecke aus Büschen und Brombeerranken. Hatte hier sich das Paar geliebt?

– Mit der digitalen Bildaufzeichnung ist es mit eingeklebten Abfolgen vorbei, die Überfülle an Aufnahmen führt zu elektronischen Bildmassen, denen auch Ordnungsprogramme nicht mehr beikommen, und unser bildliches Lebenskonstrukt gleicht dem Trümmerfeld, durch das wir eben gestiegen sind. Da ist es doch ein Glück, nicht wahr, wenn man noch ein paar alte Familienikonen hat und an seinem Selbstverständnis mit eigenen Serien, wie den »Flussbildern«, weiterwerkeln darf.

Wieder verspürte ich einen Schwindel, nicht so stark wie beim ersten Mal und eher so, als käme er von rasch gestiegenen Fiebern. Die Erwähnung meiner Fotoarbeiten löste ein zusätzliches Unbehagen aus. Der Gedanke an die Präsentation sackte als ein Klumpen Angst in die Magengrube.

– Raten Sie mir! Was soll ich tun? Wie kann ich heute Abend mit meinen Aufnahmen einer technisierten Landschaft gegen Cromptons glamourösen Auftritt und seine Starporträts bestehen?

Doch der Causeur war – ganz nach seiner Art – ohne einen Abschiedsgruß verschwunden, ließ mich bei der Hecke am Rand des Schuttfeldes zurück. Im dichten Busch- und Rankenwerk war eine Lücke, die Erde vom Hindurchschlüpfen festgetreten. Vielleicht hatte das Paar den Durchgang für seine Flucht benutzt?

Ich schob die Zweige zur Seite, zerkratzte die Hand an den Ranken und blickte, als ich mich aufrichtete, in ein verlassenes Grundstück. Ein von Gras überwachsener Gehweg führte zu einem Platz mit hochgeschossenem Kraut, das ein rissiges, mit Moder gefülltes Becken eines Springbrunnens umwucherte. Zurückversetzt und von Wicken überwachsen, ragte schief das spitzgiebelige Dach eines Pavillons, das über der Holzkonstruktion eingebrochen war. Ich gelangte zu einem Haus, von dem ich glaubte, die Stufen und die hohen Fenster mit den schadhaft vergilbten Jalousien schon einmal gesehen zu haben. Da waren dieselben aufgerissenen Wunden im Verputz, der geplatzte, blätternde Farbanstrich, die Wasserflecke über den eingesunkenen Gartenplatten. Die beiden Statuen auf den Pfeilern einer Balustrade, eine Diana im Begriff zu schießen, eine andere mit hochgehaltener Beute, beide beschädigt, hatte ich vor Jahren fotografiert – Aufnahmen, die ich nach den Begegnungen mit Anna gemacht hatte. Grünfeld hatte gedrängt, ich solle mich endlich mit meiner Familie befassen. So war ich nach England gereist, hatte das Haus gesucht, in dem meine Mutter aufgewachsen war und dessen Foto in schmalem Goldrahmen als ein Dokument ihrer Herkunft im elterlichen Schlafzimmer hing. Mir war es damals wie eine Fügung erschienen, dass ich das Haus noch vorfand, nur wenige Wochen bevor es einem Neubau weichen musste. Drei Tage lang hielt ich mich in dem abgesperrten Gelände auf, fotografierte den verwilderten Park, den Verfall der Gebäude, die zerbrochenen Füllhörner, gesichtslosen Putten, die Wunden weißlicher Ziegelsteine.

Ich hatte damals auch die hohe Tür am Ende des Treppenaufgangs fotografiert, verwittertes Holz, angefault über den zerbrochenen Steinplatten, deren Zierleisten nur an den Reihen rostiger Nägel noch zu ahnen waren. Damals hatte sich die Tür nicht öffnen lassen, auch kein anderer Zugang ins Innere war zu finden gewesen, doch hier stand die Tür offen, und ich betrat einen leeren, weiten Raum, der früher als Salon benutzt worden war.

Es roch nach feuchtem Kalk, gedämpft und dämmrig fiel das Licht durch die brüchig vergilbten Jalousien. Staub und Sand bedeckten den Parkettboden, das Holz war dunkel und stumpf, die Schritte gaben ein hallend knirschendes Geräusch. Die Seidentapeten, an einzelnen Stellen abgelöst oder zerrissen, waren von einem dunklen Rot, in das durch Fadenwechsel Muster von Rosen und Ranken eingewoben waren. Von der Decke, aus einem reich stuckatierten Bouquet, hing noch immer der Lüster, ein Wirbel eingetrübter Kristalle, in denen sich blass das Licht spiegelte, doch heller, leuchtender wurde, sich zu einem vielfältigen Glitzern klärte, als ich die Jalousie leicht zur Seite schob und durch das Fenster hinaus in den Garten sah. Auf dem nun von Unkraut gesäuberten und gerechten Kies, unter einem Maulbeerbaum, stand in straffer Haltung, die eine Hand auf den Rücken gelegt, der Bankier in schwarzem Gehrock, ein mittelgroßer, fülliger Mann. Sein Haar war exakt gescheitelt, eine goldgefasste Brille saß ihm auf der Nase, und sein Gesicht, flankiert von einem angegrauten Backenbart, ließ keinen Zweifel an der Verantwortung, die er für das Empire trug. Auf der Gartenbank zu seiner Rechten saß zurückgelehnt seine Frau, eine stolze, schöne Dame, in leichte Seide gekleidet, den einen Arm auf die Rücklehne gelegt, die andere Hand hielt den Knauf eines geschlossenen Sonnenschirms. Mutter, ungefähr zehn Jahre alt, hinter der Bank stehend, beugte sich über die Lehne vor, hielt in den Händen eine Puppe, über die sie seitlich hoch in die Zweige blickte, dass ihr blondes Haar mit der Schleife auf die Schulter fiel.

Ich wandte mich von dem mir vertrauten Bild ab, befremdet nicht nur von dem Viktorianismus, der mir jetzt auffiel und Mutters Pflegeeltern statt in Hempstead, auch hier im Garten des Englischen Clubs als Kolonialisten hätte zeigen können. Es war das Foto gewesen, das ich geliebt hatte und das auch ein Teil meiner Herkunft gewesen war. Doch am dritten Tag, als ich mich beim Haus aufhielt und fotografierte, kam gegen Abend eine gebeugte, ärmlich gekleidete Frau in den Garten. Sie sprach mich an, erzählte, sie habe hier als junges Mädchen bei der Herrschaft gedient und nun im Dorf gehört, ich sei der Sohn der Pflegetochter, sie sei nämlich deren Betreuerin gewesen…

Mit den wenigen Worten hatte sie Mutters sorgfältig gehütetes Geheimnis verraten, mir dadurch einen Schock versetzt, der lange nachwirken sollte: Sie war nicht nur unnahbar gewesen, sie hatte mich auch getäuscht.

Die Heftigkeit, mit der ich mich von dem Foto vor mir abwendete, erzeugte einen erneuten Schwindel, der den Salon, in dem ich mich eben noch aufgehalten hatte, wegwischte und diesen leeren, hohen Raum mit seinen Resten ehemaligen Glanzes, zu einem Flur verengte, in den seitlich schmale Schattengänge aus eng gestellten Regalen mündeten. Ich brauchte ein Weile, bis der Schwindel abklang, die Wahrnehmung sich wieder festigte, und noch ehe ich mich des Flurs mit den Arbeitstischen unter den Fenstern, dem zusätzlichen Oberlicht als eines modernen Archivs versichert hatte, trat Laura zwischen zwei Regalen aus dem Dunkel, legte eine Schachtel auf einen Arbeitstisch neben das Foto, in dem ich geglaubt hatte, Mutters Pflegeeltern im Garten erkannt zu haben. Ich nahm es in die Hand, zeigte es Laura.

– Wer sind die Leute? Ich glaubte doch tatsächlich einen Moment lang, es sei eine Aufnahme aus Mutters Jugendzeit.

Sie beugte sich zu mir hin, sah auf den Abzug, sagte:

– Ich müsste nach der Registernummer sehen, doch ich vermute, dass es der Vize-Gouverneur mit seiner Gattin und Tochter ist, hier im Garten des Englischen Clubs. Das Bild muss nach dem Ersten Weltkrieg aufgenommen worden sein. Soviel ich weiß, wurde der Pavillon, von dem Sie noch die Dachspitze sehen, in den zwanziger Jahren erneuert.

Woran erinnerte mich dieses gemeinsame Betrachten von Fotos? Ein Betrachten, bei dem ich ebenfalls so dicht bei einer Frau gestanden oder neben ihr gesessen hatte, wie eben jetzt, wir uns an den Schultern berührten, während wir Abzüge durchsahen, ich ihr Haar roch und den Arm um die Frau hätte legen mögen, wie eben jetzt auch um Laura, die mit gesenkten Wimpern auf das Foto in ihren Händen sah.

– Ich weiß nicht, Laura. Irgendetwas stimmt mit mir nicht, schon zwei-, dreimal ist mir heute so schwindlig geworden. Ich halluzinierte wie in Fieberphantasien, hatte das Gefühl, Zimmer betreten zu können, die ich vor Jahren fotografiert habe, und diese Räume verwandelten sich, erschienen in altem Glanz, und als ich aus dem Fenster blickte, sah ich meine Mutter und ihre Pflegeeltern wie auf dem alten Foto, das im Schlafzimmer meiner Eltern gehangen hat, aber offenbar diese Aufnahme hier ist. Gibt es überhaupt den verwilderten Garten und das Haus hinter dem Institut?

– Sie haben lange das große Bild des verfallenen Clubgebäudes betrachtet, das beim Hintereingang des Instituts aufgehängt ist. Sie standen davor, in sich gekehrt, und als ich Sie fragte, ob ich etwas für Sie tun könne, murmelten Sie von historischen Aufnahmen, die sie sehen wollten. So sind wir hierher, ins Archiv gegangen. Ich fürchte, Sie hätten die Speise der alten Frau heute Morgen nicht annehmen sollen.

Laura bestand darauf, dass ich ein Mittel aus der Hausapotheke schlucken solle. Es wirke gegen Fieber und Übelkeit, das auch sie einnähme, wenn sie sich den Magen verdorben habe. Und während sie sich entfernte, horchte ich besorgt in mich hinein. Ich mochte nicht glauben, dass ich mich durch diesen Bissen mit einer Krankheit angesteckt hatte. Vielleicht lagen die Schwindel am Smog oder waren eine Folge des Jetlags, des

Klimawechsels. Was immer ihre Ursache sein mochte, ich hatte die Reise bis jetzt besser überstanden, als ich bei der Abreise gehofft hatte, trotz der Anstrengungen. Ich würde nicht krank werden.

XXXV
TÜNCHE

Ich schluckte die zwei Tabletten, die mir Laura mit einem Glas Wasser gebracht hatte.

– Wissen Sie, Laura, als ich in England war, um das Haus, in dem Mutter aufgewachsen war, zu fotografieren, kam ein Geheimnis an den Tag, von dem ich nicht einmal weiß, ob Vater es kannte. Mutter hatte uns allen verschwiegen, dass sie als Findelkind in einem Waisenhaus aufgewachsen war. Wahrscheinlich schämte sie sich, nicht zu sein, wofür sie gehalten werden wollte. Für mich zerbrach eine Welt, als ich von der ehemaligen Hausangestellten erfuhr, sie sei nicht die leibliche Tochter der Familie gewesen, und das Foto, das ich so lebendig gesehen habe, war das Bild gewesen, das mein jugendliches Selbstverständnis prägte, mir aber auch Mutters kühle Distanziertheit entschuldigt hatte: Diese gehörte ganz selbstverständlich zu einer vornehmen Herkunft.

– Haben Sie nach Ihrer Rückkehr mit Ihrer Mutter gesprochen?

Ich nickte.

– Sie hatte einen Zusammenbruch, musste in eine Klinik und danach in einen Erholungsurlaub verbracht werden. Vater hat es mir nie verziehen.

Es gibt offenbar auch Bilder, an die nicht nur Erinnerungen und Gefühle gebunden sind, sondern auch ein Schock.

Einen Augenblick lang standen wir nebeneinander, schwiegen, als wäre durch die Vertraulichkeit auch in Laura eine verletzliche Stelle berührt worden.

Dann sagte sie mit einem leichten Schulterzucken und indem sie ein Foto aus der Schachtel nahm:

– Ich wollte Ihnen noch dieses Bild zeigen. Es ist eine der letzten Aufnahmen vom Englischen Club vor der Unabhängigkeit. Es muss wenige Tage vor der Schließung aufgenommen worden sein, und die abgebildeten Personen müssen gewusst haben, dass ihr Aufenthalt hier zu Ende geht.

Das Farbfoto zeigte ein Elternpaar mit ihren zwei Kindern im Garten, vor einem Beet Blumen, bereits in der legeren Kleidung der Nachkriegszeit.

Ich murmelte etwas von Glück, dass sich die Aufnahme erhalten habe – und fühlte mich zugleich, was die vorangegangene Verwechslung und Verwirrung betraf, etwas beruhigt. Offenbar wurden zur gleichen Zeit an verschiedenen Orten auch ähnliche Arrangements von Personen aufgenommen, so dass Verwechslungen leicht möglich sind. Auch dieses Bild – sah man vom Hintergrund ab – erschien mir wie ein Doppel aus meiner eigenen Jugend. Vater hatte an einem Sonntagmorgen, als er wiederum einen neuen Apparat gekauft hatte, sich, Mutter, meine Schwester und mich im Garten mit dem Selbstauslöser aufgenommen: Das Foto zeigte uns in sorgloser Heiterkeit, eine glückliche Familie, wie sie Hall Webster als den utopischen Ort der Geborgenheit, der Harmonie und unbeschränkten Wunscherfüllung beschrieben hatte.

– Ich bin bei den weißgetünchten Büsten hinter dem Institut gewesen. Arbeiter sollen sie dort aufgestellt und ein Witzbold sie angemalt haben?

Laura lachte auf:

– Aber nein, wie kommen Sie darauf? Es ist die Installation eines Künstlers, die er während einer Tagung vor zwei Jahren gemacht hat. Die Büsten standen vergessen in einem der Holzschuppen, waren weggeräumt worden, wie später die Denkmäler des Diktators. Er hat sie aufgestellt und weiß getüncht.

Weiß getüncht – ja, mit dem Dünkel des weißen Mannes, versteckt in allzu betonter Freundlichkeit. Ich hatte mich am Morgen zu einer ähnlichen Geste hinreißen lassen, die mir zu Hause niemals in den Sinn gekommen wäre, als ich mich neben die alte Frau gesetzt und von der fettigen Kugel gegessen hatte.

– Ich hoffe, das Mittel wirkt, sagte ich.

Am Abend würde meine Präsentation sein, ich müsste mich vorbereiten, mir endlich klar werden, worüber ich sprechen wollte.

– Seien Sie unbesorgt, die Tabletten werden Ihnen helfen. Vielleicht sollten Sie nur wenig essen. Kommen Sie am Nachmittag mit auf den Ausflug?

Ich hob die Schultern, blickte den Flur mit den Regalen entlang.

– Ich weiß es noch nicht, Laura. Wenn ich mich in der Mittagspause besser fühle, vielleicht.

Es blieb noch eine gute halbe Stunde bis zum Vortrag über die digital-elektronische Bildaufzeichnung, und so schlenderte ich die Treppe hinab ins Foyer. Der Geruch nach Mittagessen hing im Vorraum, ein einzelner Teilnehmer stand lesend beim Büchertisch, und wie schon zuvor waren gedämpft die Stimmen aus dem Bibliothekssaal zu hören.

Ich überflog die Stapel bebilderter Titel auf dem Büchertisch. Darunter fanden sich der eine und andere Bekannte: Leon Battista Alberti, »De pictura«, Panofsky, »Die Perspektive als symbolische Form« und auch das wirklich erschlagende Werk des graubärtigen Professors »Der Nadelstich in Platons Höhle: Die Camera obscura als Erkenntnismodell der Neuzeit«. Von Joel Pecker lagen Separata auf: »Visions become Pictures« und ein Band von Hall Websters »The Ideology of Snapshots«. Die Klassiker streifte ich mit freundlich grüßendem Blick, Roland Barthes' »Die helle Kammer«, die Essays von Susan Sontag und Walter Benjamin. Lange verweilte ich bei Jonathan Crarys »Die Modernisierung des Sehens«, in dem optische Geräte des 19. Jahrhunderts abgebildet waren wie das Thaumatrop oder Phenakistiskop, die eine weite Verbreitung gefunden hatten und die Illusion einer Bewegung erzeugten oder eine Dreidimensionalität vorgaukelten wie das Stereoskop. Es waren zu ihrer Zeit Apparaturen, welche zutiefst faszinierten, doch wie Crary anmerkte, die Objektivität des Sehens zerstörten und den Betrachter ortlos machten. Zu meiner Verblüffung fand sich auch das schmale

Bändchen des Causeurs unter der Auswahl, und als ich »Das Buch der Halbwahrheiten« zur Hand nahm, fand ich darin einen Merkzettel eingelegt.

– Der kaleidoskopische Weltmann Baudelaires, wie ihn das 19. Jahrhundert hervorbrachte, war ein zur Sehmaschine umgeformtes Agglomerat physiologischer Eigenschaften. Seine Bilder waren subjektiv geprägter Schein, dem kein fester Standpunkt mehr entsprach. Dadurch erst ist die Fotografie zum »Papiergeld der Wirklichkeit« geworden: beliebig tausch- und handelbar, zu horten, zu verkaufen und über große Distanzen leicht zu verschieben. Ein zur Entfremdung und Kolonisierung geeignetes Mittel.

– Was halten Sie davon?

– Ah, Sie schon wieder?

– Ein hübscher Gedanke, die Fotografie mit dem Papiergeld gleichzusetzen.

Hinter mir stand der Causeur, lächelnd, die Zigarre im Mund. Keine Ahnung, wie lange er mich schon beobachtet hatte.

– Sie vernachlässigen ein wenig die Lektüre meiner Notizen. Nur weil Sie glauben, Halbwahrheiten seien weniger wahr als Wahrheiten? Dabei geht es doch gerade darum, aufzuzeigen, welch unheilvolle Folgen Ihr Metier haben kann.

– Was in keinem Verhältnis zu Ihren Machenschaften steht. Oder wollen Sie mir erklären, wie ich zu dem verwilderten Garten und von da in die alten Fotos von England gelangt bin?

– Kleine Anfänge umfassenderer Reisen, die Ihnen

noch bevorstehen: In Zeiten, da jeder ein Magier sein will, ist dies lauter Kinderkram. Was hat unsereiner noch groß zu tun. Sie, wie Ihre Zeitgenossen auch, wollen bezaubert sein und sorgen gleich selbst dafür. Do-it-yourself. Dafür haben Sie im Archiv jenen Grünfeld-Moment von damals mit Anna nochmals verpasst. Sie haben sich nicht erinnert! Vielleicht, weil diesmal die Fotos Ihnen gezeigt wurden?

Als ich laut protestierte, der Causeur solle mich mit seinen Vermutungen in Ruhe lassen, ich suchte keine Abenteuer, Laura habe zudem nicht das Geringste mit Anna zu tun – war der Causeur verschwunden. Ich sah lediglich noch das kurze Aufglühen seiner Zigarre. Der Teilnehmer jedoch, der am Büchertisch lesend gestanden hatte, sah mich besorgt und befremdet an.

– Are you okay?

Ich war froh, dass in dem Moment das SMS-Zeichen erklang. Das Display auf meinem Handy leuchtete auf:

– Auch ich auf Reisen, nach Boston ans MIT, Vorbereitungsgespräch für künftigen Arbeitsort: Werde im Paranal-Observatorium in Chile Galaxien zählen. S.

XXXVI

DIE TURBULENTE SITZUNG

Nach Bolts Ankündigung des Vortrags erhob sich zu meiner Verwunderung der junge Mann, mit dem ich in der Pause auf dem Treppenabsatz des Instituts geplaudert hatte. Er hieß Lutz Zäuner, wie ich vom Programmleporello meines Sitznachbarn ablas, lehrte in Hamburg und würde zum Thema des Wandels von der analogen zur digitalen Fotografie sprechen. Ich war überrascht, wie selbstsicher der junge Mann, der sich stets abseits gehalten hatte, nun da ohne Manuskript am Tisch stand, die Hände in die Rocktaschen geschoben, in einer Art konzentriert, die mich wieder an den ehemaligen Kollegen von Sarah denken ließ. Er hielt den Kopf gesenkt, als dächte er nach, um endlich zu einem Ergebnis zu kommen, hob leicht die Schultern und begann zu sprechen, als führte er lediglich einen Gedankenaustausch fort und wollte auf den Einwand eines Zuhörers antworten:

– Sie mögen mit Ihrer verbreiteten Ansicht recht haben. Was die Fotografie durch die digitale Herstellung verloren hat, ist wenig. Vielleicht hat sie hier und da sogar gewonnen. Zum Beispiel an Geschwindigkeit. Ihr Verlust an kulturhistorischer oder erkenntnistheoretischer Bedeutung ist jedoch total.

Er machte eine Pause, wechselte vom nachdenklichen Ton zu einem heiter unterhaltenden, während der Gesichtsausdruck konzentriert blieb, von zwei scharfen Falten über der Nasenwurzel gezeichnet:

– Meine Damen und Herren, ich habe in meinem Paper versucht, die Bedeutung des paradigmatischen Bruchs zwischen analoger und digitaler Fotografie anhand einer kurzen Entwicklungsgeschichte der quantenphysikalischen Erkenntnisse darzustellen. Was ich ausgeführt habe, muss in meiner Zusammenfassung hier und jetzt notwendigerweise unvollständig bleiben.

Was im Ton heiter und leicht begann, erwies sich jedoch bald als ein schwer verständlicher Gang durch physikalische Theorien, gespickt mit Begriffen, die auch bei einem gebildeten Publikum nicht einfach vorausgesetzt werden dürfen. In der Zuhörerschaft machte sich schon bald einmal Unmut, sogar Widerstand gegen Zäuners Ausführungen breit, und es mag an Zäuner selbst gelegen haben, der die Teilnehmer seine Überlegenheit spüren ließ, dass aus dem als Höhepunkt der Tagung geplanten Vortrag eine tumultuöse Sitzung wurde.

Dabei ging Zäuner zunächst auf einfache historische Tatsachen ein. Er führte aus, wie die Fotografie gleichzeitig an verschiedenen Orten erfunden worden sei, die Wissenschaft anfänglich gehofft habe, durch dieses »Lichtbild« selbst gefördert zu werden. Man wollte die Fotografie nicht nur für ein Aufschreiben *mit* Licht verwenden, sondern für das Aufschreiben *von* Licht nutzen, sie also für die Spektroskopie gebrauchen, mit dem Ziel, das Licht selbst in seiner Zusammensetzung zu erforschen.

– Diese Art Untersuchungen des Lichts führte geradewegs zum Zusammenbruch des damaligen Weltbildes und zur Entwicklung der Quantenphysik. Ihre Begründung durch Niels Bohr spaltete die Physik von ihrer langen Tradition, eine Naturlehre zu sein, radikal ab. Die erkenntnistheoretische Hiobsbotschaft, die das bedeutete, formulierte Bohr gleich selbst. Zitat: »Gemäß dem Quanten-Postulat ist jede Beobachtung unmöglich, und vor allem verlieren die Begriffe von Raum und Zeit ihren unmittelbaren Sinn.« Zitatende. Mit einem Wort: Ein um ein Atom kreisendes oder in seinem System zuständlich-stabiles Elektron existiert nicht, nach keinen Maßstäben eines neuzeitlich physikalisch denkbaren Seins, für welches gilt, dass nicht existiert, was nicht beobachtbar ist.

Bereits an der Stelle unterbrach ein französischer Teilnehmer Zäuners Vortrag, sagte in seiner Muttersprache – obwohl die Tagungssprache Englisch war –, er habe selbstverständlich das im Voraus verteilte Referat gelesen, sogar versucht, es auch zu verstehen, was ihm den einen und anderen Lacher einbrachte. Er brauche sich das Ganze nicht nochmals anzuhören und schlage vor, dass man sich auf die Diskussion einiger gewagter Formulierungen beschränke. Er zum Beispiel, und der Franzose, mit einem Kranz schwarzer Haare um den sonst kahlen Schädel, kramte mit blassen Händen, die aus den Manschetten und den Ärmeln seines blauen Jacketts hervorsahen, in dem Papierstoß vor ihm, er zum Beispiel habe sich doch sehr an folgender Passage gestoßen, und las aus dem verteilten Paper vor: »Wir haben einen Punkt erreicht, wo das Wissen auf Grund seiner Natur stehen bleiben muss: Jenseits dieses Punktes hört jede Bedeutung auf. (...) Die Welt ist nicht eine Welt der Vernunft, die vom menschlichen Geist erfasst werden kann, sondern während wir immer tiefer und tiefer eindringen, wird das grundlegende Gesetz von Ursache und Wirkung, von dem wir gedacht hatten, dass es eine Formel ist, zu deren Unterschrift wir sogar Gott zwingen könnten, bedeutungslos. Die Welt ist nicht wirklich vernünftig oder verständlich; sie entwickelt diese Eigenschaft in immer zunehmenderem Maße erst, wenn wir vom Reich des sehr Kleinen hinaufsteigen zum Reich der Dinge unserer täglichen Erfahrung; erst hier können wir möglicherweise auf ein Verständnis hoffen, das für alle praktischen Zwecke ausreicht, aber nicht für mehr«. – Wenn man die heutige Politik betrachte, sagte der Franzose, könne man schon den Eindruck gewinnen, dass die Welt nicht wirklich vernünftig sei, ihm jedoch bedeute Vernunft einen zentralen menschlichen Wert ... und er hätte bestimmt einen Vortrag über die Errungenschaften der französischen Aufklärung gehalten, hätte Lutz Zäuner ihn nicht unterbrochen:

– Was Sie vorgelesen haben, stammt nicht von mir, sondern ist ein Zitat von Percy W. Bridgman, einem Paten der Halbleiterforschung und des Radikalen Konstruktivismus. Es stammt übrigens von 1929, und wenn Sie es aus dem Zusammenhang herauslösen, mag es missverständlich sein. Doch ich habe zuvor ausgeführt, wie erst Schrödinger die Quantenhypothesen Bohrs mit seiner eigenen Systemmechanik mathematisch zur Quantenmechanik vereinigt hat, der junge John von Neumann danach diese neu definierte. Er rechnete die Wahrscheinlichkeit und die Thermodynamik herein, und deutete die Entropie, diesen klassischen Begriff, der die Verlaufsrichtung eines Wärmeprozesses beschreibt, zum Maß der Ungewissheit eines Experiments um.

– Nein, nein, nein!, unterbrach der schmalgesichtige Teilnehmer mit Hornbrille, der schon bei Webster heftig gestikulierend widersprochen hatte. Ich will mir das nicht anhören, dafür ist die Lebenszeit zu kurz. Ein Spezialistenkauderwelsch, das mit unserem Thema nichts zu tun hat. Ich bin nicht hierhergereist, um einen Grundkurs in Physik zu hören.

Bolt sah sich zum ersten Mal zum Eingreifen genötigt. Aber bitte, er solle sich beruhigen, sie seien hier zusammengekommen, um die heutige Fotografie und die Veränderungen der Wahrnehmung aus den Blickwinkeln unterschiedlicher Fachgebiete und Richtungen zu betrachten.

Doch der Mann wollte sich nicht beruhigen:

– Und genau das hat dieser ganze theoretisch verstiegene Kram nicht: etwas zu tun mit der Fotografie!, rief er in den Saal.

In dem Moment verblüffte mich Lutz Zäuner, der mit einer Heftigkeit, die ich ihm nicht zugetraut hätte, wie ein gotthelfscher Pfarrer von der Kanzel donnerte:

– Eben doch, genau das hat er!

Obwohl er die Stimme senkte und leise weitersprach, spürte ich das Feuer unter dem beherrschten, leicht überheblichen Ton, mit dem er fortfuhr:

– Es ist einfach Ignoranz, nicht sehen und sich damit auseinandersetzen zu wollen, was unser Leben heute weitgehend bestimmt: dass nämlich de facto solche Entropie produzierende, Abbau von Struktur erwirkende, Instabilität erzeugende Systeme auf Basis der Quantenmechanik im zwanzigsten Jahrhundert technologisch in einem überwältigenden Maße zur Entfaltung und Anwendung gekommen sind.

Er hätte das Wort »Ignoranz« in einem Kreis von Akademikern, in dem jeder der Teilnehmenden sich auch für fremde Sachgebiete als offen und interessiert hielt, nicht verwenden sollen. Außer dem schmalgesichtigen Mann mit Hornbrille zeigten auch andere Teilnehmer durch ein ruckartiges Abwenden des Oberkörpers und das Zusammenpressen der Lippen, dass sie empört über das Auftreten des jungen Mannes waren.

Bolt versuchte mit der Frage, ob Herr Zäuner denn ein paar dieser »Systeme« beispielhaft nennen könne, zur Beruhigung beizutragen.

– Ich glaube, damit wäre uns sehr gedient, zu verstehen, was Sie meinen.

– Aber gerne. Das Bemerkenswerte der mathematischen Umdeutung von Neumanns Entropie-Begriff, wie ich sie eben skizzierte, liegt nicht im Maß an Unsicherheit, sondern an Sicherheit, die er dadurch fundieren konnte. Auf die Art wurden Kalküle des Atomaren epistemologisch erst zur beherrschenden Domäne des Wissens, was uns seit den vierziger Jahren des letzten Jahrhunderts all die Erfolge beschert hat, die Sie kennen. Die »Solid state physics« sind über Radarforschung, Atombombenbau, Halbleiter-, Raumfahrt-, Werkstoffentwicklung, Radio-, TV- und Computerindustrien usw. zu einer Art Kerntechnologie moderner Zivilisationen geworden, also umweltprägend wie kaum eine andere Technik zuvor.

– Aber die Fotografie?, versuchte es Bolt nochmals, was hat Fotografie mit diesen – wie sagten Sie – »entropischen Systemen« zu tun?

– Nichts, rief der Schmalgesichtige, und der Graubart, dessen sonst schon gerötetes Gesicht noch eine Nuance dunkler war, sagte:

– Mystik, alles Mystik – lassen Sie uns lieber in den Garten gehen und über Gott reden.

Worauf Lutz Zäuner schlagfertig einwarf:

– Der, wie Sie vielleicht schon gehört haben, nach Einstein nicht würfelt. Aber leider es nach den neuesten experimentellen Ergebnissen eben doch tut. Schlimmer noch, meine verehrten Kollegen und Kolleginnen, sein Gegenpart, der Teufel spielt ein teuflisches Spiel – gegen uns.

Ein Amerikaner, wie ich von meinem Sitznachbarn erfuhr, der etwas aufdringlich Hemingway glich und diese Ähnlichkeit durch Bart und Haarschnitt betonte, erhob sich, verkündete, er sei *an old farth*, der jetzt im Garten einen Aperitif trinken gehe, hier sei man endgültig bei der Theologie angelangt und mit der habe er definitiv nichts am Hut. Breitbeinig und gewichtig verließ er den Saal, gefolgt vom Schmalgesichtigen und dem Graubart, denen sich auch Melanie Decontin zu meiner Verblüffung anschloss, dazu noch einige Zuhörer aus den seitlichen Reihen.

Bolt blickte verärgert vor sich hin, es war nur zu offensichtlich, dass er sich durch diesen ganz unvorhersehbaren Verlauf beleidigt fühlte. Man könnte ihm vorwerfen, er hätte diesen jungen, allzu forsch auftretenden Mann nicht einladen dürfen – und in seiner Art, einen Fehler, den er begangen haben könnte, dem Nächstbesten zuzuschieben, sagte er gereizt, Herr Zäuner hätte sich tatsächlich etwas näher ans Tagungsthema halten können, anstatt in Entwicklungen der Physik abzuschweifen, die für die Experten hier in einer allzu fachspezifischen Form dargeboten würden.

Lutz Zäuner setzte eine naive, leicht erstaunte Miene auf, als hätte man ihn gefragt, ob die Erde tatsächlich um die Sonne kreise, und es war in diesem Erstaunen kein geringes Maß an Resignation versteckt. Ich glaubte sehen zu können, dass ihm die Meinung anderer Leute, was ihn selbst betraf, gleichgültig war. Doch mussten ihn die aus Unkenntnis vorgebrachten Einwände, auf die er jedes Mal neu eingehen musste, allmählich ermüden.

– Offenbar ist einigen hier nicht klar, dass die digitale Kamera ein Kästchen voll von Quantenphysik ist, das nur noch rein äußerlich etwas mit einer analogen Kamera zu tun hat. Ich wollte Ihnen einen kurzen Überblick geben, über all das, was an Theorie in den Apparaten steckt, die Sie unbedenklich ans Auge halten. Irgendwie spüren wir mit den neuen Geräten und ihren Möglichkeiten einen Fortschritt, wissen aber nicht, was er ist, und denken uns ein Wort dafür aus: *cyberspace* oder *information society*. Tatsächlich jedoch bewegen wir uns in Wissenssystemen, von denen die digitale Fotografie nur ein Teil ist. Systeme, von denen wir entweder die Finger lassen oder die uns sofort zu Anwendern machen und uns damit zwingen, die den Anwendungen innewohnenden, verborgenen Regeln zu bestätigen.

Lutz Zäuner sah auf den Tisch mit all den Notizblättern, Büchern, vervielfältigten Vortragsmanuskripten, als lausche er auf einen allen Anwesenden unhörbaren Ton, nickte mehrmals, setzte dann tief und fast leise zum Weitersprechen an:

– Damit es kein Missverständnis gibt. Von Neumanns Grundkalkül – der Verrechenbarkeit von Entropie als Wissen auf Quantenniveau – schloss jede makrodimensionale Vereinnahmung explizit, nämlich mathematisch aus. Wenn aber gilt, dass die Verrechnung von Wissen gegen das entropische Sein der makrophysikalischen Welt nur quantenmathematisch, das heißt, nur in mikrophysikalischer Unbestimmbarkeit möglich ist, andererseits aber genau mit ihr, mit quantenmathematischer Verrechnung des Wissens gegen Entropie neue Technologien ›im Wissen‹, aber nicht ›mit Wissen‹ expandieren – dann sitzen wir in einer Falle, die am besten mit der berühmten Lacanschen Übersetzung des ›cogito ergo sum‹ zu beschreiben wäre: Entweder wir ›sind nichts‹ und entziehen uns den Medien, oder wir ›wissen nichts‹ und operieren mit ihnen.

Ich glaube, wir alle, die noch in der Bibliothek ausharrten, verstanden nur den Schlusssatz, und der hinterließ eine Stille, als sei ein Schuss gefallen. Falls er so gemeint war, wie ich ihn verstand, konnte ich seine Folgen nicht übersehen, doch sie mussten sich gewaltig auf alle Lebensbereiche auswirken.

Am raschesten erholte sich der französische Teilnehmer, der sich beim Namen Lacan offenbar angesprochen fühlte. Man sei heute Lacan gegenüber auch kritischer geworden, sagte er, wobei seine Verdienste um die Neudefinition der Freudschen Psychoanalyse nicht zu schmälern seien. Ihn interessiere jedoch, schon berufshalber, die semiotische Bedeutung der Fotografie. Er habe in einem Aufsatz gelesen, im Gegensatz zur analogen Fotografie sei die digitale Bildaufzeichnung, was das Bewahren von Wissen betreffe, ein vollständig reversibler Prozess ohne inneren Erinnerungswert. Hat das digitale Bild tatsächlich keinen wirklichen Zeichenwert mehr?

Zäuner nickte freundlich und auch erfreut, als hätte er in dem Kreis doch noch einen gefunden, der etwas von den unfassbaren Veränderungen begriff, um die es ihm ging:

– Im Digitalen reicht der *undo-button*, um alle Veränderungen wiederherzustellen, wie sie zuvor waren. Analoge Fotografien dagegen sind hoch-entropisch. Unmöglich, einen bereits belichteten Film wieder in seinen ursprünglichen Zustand zurückzuversetzen. Nicht also am Objekt des Bildes, sondern an der Irreversibilität des belichteten Materials haftet das ›Es-ist-so-gewesen‹ der Fotografie. Die digitale Fotografie dagegen ist vollständig reversibel. Sie ist Messung des Lichts, auf Quantenraumgröße verdichtet, deren Messwerte sich zu einem Puzzle namens Bild fügen lassen, gleichzeitig aber auch in etwas vollständig anderes umgewandelt werden kann wie zum Beispiel in Musik. Eine solche Messung ergibt niemals das ›Zeichen‹ eines Dinges, sondern nur sein Maß. Deswegen kann die digitale Fotografie auch keinen Zeichenprozess, *a signing of signs* generieren.

Er machte eine Pause, und mit einer Ernsthaftigkeit, die berührend war und den einen oder anderen der noch verbliebenen Zuhörer mit seinem sonst etwas arroganten Auftreten versöhnen mochte, sagte er:

– Da unsere Augen schlecht messen, aber gut trügen, dachten wir, wir sähen – uns, unsere Geschichte. Es ist ja kein Paradox, wenn Barthes sagt: »Dasselbe Jahrhundert hat die Geschichte und die Fotografie erfunden.« Digitale Medien aber und ihre quantenmechanischen Episteme erzeugen Bilder einer selbstreferentiell ›konstruierten Realität‹, einer prinzipiell ›unerreichbaren Welt‹. Diesseits ihrer Unerreichbarkeit hinterlassen sie einen Abbau an Strukturen, ohne dass es davon noch Bilder gäbe. Es ist ein ›wissentlicher‹ Abbau, wenn auch wissentlich von einem anderen Typ des Wissens als dem uns gewohnten. Bitte ermessen Sie, was es bedeutet, wenn die innere Funktion einer quantenmechanisch-epistemischen Wissensprozedur auf dem Ausschluss ›erinnernden‹ Wissens beruht.

XXXVII

DIE ANALOGEN BILDER

Ich entschloss mich, am Ausflug teilzunehmen. Ich hatte mich zum Mittagessen wieder an den Tisch der Angestellten gesetzt, obwohl Bolt, auch einzelne unter den Teilnehmern, missbilligend herübersahen. Es war nur unschwer zu erraten, was sie dachten, und in ihren Köpfen konnte die Beobachtung, dass ich beständig die Gesellschaft Lauras suchte, nur eine Bedeutung haben. Sie hätten sich nicht vorstellen können, dass dieser Fotograf, den sie nicht kannten und der alles dafür tat, dass dies so blieb, die Nähe Lauras suchte, um sich ihre Diskussionen nicht anhören zu müssen. Der kurze Gang über den Rasen zu den Mittagstischen hatte mir genügt. Mich ärgerte, wie über den jungen Mann hergezogen wurde: Was er gesagt habe, sei irrelevant, ja sogar destruktiv. Wir Menschen sind immer noch Menschen und keine Atome –, man müsse wieder zum Wesentlichen kommen. Dieses physikalische Zeug könne man den Leuten überlassen, die offenbar verstünden, was nicht zu verstehen sei. Man habe es hier am Kongress mit wirklichem Wissen zu tun.

Ich aß mit Appetit, ja mit Heißhunger. Die Tabletten hatten offenbar gut gewirkt. Laura war erfreut und fand, es gäbe nun keine Ausrede, am Ausflug nicht teilzunehmen. Dieser sei wirklich zu empfehlen, ich würde eine wunderbare Flussfahrt und den Besuch eines Dorfes verpassen, wenn ich nicht mitkäme.

– Es bleibt Ihnen noch genügend Zeit, danach ins Guest House zu gehen und sich für den Abend vorzubereiten.

Kurz vor zwei Uhr fuhren zwei Kleinbusse vor. Professor Bolt klatschte in die Hände, stand auf dem Rasen mit einem Gesichtsausdruck, der an die geweißten Büsten erinnerte, von präsidialer Ernsthaftigkeit, eingewachsen ins Grün.

– Meine lieben Kollegen, sagte er, ich hoffe, die Entropie hat Sie nicht zu schlapp gemacht, sich noch ein wenig in der analogen Welt umzusehen.

Gelächter und Aufbruch folgten an den Tischen, die Gesellschaft bewegte sich dem Ausgang und den Bussen zu, während einzelne Teilnehmer noch zu den Toiletten eilten. Bolt stand mit einer Liste beim Einstieg des vorderen Busses: Es musste gewartet und gezählt werden.

Ich stieg in den zweiten Bus ein, der weniger voll zu werden versprach, wählte einen Sitzplatz im Fond und hielt einen Platz für Laura frei, falls sie mitführe. Kurz vor der Abfahrt kam Lutz Zäuner als Letzter durch die bereits besetzten Reihen, brachte einen Schwall Zigarettengeruch in seinen Kleidern mit. Er setzte sich zur anderen Seite hin, sah nach vorn, neugierig und unbefangen, als hätte man ihn nicht eben noch angefeindet. Er nickte mir lächelnd zu, ließ sich dann in den Sitz zurücksinken.

– Ich gehöre leider ebenfalls zur Fraktion der Überforderten, sagte ich, was ich selbst am meisten bedaure. Doch ich habe bewundert, wie Sie die Situation gemeistert haben.

Lutz Zäuner hob nur wieder die Schultern, eine Geste, die ihm offenbar eigen war.

– In Ihren Ausführungen haben Sie Einsteins Satz »Gott würfelt nicht« erwähnt und gesagt, dass er eben doch würfle und schlimmer, der Teufel sein Spiel spiele?

Zäuner lachte auf.

– Ja, mein Vortrag ist durch die Einwände der Zuhörer etwas unvollständig geblieben. Ich wollte auf einen Sachverhalt aufmerksam machen, der den wenigsten bewusst ist: Bridgman hat strikt untersagt, die Quantenmechanik auf die reale, physikalische Welt zu projizieren. Doch genau das hat Norbert Wiener mit seiner Kybernetik getan. Ich will Ihnen hier nicht die untergegangenen Teile meines Statements vortragen, die können Sie nachlesen. Doch finde ich faszinierend, zu welchen Begriffen Wiener in seiner Theorie kommt. Er unterscheidet zwischen zwei Arten der Entropie, die er als den augustinischen und den manichäischen Teufel bezeichnet. Er sagt, dass der augustinische Teufel dumm sei. Er spiele ein durchwegs schwieriges Spiel, aber er sei durch unsere Intelligenz so gründlich zu besiegen wie vordem der christliche Teufel durch ein paar Spritzer Weihwasser. Mit der Kybernetik aber, nach dem Wissensmodell der Quantenmechanik, entsteht ein neues Gegenüber, ein neuer Feind: der manichäische Teufel. Dieser spielt eine Art Pokerspiel gegen uns und versteht sich bestens darauf, zu bluffen: »Was nicht nur darauf abzielt, uns zu befähigen, durch Bluff zu siegen, sondern mehr noch darauf abzielt zu verhindern, dass die andere Seite auf Basis der Gewissheit siegt, dass wir nicht bluffen werden.« Er schließt daraus, dass jeder Spielzug gegen einen, der nicht mitspielt, weil er nicht kann oder will, ein Akt der Vernichtung eines Feindes des Systems ist und die Hypostasierung des quantenmechanischen Entropiekalküls zu einer Ideologie und Macht von Automaten und Medien führt, die versuchen wird, allem und jedem gegenüber ihre Spielregeln, das heißt Anwendungen, durchzusetzen.

– Kränkt es Sie nicht, von Leuten angefeindet und abgelehnt zu werden, die ebenso überfordert waren wie ich, keinerlei Ahnung von den heutigen Theorien haben, aber sich zu einem Scherz hinreißen lassen wie Bolt?

Lutz Zäuner lächelte dieses naive Lächeln, ein strahlendes »no problem«-Lächeln, als sei sein Inneres ein ungetrübter Himmel.

– Hey, ich habe geliefert, was man haben wollte. Übermorgen bin ich weg, in einer anderen Anwendung, verstehen Sie. Die Leute beleidigt ein bisschen, weil das wie Arroganz aussieht. Sie wollen Köpfe sein, bewundert werden, geehrt für Leistungen. Doch das Spiel läuft anders, und es macht sie nervös, ein paar liebgewordene philosophische Kostbarkeiten auf dem Flohmarkt wiederzufinden, unter Kerzenleuchtern und einem Druck vom guten …

Ich verstand den Namen nicht. Mit einem Ruck war der Wagen angefahren, der Lautsprecher knackte, und Bolts Stimme schallte über die Köpfe und Lehnen hin:

– Welcome, Ladies and Gentlemen, to our tour. Wir fahren jetzt stadteinwärts zum Hafen, dort wartet ein Dampfschiff auf uns, um uns eine Strecke weit flussaufwärts zu bringen. I hope you will enjoy – and I wish you – –

Lutz Zäuner zeigte eine kleine Variation seines Schulterzuckens.

– Drahtlose Funkverbindung.

Dann folgte eine wegwerfende Handbewegung:

– Ich habe alles versucht, Bolt und seinem Kommentar zu meinem Paper zu entgehen. Doch man entgeht dem Herrn Institutsleiter nicht, schließlich ist das sein vorrangiges Ziel: ihm niemals entgehen zu können. ›Ihr Vortrag war sehr, sehr interessant, an excellent contribution, doch Sie entschuldigen mich, ich habe wichtige Verpflichtungen.‹

Lutz Zäuner schien ziemlich gleichgültig zu sein, was andere über ihn dachten, doch offenbar bemerkte er sehr genau, in welcher Art und Weise sie es zum Ausdruck brachten.

Die Busse fuhren die übliche Route zur Innenstadt. Nach der Kreuzung Main Street – Harbour Road, noch vor der

Brücke, die an Stahltürmen aufgehängt den Strom überspannte, bogen wir in eine Straße ab, die hinab zum Hafen führte. Zwischen den zwei- und dreistöckigen Häusern drängten sich die Menschen, versuchten Fahrzeuge, die unter Ballen und Kisten zusammenzubrechen drohten, eine Lücke in der Menge zu finden, kamen die Busse kaum noch im Schritttempo voran. Aus den dunklen öligen Höhlen der Werkstätten blakten Feuer, blendeten Schweißlichter auf. In den Läden, zu denen eine Stufe hinaufführte, saßen die Verkäufer vor Regalen voll Dosen, Tüten und Flaschen. Aus einem Lagerraum quollen Jutesäcke auf die Straße, auf der alles, was Beine oder Räder hatte, mit Waren beladen war, und während von den Fassaden alte, verwitterte Firmennamen von Besitzern kündeten, die es längst nicht mehr gab, erklärte der Lautsprecher mit Bolts Stimme, wir führen jetzt durch den Teil der Stadt, der sich am wenigsten verändert habe.

– Sie können sich leicht vorstellen, dass es hier sehr ähnlich schon zur Zeit der Engländer ausgesehen hat, vielleicht nicht ganz so überfüllt, aber nicht weniger belebt für das Empfinden der damaligen Zeit. Einzelne Häuser, wenn auch in schlechtem Zustand, stammen noch aus dem 18. Jahrhundert. In der Zeit der Diktatur gab es Pläne, das ganze Viertel niederzureißen, es mit übersichtlicher, kontrollierbarer Architektur zu überbauen, doch es fehlte das Geld. Man fürchtete, das Hafenquartier könne eine Brutstätte des Widerstandes sein, denn es war schon immer der Ort der Gewalt, des Aufruhrs, auch der Kriminalität gewesen. Hier hatte die Revolte von 1922 gegen die neuen Steuern begonnen, hier kam es auch in den vierziger Jahren …

Ich hörte Bolts Ausführungen nur mit halbem Ohr zu, war mit meinen Blicken draußen bei all dem Gewimmel, gab mich dem Gefühl hin, ich glitte in dem Bus über die leicht abfallende Straße in eine frühere, vergangene Schicht des Lebens hinab. Gleichzeitig dachte ich an die Mittagsruhe in meiner Kindheit: So, wie hier vor den Scheiben, waren in meiner Phantasie die Städte gewesen, die ich jeweils an der Zimmerdecke besucht hatte, wenn ich wach lag, durch die vorgezogenen Jalousien ein nussbraunes Licht fiel, ich von einer Zimmerecke zur anderen segelte und den Weg zum buckligen Berg inmitten des unendlichen Meers aus weißem Plafond suchte.

Vor dem Hafengebäude war das Chaos an Fahrzeugen so groß, dass an ein Durchkommen nicht mehr zu denken war. Bolt forderte die Teilnehmer über die Lautsprecher auf, doch bitte auszusteigen und zu Fuß hinüber zum Haupteingang des Hafengebäudes zu gehen, man solle als Gruppe zusammenbleiben.

– Und bitte! auf die Kameras und Handtaschen achten.

– Okay, sehen wir uns in Bolts analogen Bildern um, sagte Lutz Zäuner und zog sich aus seinem Sitz hoch.

– Ihr Hang zum Ungeordneten ist tatsächlich überwältigend.

Ich stieg hinter ihm die zwei Stufen hinab in eine feuchte Hitze, die von staubigem, dichtem Gelb war, nach Diesel und unbekannten Gerüchen roch, in die hinein

ein dünner Zug algiger Frische zog. Das Hafengebäude war ein langgestreckter Kolonialbau mit einem klassizistischen Mittelteil, dem gegenüber die repräsentativen Fassaden einstiger Handelshäuser den Platz begrenzten: Brickbauten mit hohen Toren, ein oder zwei Fensterreihen, darüber der verblasste Schriftzug einer Firma.

Zusammengedrängt, ein driftender Fleck heller Kleider und Hüte, schob sich die Gruppe durch die Menge, betrat unter einem säulengestützten Bogen hindurch den Eingangsbereich, in dem abgegriffene Eisengeländer die Passagiere zu einem Drehkreuz leiteten, neben dem ein Beamter gegen Kleingeld die Zutrittskarten ausgab.

Bolt winkte die Teilnehmer durch eine Lücke in der Abschrankung, er hatte dem Beamten ein Baschisisch zugesteckt, und wieder verspürte ich dieses dunkle, widersprüchliche Gefühl, völlig zu Recht privilegiert zu sein, und gleichzeitig völlig zu Unrecht an der Reihe von Wartenden vorüberzugehen, die mit ihren teilnahmslosen Blicken sahen, wie wir vor ihnen das Hafengebäude betraten.

In dem hohen Raum umfing mich nach dem Lärm und Gehupe eine hallende Stille. Das Licht war gedämpft, einzelne Bündel von Sonnenstrahlen fielen durch rautenförmige Oberlichter ein, zogen leuchtende Bahnen durch den rötlichen Dämmer hinab zu den Lichtflecken auf den Steinfliesen, und ich konnte mir nicht recht erklären, warum die Luft hier drinnen klar und von angenehmer Frische war. Nur wenige Leute warteten zwischen Kisten und Säcken auf ihre Abreise, Familien in einfacher Kleidung, Tücher um die Schultern gezogen, Kappen auf dem Kopf: Gesichter, die einem Stück rissiger Erde glichen, in deren Furchen die Augen von einem dunklen, undurchdringlichen Glanz waren.

Mich faszinierte das Sakrale des Raums, als hätte ich an Stelle eines Hafengebäudes eine Kathedrale betreten, fotografierte die Leute, ohne durch den Sucher zu sehen, um sie ungestört inmitten ihrer Körben und Waren festzuhalten. Doch musste ich mich beeilen. Meine Kollegen waren bereits durch einen der Ausgänge verschwunden, die in regelmäßigen Abständen den Blick aus dem Dämmer hinaus in ein dunstiges Blau gehen ließen. Stege führten zum breit vorgelagerten Quai hinunter, und ich sah aufs Wasser, wo bauchige Boote mit langen Ruderstangen auf dem Strom trieben und Fabrikbauten das entfernte Ufer überragten. An der Anlegestelle lagen Schleppkähne neben Booten und Dampfschiffen, Waren türmten sich, und es herrschte ein Kommen und Gehen, in dem die Gruppe der Teilnehmer unschwer zu erkennen war.

Als wäre ich durch das Hafengebäude in eine nochmals tiefer liegende Schicht der Vergangenheit gelangt, gab es am Quai keine Autos, keine Fahr- und Motorräder mehr, noch nicht einmal Schubkarren: Die Waren mussten von Hand, auf Schultern und Köpfen befördert werden. Das Gedränge war hier nicht geringer als auf dem Vorplatz, doch waren die Händler leichter von den Geschäftsleuten, die Bauern und Marktfrauen von den Damen in Begleitung ihrer »Mädchen« zu unterscheiden – auch wenn sie alle in derselben Menge zwischen Kisten und Menschen hindurch ihr Ziel zu erreichen suchten. Sie wurden aufgehalten, behindert, fanden eine plötzliche Lücke, die sie im Strom der Menge wieder vorwärtszog, und keiner schien den anderen zu beachten. Einzig die Kinder, die auf Bordkanten und Geländern hockten, auf Kisten gekraxelt waren, beobachteten das Gewimmel mit den Augen von Elstern: Unter den Körben, Kisten und Ballen der Kaufleute wurde auch immer mal wieder ein Koffer abgestellt, stand eine Tasche offen da, hatte ein Passagier lose das Geld eingesteckt. Und schneller als ihr Griff und das Verschwinden in der Menge war einzig meine Kamera, die klickte, bevor noch der Junge die Hand aus dem Korb zurückgezogen hatte.

XXXVIII

AUF DEM STROM

Das Schiff kam mit einem aufschäumenden Strudel und durch die Luft fliegenden Leinen, die an den Pollern festgezurrt wurden, am Landungssteg zum Halten. Es sei von den Engländern 1926 gebaut und als Postboot eingesetzt worden, erklärte Bolt. Es habe die Sendungen aus Übersee von der Küste stromaufwärts gebracht, ein Flussdampfer, der heute hauptsächlich als Ausflugsschiff diene, aber auch von der Bevölkerung benutzt werde, um vom Markt in ihre Dörfer zurückzufahren. Dann ging Bolts »es ist noch weitgehend im Zustand« im Ratsch unter, mit dem der Steg herübergeschoben wurde, Rauch zog vom Schlot herab, brachte Bewegung in die Gruppe heller Sommerröcke und Hemden, ein Drängeln von Mützen und Hüten setzte ein, dem ich erst folgen mochte, als die Teilnehmer von dem weißen Rumpf des Schiffes verschluckt waren. Ein Ruck auf dem Steg ließ mich die Haltestange ergreifen, dabei sah ich kurz auf das ziehende Wasser, auf die kleinen Wirbel zwischen Mauer und Schiffsrumpf. Ich dachte einen Moment lang an das Strömen und Wirbeln unter den Fenstern meines Arbeitszimmers, doch schon umschloss mich der schattige Eingangsbereich zwischen den Salons: Die Öffnung gegenüber umrahmte den Blick auf eine milchige Weite, die durch Gebäude, einen Platz mit gestapelten Baumstämmen, Krane und Laderampen im Dunst des fernen Ufers begrenzt war. Eine Glocke schlug an, die Sirene heulte, und durch den Rumpf lief ein Erzittern, das Geräusch aufschäumenden Wassers drang herein. Das Bord löste sich vom Quai, der Dampfer nahm Fahrt auf, fiel dann allmählich ab und brachte in einem Bogen den Bug vor die Strömung. Hoch spannte die Brücke im Dunst, und für einen Moment stand das Hafengebäude nochmals in der Öffnung zwischen den Salons, bis es hinwegglitt und mit dem Glockenturm auf dem Mittelbau, dem Quai und den Schiffen zurückblieb.

Ich stieg einen Niedergang hinab unter Deck. Kohle bunkerte im offenen Maschinenraum, ein Heizer schaufelte die Brocken ins Feuerloch, wo sie in der rötlich überflammten Glut stiebend verschwanden. Im gleichmäßigen Rhythmus gingen die Pleuelstangen auf und nieder, öltriefend, von stählernem Glanz, die mit grobschlächtiger Präzision das Schiff gegen die Strömung trieben. Das dumpfe Stampfen ließ im Bullauge die zerfallenden Häuser erzittern, brachte die Boote zum Schwanken, warf Wellen auf die Ufersteine.

Vorbei an der Kombüse, in der auf einem offenen Feuer ein Kessel dampfte, kam ich über einen Steg in den Laderaum, stieg in ein Zwischendeck, wo auf nackten Planken, zwischen gestapelten und festgezurrten Kisten Bauern mit ihren Einkäufen und Habseligkeiten saßen. Durch eine Luke fiel ein Sonnenstrahl ins staubige Dunkel, ließ ein unwirkliches Licht auf die Gestalten fallen, die in dem Lärm und der stickigen Luft ergeben ausharrten.

Ich machte für Sarah Aufnahmen, die ich später schwarz-weiß auf raues Papier grobkörnig kopieren wollte: Ein Großonkel, Besitzer einer Kerzenfabrik, war mit seiner Familie am Anfang des Zweiten Weltkriegs aus Deutschland geflohen, kam nach Amsterdam, wo sie nicht bleiben konnten und dank einer Bekannten von Sarahs Familie eine Schiffspassage nach Amerika erhielten. Sarahs Großonkel hatte später in seinen Erinnerungen geschrieben:

»Es war ein Frachtschiff, und wir wurden mit anderen Flüchtlingen in einem Stauraum versteckt. Dort war es dunkel, auch am Tag fiel kaum Licht herein. Wir saßen mit unseren Koffern zwischen Kisten und Fässern, der Seegang war heftig, und vielen wurde übel. Wir froren, und ich werde nie vergessen, wie es war, kein Gefühl mehr für die Zeit zu haben, nur einfach auszuharren, stumpf im an- und abschwellenden Geräusch der Motoren. Und wenn es ein Paradies gibt, dann muss es so wie dieser Moment beschaffen sein, als wir auf dem offenen Atlantik an Deck gehen durften: Das Licht war leuchtend klar, die Luft erfüllt von der Frische und Reinheit des Meeres, die zu atmen eine unbeschreibliche Wohltat war.«

Licht und Luft! Sie waren auch hier von überraschender Klarheit. Ich schlenderte vom Niedergang der Reling entlang, und das Ufer zog nahe, gesäumt von Bäumen vorbei. Zwischen den Stämmen, im Schatten der fächrigen Kronen, standen Hütten, führten Pfade durch Flecken von Gras ans Wasser, dessen Wellenschlag erdig sandige Streifen ausgeschwemmt hatte. Eine Frau füllte an einem Sodbrunnen die bauchigen Kannen, ein Kind hielt in seinem Lauf staunend inne, blickte dem Schiff hinterher – und ich lauschte auf das Rauschen des Wassers, das an der Bordwand entlangschäumte, lang gezogene Wellen in die Fläche des Stroms schickte, die in weich gekrümmten Linien zum Ufer hin liefen. Ich dachte an den Abend, dass ich in der Bibliothek des Instituts meine Fotos präsentieren müsste, Bilder eines Flusses, der sehr verschieden von dem Strom hier war: Er floss durch keine Weite, sondern war in einen Kanal gezwängt, kein flaches, natürliches, sondern ein tiefes aufgestautes Wasser. Doch vielleicht könnte ich mit den Unterschieden beginnen, sie für die Einleitung gebrauchen. Das hätte den Vorteil, an die Erlebnisse des heutigen Ausflugs anknüpfen zu können. Ich würde aufstehen, vor die Teilnehmer treten und sagen: – Ladies and Gentlemen, I'm presenting to you a sequence of pictures, taken of the river, flowing directly belong the windows of my studio. Bei einem ersten flüchtigen Hinsehen sind sich der Strom, den wir am Nachmittag befahren haben, und derjenige unter meinen Fenstern ähnlich: Heute sind Sie auf einem ruhig fließenden Gewässer unterwegs gewesen, wie es auch auf meinen Aufnahmen abgebildet ist. Doch während die kaum wahrnehmbare Strömung bei unserem Ausflug ihre natürliche Ursache im geringen Gefälle des Flusses hat, ist die Strömung auf den Bildern, die ich Ihnen zeigen möchte, künstlich durch ein Kraftwerk beruhigt worden, das einen Wasserfall – also ein starkes Gefälle – weggestaut hat. Nichts ist von dem schäumenden Tosen geblieben. Das Wasser fließt ebenso träge wie der flache, ruhige Strom heute Nachmittag.

Eine passable Einleitung! Und wie so oft in den letzten beiden Tagen, hielt ich in Gedanken mein »Statement«, als stünde ich am Tisch in der Bibliothek, gab mir eine selbstsichere Haltung und führte einen Gedanken aus, bei dem ich ehrlicherweise zugeben muss, dass ich ihn nicht wirklich in Worte fassen kann. Crompton hat Timea in seine Aufnahmen hineinfotografiert. Ich versuche den »Quellpunkt«, die Intention, die zum Foto führt, versteckt stets mitabzubilden. Er zieht den Betrachter in jenes Abseits, in dem ich mich selber befinde. Ich müsste diesen verborgenen Punkt während der Präsentation an einzelnen Aufnahmen zeigen. Doch vielleicht fände der eine oder andere Teilnehmer auch das zu mystisch, wie die Ausführungen Zäuners? Ich wäre wohl kaum so mutig wie er, loszudonnern: Dieser »Point of origine« sei genauso wichtig wie der »Point of view« …

Eine weite Ruhe ging von dem Fließen des Stroms aus. Kaum, dass es eine aufgeraute oder wirblige Stelle gab. Mit großer Ebenmäßigkeit bewegte sich die bläulich milchige Wasserfläche durchs Land, aufgewühlt lediglich durch die stampfende, sich in den gespiegelten Himmel pflügende Maschine, die eine weiß schäumende Furche am Heck hinterließ.

XXXIX

MUSTER IN FEINSTEM GEWEBE

Nach zwei Stunden legte das Schiff an, und die Teilnehmer wurden aufgefordert, sich bereitzuhalten: Man würde ein Dorf besuchen, das bekannt für das Herstellen feinster Gewebe sei. Die Gesellschaft betrat einzeln und nacheinander den hohen, schwankenden Steg. Über Wasser und Schlick gelangte sie zum ausgespülten Ufer, von wo ein Pfad durch lichte Schatten zu wellblechgedeckten Behausungen aus Flechtwänden führte, die zwischen Bäumen standen. Neben den Hütteneingängen waren Feuerstellen aus Lehm gebaut, dünner Rauch stieg auf, wirbelte durch einen Sonnenstrahl, es roch nach verbrannten Blättern, und im Dunkel einer Öffnung saß ein Mädchen, halb noch im Licht, das Töpfe auswischte (Klick). Die Erde war festgetreten und staubig, darauf ausgebreitet lagen rostrote Tücher zum Trocknen, eine Komposition aus Rechtecken, zwischen denen Hühner frei herumliefen (Klick). Hinter einem Haus, im spitzwinkligen Schatten des Daches, saß eine Frau, die mit der Spindel zwirnte, den Faden auf ein Rad spulte, das genau am Übergang zu den schwimmend leichten Lichtflecken der Bäume lag (Klick). Doch außer den Geräuschen meiner Kamera und dem Gemurmel der Teilnehmer, die zwischen den Hütten durchtrabten, herrschte eine eigenartige Ruhe. Sie wurde durch die Gruppe noch verstärkt, die inmitten dieser Umgebung aus Erde und Schatten, aus Baumstämmen, getrockneten Schilfgeflechten, Stangen, Asche und rostroten Tüchern, durch ihre Kleider, die hell und von knalliger Farbe waren, künstlich wirkte und stärker noch als gestern vor dem Museum aus dem Hintergrund herausgelöst erschien. Auf einem Platz, einem Stück kahler, rissiger Erde, kam die Gruppe ins Stocken, schließlich zum Stehen. Eine Hilflosigkeit erfasste die Teilnehmer, sie spähten umher, beunruhigt von der Stille. Niemand war zu sehen, und nur diese Stille herrschte. Man fühlte sich verunsichert, von Bolt im Stich gelassen, reckte die Hälse und schaute nach dem quecksilbrigen Institutsleiter aus. Ein Schotte bemerkte lakonisch, vielleicht sollte ihnen gezeigt werden, dass es hier für die Leute einen Fluchtpunkt, aber keine Perspektive gäbe. Das Lachen brach ab, als ein Hund über den Platz trottete, seiner schlenkernden Zunge hinterher. In steifbeinigen Schritten, wie er gekommen war, verschwand er auch wieder, ohne auch nur einen Moment zur Gruppe hingeblickt zu haben als gäbe es sie nicht – und das war genau die Empfindung, die sich über die Gruppe legte, die da unter schwankenden Zweigen, in wiegenden Sonnenflecken ausharrte: Als gäbe es sie nicht. Umso befreiter klangen die Rufe, mit denen Bolt begrüßt wurde. Er kam, Staub aufwirbelnd, angetrabt, ein entschuldigendes Lächeln auf dem Gesicht und die Hände vorgestreckt, als nähme er seine Herde freudig wieder in Empfang. Er hätte kurz …

Organisatorisches… alles in bester Ordnung… und der Schotte sagte, angestachelt vom Erfolg seines kleinen Scherzes zuvor: – Wir fühlten uns wie in Goldings »Herr der Fliegen«, als wären wir als Zivilisierte hier im Busch ausgewildert worden.

– Kaum in dieser noch mittelalterlichen Lebensform hier angekommen, hörte ich leise eine Stimme hinter mir, wird auch schon der »Herr der Fliegen« herbeizitiert.

Ich hatte an der prickelnden Amüsiertheit, die in mir aufstieg, gespürt, dass der Causeur in der Nähe sein müsste, und als ich mich umwandte, sah ich ihn an einen Baumstamm gelehnt stehen. Er trug einen Leinenanzug, dazu ein Plaid und eine Schirmmütze, in der Hand hielt er einen Stock mit beinernem Knauf.

– Die Herrschaften glauben, in einer Art Freilichtmuseum zu sein, und erschrecken, wenn sie merken, dass sie es mit der Wirklichkeit zu tun haben. Einer Wirklichkeit übrigens, wie Sie sich erinnern werden, die der dörflichen Einfachheit in Twains »Der seltsame Fremde« entsprechen dürfte, in der südlichen Variante selbstverständlich.

Bolt führte die Gruppe zwischen Häusern hindurch zu einem etwas größeren, flachen Gebäude. Gleichmäßige feine Geräusche waren zu hören, und als die Teilnehmer den Raum betraten, der kaum genügend Platz für sie alle bot, sahen sie sich einem Gewirr von Stangen, Aufhängungen und Rahmen mit gespannten Fäden gegenüber, hinter denen Jungen wie hinter Schulbänken saßen, gebeugt über ihre Arbeit. Durch die Flechtwände fiel ein fleckig gedämpftes Licht, die Luft roch nach den Farben und Fasern, ein trocken leimiger Geruch. Die Jungen blickten auf, schüchtern lachende Gesichter, die mich an die Examensbesuche in meiner Kindheit erinnerten, während der die Eltern vorbereitete Musterlektionen zu hören bekamen. Bolt in seiner beflissenen Sprechweise, begann Erklärungen abzugeben, zeigte auf die Webrahmen, vor denen die Kinder saßen, den Schussfaden mit ihren Fingern durch die dichten Kettfäden führten, um sie danach mit einem Rechen festzupressen:

– Traditionelle Stoffe, sagte er, und sein Blick ging hoch zur Wellblechbedachung, typische Muster, die es nur in diesem Dorf gibt. Nein, nein, jedes Dorf hat seine Muster, an ihnen können Sie die Herkunft eines Stoffes erkennen. Ich meine, wenn Sie das Wissen dazu haben. Doch diese Muster hier sind besonders berühmt. Auch die Maße sind immer die gleichen: zweidreißig auf einszweiundsiebzig, ursprünglich waren es Kleidungsstücke, heute werden sie als Schals getragen, und nur Kinder sind fähig, die Stoffe zu weben. Wie Sie sehen, braucht es feine, kleine Finger, um die Fäden einzuziehen. An einem solchen Tuch webt ein Junge zwei bis drei Monate.

Zum Brummen von ein paar dicken Fliegen kam das anerkennende Gemurmel der Teilnehmer. Köpfe beugten sich über die aufgehängten Webrahmen, brachten bebrillte Augen nahe an Kette und Schuss, während Bolt darauf hinwies, in einem angrenzenden Gebäude, wohin wir jetzt gehen könnten, seien solche Stoffe zu kaufen. Sofort kam Bewegung in die Gruppe, die Teilnehmer drängten zur Tür.

– So ist nun mal unsere Spezies, sagte der Causeur, der im Hintergrund stand, die Schirmmütze aus der Stirn geschoben, den Stock in der Hand, als wäre er der Schulmeister und führte die Aufsicht.

– Betonung!, sagte er und nickte heiter. In all den intellektuell geschulten Köpfen wird der Satz ›An einem solchen Tuch webt ein Junge zwei bis drei Monate‹ in gleicher Betonung memoriert, wie Bolt ihn vorgegeben hat. Kein Einziger, wie ich sehen kann, variiert ihn, von Reflexion ganz zu schweigen. Was Eindruck macht, ist die Dauer, die zwei bis drei Monate für ein so kleines Stück Tuch. Dass es ein Junge, ein Kind ist, das den Stoff weben muss, nicht allein aus ökonomischen Gründen, sondern weil ausgewachsene Hände dazu nicht fähig sind, darauf hat keiner die Betonung gesetzt. Wäre das aber unter menschlichen Gesichtspunkten nicht viel naheliegender gewesen? Ah, Sie verstehen, weshalb mich die Kulturgeschichte interessiert. Sie spielt sich in den Köpfen ab, hängt an solchen Nuancen, die oft mehr erzählen als die großen Ereignisse. Und wenn Sie jetzt erst sehen könnten, mit welcher Gier – und ohne den geringsten Respekt vor dieser Arbeit – die Herrschaften im Nebengebäude sich über die Kisten mit den Stoffen hermachen, sich die Stücke gegenseitig aus den Händen reißen, streiten und feilschen. Jeder möchte den schönsten, ausgefallensten Stoff haben, und das ist der, den ein anderer gerade in Händen hält. Wir sind abgerichtet auf Wettbewerb und Superlative. Und wiederum steckt in all den Köpfen nur ein und derselbe Gedanke, nämlich endlich etwas gefunden zu haben, das man seiner Frau, den Freunden und Verwandten nach Hause mitbringen kann. Etwas Besonderes, das andere Touristen nicht haben werden, wovon sich erzählen lässt, dass es diesen Stoff in nur einem ganz bestimmten Dorf zu kaufen gibt – und ›drei bis vier Monate‹ daran gewebt wird.

Ich hatte – während der Causeur räsonierte – aufmerksam die Kinder betrachtet, die da an ihren Webrahmen wie an Pulten saßen. Etwas Vertrautes war in dem Raum, eine mich anheimelnde Atmosphäre, die ihre Besonderheit noch durch den Ruf eines Vogels bekam, der im gleichen Rhythmus ertönte, wie die Kämme durch die Ketten fuhren.

– Wissen Sie, sagte ich zum Causeur, ich habe die Empfindung, hier schon einmal gewesen zu sein. Ich weiß, wie die Jungen sich vor ihren Rahmen fühlen. Ich spüre, wie es ist, die Fäden einzuziehen, kenne den Schmerz in den Fingerkuppen, der von den immer gleichen Berührungen herrührt – und sehe in den Mustern der Stoffe eine Stadt mit Gassen und Straßen und verborgenen Winkeln, schimmernd von Farben, klar in ihrer geometrischen Anordnung, und die Wege führen hinab in eine verborgene Welt.

– In Ihre gespiegelten Häuser inmitten des Stroms, die

Sie wieder und wieder fotografiert haben? Sie sind ein Romantiker und kommen von Ihren romantischen Motiven nicht los, auch wenn Sie sich schon ein Leben lang mühen.

Der Causeur lächelte über meinen betroffenen Gesichtsausdruck, sagte, als wolle er mich trösten:

– Keiner von uns, wir alle können sie nicht wirklich aufgeben. Es ist schon viel, wenn wir unsere romantischen Anwandlungen einigermaßen im Zaum halten. Sehen Sie diesen Jungen dort? Den Verträumten, der neben dem langen Lulatsch sitzt, seinem Freund, der ihn beschützt und anleitet. Er ist Ihnen ähnlich.

– Ich habe eben versucht, ihn mit der Kamera zu porträtieren.

– Die Muster, die sie hier weben, sind über Jahrhunderte tradiert, eine unverrückbare Anordnung von Farben und Formen, die festschreibt, wo die abschließenden goldenen Bänder laufen und in welchen Abständen die Wiederholungen einander folgen dürfen. Nichts Individuelles oder Subjektives ist in diesen Mustern zu finden, und deshalb schlägt der Aufseher dem kleinen Jungen dort immer mal wieder mit dem Rohrstock auf die Knöchel. Er hält sich nicht exakt genug an die Vorlagen, er träumt in diesen Formen von einer Ferne, in die es ihn zieht, wohin er einmal gehen möchte: »Ach, wer da mitfahren könnte«, und schon ist ihm eine kleine Abweichung unterlaufen. Seine Fingerkuppen schmerzen – doch seine Stoffe sind die begehrtesten von allen, auch wenn keiner zu sagen wüsste, warum. Ich will es Ihnen sagen, weil trotz Tradition und Stock des Aufsehers geringe Nuancen, ein Punkt zu viel, ein Faden zu wenig, als kaum wahrnehmbare Akzente in den Mustern bleiben. Erinnern Sie sich, was der Satan in Twains »Der seltsame Fremde« zu den Jungen sagt? Und der Causeur zitierte: »In von jetzt an gerechnet zweieinviertel Minuten wird Nikolaus aus seinem Schlaf erwachen und bemerken, dass Regen hereingeweht wird. Es war vorgesehen, dass er sich herumdreht und weiterschlafen sollte. Aber ich habe festgesetzt, dass er vorher aufstehen und das Fenster schließen soll. Diese Kleinigkeit wird seinen Lebensweg vollständig ändern. Er wird am Morgen zwei Minuten später aufstehen, als die Kette seines Lebens für ihn zum Aufstehen bestimmt hatte. Als Folge davon wird mit ihm von da an niemals wieder etwas in Übereinstimmung mit den Einzelheiten der alten Kette geschehen.«

Nun ja, fuhr der Causeur nach kurzem Nachdenken fort, das ist nur eine Geschichte, und man könnte vieles gegen eine solche deterministische Sicht einwenden. Doch vielleicht haben Sie die Reise hierher, zu diesem für uns mittelalterlich anmutenden Leben gemacht, um den Jungen dort zu porträtieren? Oder dass Sie von ihm einen Moment lang angesehen werden? Und dies ein Kettenglied bei ihm verändert?

Der Causeur klopfte mit dem Stock leicht auf meine Schulter, zeigte dann auf den Jungen, der tuschelnd mit seinem Freund über dem Webrahmen saß.

– Er zumindest wird nie vergessen, dass sein Bild in die

Fremde mitgenommen wird, dass er fotografiert worden ist. Auch wenn er es nie wissen wird: Für ihn war eben jetzt einer dieser seltenen, eher unwahrscheinlichen Augenblicke, der seinem künftigen Weg eine neue Richtung gegeben hat.

– Eine Richtung hin zu den fernen Städten und Landschaften, die er jetzt in den Mustern sieht, um sie später mit einer Kamera in der Hand zu suchen?

Doch die Frage blieb unbeantwortet, der Causeur war bereits verschwunden.

XL
DER PALAST

Bolt kam aufgeregt zur Tür der Webbaracke herein, fuchtelte mit den Armen. Man habe mich gesucht, die Teilnehmer seien bereits auf dem Schiff. Was ich denn hier noch suche?

Ich hatte in einer Ecke gelehnt, den Jungen zugesehen, wie sie arbeiteten, zusammen tuschelten, wenn der Aufseher nicht hinsah, dabei an meine Schulzeit gedacht, und mochte weder Bolt noch mir eingestehen, dass ich mich nicht wohl fühlte, die Schwindel zurückgekommen waren, dazu eine leichte Übelkeit.

Ich folgte dem Institutsleiter, der in zügigen Schritten durchs Dorf und den Pfad hinunter zum Ufer eilte, wo wir mit großem Hallo empfangen wurden. Der Schotte, der sich nun bereits zum Possenreißen verpflichtet fühlte, ließ – als ich mich auf dem schwankenden Steg festhalten musste – die Bemerkung hören:

– He had a good sip! Nun verstehe ich endlich diesen Teufel, der ein teuflisches Spiel gegen uns spielt: Er kommt direkt aus der Flasche.

Gelächter, und ich, noch ein wenig atemlos, gab mit einer mich befremdenden Schlagfertigkeit zurück: – Aus Ihrem Flachmann, der Sie vergessen lassen soll, wie armselig Ihr eigenes Schottenmuster im Vergleich zu dem Muster des Schals ist, den Sie eben aus Geiz haben mitgehen lassen.

Das war nicht ich, der das sagte. So redete und dachte ich nicht. Das klang nach dem Causeur, der aus mir sprach oder den ich bereits begonnen hatte zu imitieren? So wie ich lange Zeit den Ton und die Art, wie Grünfeld sprach, nachgeahmt hatte?

Das Gelächter war augenblicklich verstummt. Eine Stille legte sich über die Gruppe, als wäre für einen Moment die Ruhe des Dorfes zurückgekehrt, mit ihr die Irritation und Hilflosigkeit. Mit roten Ohren und roter Nase, die Schultern hängend, stand der Schotte da, blickte unsicher, die Hand in unbedachter Routine an der Brusttasche; Bolt, beim Steg, sah auf die Planken, als ginge ihn die Sache nichts an; die Teilnehmer in der Vierung des Schiffseingangs blickten verblüfft, ein Chor mit geweiteten Augen und offenen Mündern: Dieses »Still« löste sich mit dem Stampfen der Kolben auf, als das Wasser am Heck aufschäumte und die Teilnehmer unter Gemurmel sich in den Gängen und auf den Treppen zerstreuten.

Lutz Zäuner, eine Zigarette zwischen den Lippen, lehnte an der Reling, blickte zum Ufer, das sich allmählich entfernte, Menschen zurückließ, die reglos dort über dem ausgespülten Erdabbruch standen und dem Dampfer nachsahen, der flussabwärts allmählich im Dunst blasser und kleiner wurde.

– Sie haben sich Respekt verschafft, sagte er, als ich an ihm vorbei zum Bug gehen wollte. Doch machen Sie sich heute Abend, wenn Sie Ihre Fotos präsentieren, auf Kritik gefasst. Man wird sich für Ihren Seitenhieb rächen wollen.

– Ich weiß nicht, was in mich gefahren ist, und der arme Kerl tut mir leid. Ich hatte nicht die Absicht, ihn bloßzustellen. Falls Sie jedoch recht haben und man mich heute Abend wegen meiner Entgegnung kritisiert, werde ich kaum so gleichmütig reagieren können, wie Sie es heute Morgen getan haben.

– Wären Sie Crompton, würde man Sie für die Schlagfertigkeit bewundern und den Schotten sofort fallen lassen. Sie aber sind wie ich ein Außenseiter hier. Ich will an Ihren Fotos nicht zweifeln, verstehen Sie mich recht, ich kenne sie nicht und dürfte mir auch kein Urteil anmaßen. Doch was heute vor allem zählt, ist der Name, die Fama, sie rechtfertigen alles. Damit können wir beide nicht gerade glänzen. So hält man Sie bloß für einen, der nicht dazugehören will, und mich für einen arroganten Besserwisser. Beides verzeiht man nicht so leicht.

Ich nickte, lächelte, und zu den schwindligen Gefühlen, die sich verstärkt hatten, kam noch ein flaues, ängstliches wegen der Präsentation hinzu. Die Reise hatte mich nicht nur in ein fremdes Land, sondern auch mitten in Zweifel und Verunsicherungen geführt. Sie drangen durch die Eindrücke und Erlebnisse hindurch wie dunkle Flecken, als zeigte sich erst an diesem Ort und unter diesen Menschen, dass ich etwas grundsätzlich verfehlt hätte. Als wäre ich seit meinen Studententagen einem Willen gefolgt, der nicht wirklich mein eigener gewesen ist. Und doch, hätte ich irgendetwas anderes tun können, als mich mit der Kamera durchs Leben zu schlagen?

Während ich zum Bug ging, meine Rechte über den sonnwarmen Handlauf gleiten ließ, dass sich das Holz wie ein Fließen anfühlte, schlug die Glocke an. Die Sirene schickte dreimal einen langgezogenen Ton voraus. Nach einer Biegung des Stroms kam ein Park in Sicht, auf dessen Rasenfläche weiß gedeckte Tische die Ankunft der Passagiere erwarteten. Ich erkannte Laura, die dort bei den Vorbereitungen half, und nach Anlegen des Schiffs lief ich geradewegs zu ihr hin.

– Ich bin so froh, Sie zu sehen, Laura, sagte ich. Das Medikament beginnt die Wirkung zu verlieren.

Sie war ein wenig beschämt, die Tabletten nicht eingesteckt zu haben, und ich erzählte ihr, wie sehr mich, neben Schwindel und Übelkeit, der Wortwechsel mit dem Schotten beschäftigte. Ich wurde bereits von einigen geschnitten, als die Gruppe sich um die Tische versammelte, sich Kuchenstücke auf die Teller legen ließ. Ich stand etwas abseits, die Tasse in der Hand, sah schweigend zu Bolt, der mit weiten Gesten die Aufmerksamkeit auf sich zu ziehen versuchte.

– Ladies and gentlemen, sagte er mehrmals, ladies and gentlemen, wir werden nach dem Tee ein Zeugnis der vorkolonialen Feudalordnung besuchen, den Palast eines regionalen Fürsten.

Ein Halbkreis bildete sich um den Institutsleiter,

während ich in der Nähe von Laura blieb, dabei kleine Schlucke von der Tasse nahm, in der Hoffnung, der Tee würde meinen Magen etwas beruhigen.

– Diese Fürsten übten eine ebenso absolute Herrschaft aus wie die französischen Könige des 17. und 18. Jahrhunderts, waren dem Mächtigsten unter ihnen zwar zu Tribut verpflichtet, doch es ist nie zu der Zentralisierung von Macht gekommen, wie sie der Sonnenkönig in Frankreich erreicht hat, indem er den Erbadel zu Höflingen degradierte. Bei uns waren die Verhältnisse eher mit denen in Deutschland vergleichbar. Eine Vielzahl kleinerer Fürsten imitierte den Absolutismus eines »Roi soleil«. Mit der Zeit, vor allem im späten 18. Jahrhundert, bildete sich dadurch in unserem Land eine Adelsschicht heraus, die sich von der weitgehend bäuerlichen Gesellschaft und der eher dünnen Schicht des aufstrebenden Bürgertums mehr und mehr entfernte, in Händel und Konkurrenz verstrickt war, wodurch das Land nicht nur ökonomisch geschwächt wurde, sondern auch viel zu zerstritten war, um den Engländern viel entgegensetzen zu können. Die Fürsten blieben zwar in ihren Funktionen und Würden, verloren jedoch zunehmend an Macht und Einfluss. Vor allem hatten sie kaum noch einen Rückhalt in der Bevölkerung: Sie galten als Lakaien der Kolonialmacht. Nach Abzug der Briten wurden sie aus ihren Palästen verjagt, die Ländereien und Vermögen beschlagnahmt. Während der Diktatur stand der Palast, den Sie besuchen werden, leer, und das ist bis heute so geblieben. Die jetzige Regierung – wofür ich mich sehr eingesetzt habe – hat in einem ersten Schritt die notwendigsten Arbeiten ausführen lassen, um den Zerfall des Gebäudes aufzuhalten. In einem zweiten Schritt sollen das Haupt- und die Nebengebäude umfassend renoviert werden. Der Palast eignet sich, mit seinem Labyrinth an Zimmern und Sälen und den verschiedenen Innenhöfen wie kein anderes Bauwerk als Museum. Schon heute ist der Ort, nicht zuletzt wegen des Parks, ein beliebtes Ausflugsziel geworden, da es von der Stadt her gut erreichbar ist. Es werden zahlreiche Teeparties, Konzerte oder auch Theateraufführungen vor der Fassade des Hauptgebäudes veranstaltet.

Eine Allee alter, ausladender Bäume führte geradewegs zum Hauptportal, und ich, mit Bildern im Kopf, die das Wort »Palast« ausgelöst hatte, war enttäuscht, als das Schattendunkel sich zu einem Platz weitete und ich vor einem zwar reich verzierten, in seiner Grundform jedoch eher schlichten Gebäude stand: Ein zweigeschossiger, langgestreckter Bau mit dezent betontem Mittelteil, dessen Fenster und Türen leere Höhlen waren. Beim ersten Anblick fühlte ich mich an das Haus in England erinnert, das ich fotografiert hatte, auch wenn die Ähnlichkeit nur in der Grundstruktur und dem Verfall bestand, der Palast aber unvergleichlich größer war. Ich wollte Laura fragen, ob es ihr im Archiv mit all den alten Fotos nicht ähnlich ergehe wie mir. Ich fühlte mich dauernd an Fotos aus meiner Jugend oder aus der Familiengeschichte erinnert, doch Laura war zurückgeblieben. Sie stand im Schatten eines Baumes, um dessen Stamm eine Bank lief, sprach mit einheimischen Besuchern, die dort saßen, und ich spürte wieder, wie unerreichbar sie war, wie meine Mutter es gewesen ist, wenn auch auf eine andere Weise. Es bliebe stets eine letzte, nicht zu überwindende Distanz, und ich seufzte.

Ich wanderte durch die leeren, dämmrigen Räume, in deren Fensterhöhlen leuchtende Ausschnitte der Allee, des Parks, eines ummauerten Teiches standen. Stimmen und Schritte hallten, und der Wind ließ einen rauschend ziehenden Ton in dem leeren Gebäude hören, als bliese jemand auf einer tonlosen Flöte. Ich kam durch Säle, Salons, Schlaf- und Empfangszimmer, lief durch endlose Flure, die zu anderen Trakten führten, in denen sich weitere Säle, Salons, Schlaf- und Empfangszimmer befanden. Ich stieg eine Treppe hoch, die zu einem Foyer und dem Eingang des Festsaales führte, geriet über eine Wendeltreppe in einen Flur, an dem schmale Zugänge zu Kammern lagen, aus denen man durch Spalten, verborgen in den Ornamenten, hinunter in den Festsaal sah, aber auch in Räume spähen konnte, die vielleicht Kabinette gewesen sein mochten oder Teile der fürstlichen Gemächer. Ich kam zu Innenhöfen mit leeren Wasserspielen, betrat neue Fluchten von Räumen, eilte durch einen Wechsel von Hell und Dunkel, Enge und Weite, und obschon nur noch das steinerne Gerüst geblieben war, alles Weichere, Verderbliche von der Zeit, den Menschen, dem Wetter vernichtet worden war, blieb das Gewesene spürbar, drang auf mich ein, als seien die Mauern und Steine vollgesogen von dem Leben, das sie einst bargen: Von ihm waren zwar nur ein Dämmer, ein Schatten, getönte Melancholien geblieben – doch ich spürte diesem verblassten Leben nach, auch dann noch, als der Palast, die leeren Räume, der Park und die weit ausladenden Bäume für mich selbst schon zu Erinnerungen geworden waren, ich wieder an der Reling des Schiffes stand, über das Wasser hin zum Ufer sah, wo sich mehr und mehr die Gegenwart mit Fabriken, Slums und Abfallhalden ankündigte. Nach nur knapp einer halben Stunde Fahrt tauchte eine Wand aus Dunst vor dem Bug auf. Unaufhaltsam schob sich das Schiff dem Dunkel entgegen. Noch leuchtete das Weiß des Salons, des Steuerhauses in der dunstigen Sonne, erlosch dann jedoch plötzlich zu einem stumpfen Grau in der rußig verdreckten Luft. Eine schrumpfende Kuppel aus Smog umschloss das Schiff, verhüllte den Schmier Sonne, der noch über den Andeutungen der Brücke schimmerte, und wir waren bereits auf der Rückfahrt zum Institut, als ich glaubte, den tiefsten und dunkelsten Ort menschlicher Existenz erreicht zu haben: Durch die Scheibe des Busses, im stockenden Abendverkehr, sah ich auf dem Mittelstreifen der Einfallstraße, zwischen den Leitplanken, einen Säugling liegen. Er war nackt, krabbelte bäuchlings auf dem Band Dreck. Dünne grünliche Scheiße lief aus ihm heraus, zog eine Spur, während unablässig die Auspuffrohre ihre Abgase auf ihn einpusteten.

XLI

ANAMNESE

– Ich wurde angerufen, kurz nachdem ich das Guest House verlassen hatte, sagte Laura zum Arzt in der Notaufnahme. Der Koch habe gehört, dass dem Gast übel geworden sei und dieser mehrere Male erbrochen habe. Auf sein Klopfen hin habe niemand geantwortet. Schließlich seien er und sein Sohn ins Zimmer eingedrungen und hätten Herrn Lang bewusstlos im Bad gefunden.

Obschon ich mich geweigert hatte, in ein Krankenhaus gebracht zu werden, hatte Laura darauf bestanden. Jetzt lag ich auf einem Schragen des »Percy Lowell-Hospitals«, während Laura am Pult des Arztes Auskunft gab und wiederholt versichern musste, dass ich tatsächlich Gast des Besitzers des Guest House sei, dieses *very, very important man*. Der Arzt wollte wissen, wie es zur Erkrankung gekommen sei, forderte Laura wiederholt auf, die Umstände genau und in allen Details zu schildern. Ich hörte nur mit halbem Ohr zu, sah währenddessen zur Decke des hohen, altertümlichen Raums. Leuchtstoffröhren brannten, streuten ein dünnes, kaltes Licht aus. Durch das Fenster am Kopfende drang Straßenlärm herein, war der Schein einer Straßenleuchte im Geäst eines Baumes zu sehen. Wiederkehrend schüttelten mich

Krämpfe, und ich war froh, die Auskünfte, die der Arzt verlangte, nicht selber geben zu müssen.

– Er hat über Schwindel und Übelkeit geklagt. Und am Vormittag sprach er von Halluzinationen, sagte, dass »etwas mit ihm nicht stimme«. Die Aufnahme des Englischen Clubs beim Eingang hat ihn an Fotos in seinen Familienalben erinnert, aber auch an solche, die er selber von der Villa seiner Großeltern in England gemacht hat. Die erinnerten Bilder sollen danach aber, wie er sagte, so real geworden sein, dass er meinte, die Räume tatsächlich betreten und in ihnen herumgehen zu können. Er habe sich nicht nur in der Zeit zurückversetzt gefühlt, die Räume hätten sich – anders als er sie gesehen habe – wiederhergestellt, wären ihm in altem Glanz erschienen, während er seine Angehörigen im Garten gesehen habe …

Mir wurde erneut übel, dazu kamen Krämpfe, dass ich befürchtete, wieder das Bewusstsein zu verlieren. Ich verstand nicht mehr, was Laura erzählte, wunderte mich nur, weshalb der Arzt immer wieder nachfragte und bestätigt haben wollte, was Laura bereits gesagt hatte:

– Und er wirkte aufgewühlt bei den Fotos, die Sie ihm im Archiv auf seine Fragen hin gezeigt haben? Sie sagten: »erregt und gleichzeitig wie abwesend«. Wie soll ich das verstehen?

Ich war schweißnass, als nach Brechreizen, bei denen ein bitterer, brennender Saft hochkam, die Krämpfe nachließen. Mir fiel die Reise ein, die ich während meiner Bewusstlosigkeit mit dem Causeur gemacht hatte.

Ein Flug durch die Geschichte des Lichts, »ein Sturz«, wie der Causeur sagte, den er vor vielen Jahren selbst erlebt habe und stets neu durchleiden müsse. Was mir von dieser seltsamen Zeitreise im Gedächtnis geblieben war, würde ich später aufzuschreiben versuchen. Doch erst wollte ich zurück ins Guest House gebracht werden. Ich müsste noch die Mappe mit den Flussbildern holen, für meine Präsentation.

– Ich spürte, dass ihn sein Auftritt am Institut belastete …, hörte ich Laura sagen, und der Arzt: … inwiefern? Inwiefern glauben Sie, dass es ihn belastete? …

Eine neue Welle von Übelkeit spülte die Gesprächsfetzen hinweg, die vom Tisch herüberdrangen:

… der ähnliche, fast gleiche Name … ein Versehen bei der Einladung … mit Klemens Lange verwechselt, der Kriegsreportagen … Niemand kennt Aufnahmen von diesem ….

In quälend fiebriger Wiederholung kreisten meine Gedanken um die Präsentation meiner Fotos. Hätte ich bloß die Mappe mit den Porträts dementer Heiminsassen mitgenommen. Die Serie wäre ein menschliches Gegenstück zu dem äußeren Zerfall gewesen, den ich hier vorgefunden hatte. Die Aufnahmen waren außerdem auf große Anerkennung gestoßen, man schätzte die Eindringlichkeit der einzelnen Bilder, ihre Diskretion und Behutsamkeit. Keines der Porträts gab die Hilflosen preis, zeigte vielmehr die Würde, die ihnen in ihrem Vergessen- und Verlorensein dennoch blieb: Sie wären ein Kontrast zu Cromptons …

Am Tisch war offenbar ein Streit ausgebrochen. Zumindest hörte es sich so an. Der Arzt machte Laura heftige Vorwürfe. Das hätte sie gleich zu Beginn sagen müssen! Das sei doch das Wichtige! Seine Stimme klang verärgert. Statt Symptome aufzuzählen, hätte sie diese mögliche Ursache der Erkrankung gleich erwähnen sollen – und Laura entschuldigte sich. Ja, selbstverständlich, doch in all der Aufregung sei ihr diese eben erst jetzt eingefallen. Sie habe schon früh am Morgen, als sie davon hörte, Herrn Lang – nein, Clemens Lang, nicht Lange – gesagt, er hätte die Speise nicht annehmen dürfen. Von einer Bettlerin, einer alten, verwahrlosten Frau, sie kennen vielleicht noch den Brauch …

Nachdem ein erneuter Brechreiz mich gewürgt hatte und nun allmählich abklang, verspürte ich ein entspanntes Wohlsein. Und mir war endlich klar, wie ich bei meiner Präsentation vorginge: Anstelle der Flussbilder würde ich Aufnahmen der vergangenen drei Tage zeigen, Aufnahmen, die ich während der Reise und hier in der Stadt mit der Digitalkamera gemacht hatte. Diejenigen mit der Leica waren nicht entwickelt, und auch die digitalen Bilder hatte ich erst flüchtig durchgesehen, sie weder bearbeitet noch selektioniert. Egal, *work in progress*. Bekämen die Teilnehmer eben mal Rohmaterial zu sehen. – Die ausgewählten, bearbeiteten und in eine Abfolge gebrachten Fotos können Sie dann in der Publikation Ihrer Vorträge mit dem vergleichen, was ich Ihnen heute Abend zeige. Ich könnte über Motivation, auch über Mängel sprechen. Und ich wäre vor der missgünstigen Kritik geschützt, die ich nach Ansicht Zäuners zu erwarten hatte. Ich spürte, ich würde aus dem Stegreif, ohne Notizen und frei sprechen können, als Laura sich über mich beugte, ohne ein Lächeln, und mit einer Strenge sagte, die keine Widerrede duldete:

– Sie müssen bleiben. Der Arzt hat es entschieden. Man bringt sie jetzt in ein Zimmer.

XLII

DER STURZ

Der Arzt, ein junger Mann, der mich am nächsten Morgen mit steinernem Gesicht untersuchte, überhörte meine Fragen nach der Diagnose und der Dauer meines Aufenthalts. Er sprach einzig mit der Pflegerin, gab knappe Anweisungen, die in mir den Verdacht weckten, ich würde ebenso sehr überwacht wie betreut werden. Mir wurde weder gestattet, mich aufzusetzen, noch gar aufzustehen. Selbst der Gang zur Toilette hatte begleitet zu geschehen. Auf meinen Protest hin machte mir die Pflegerin unmissverständlich klar, ich könne dankbar für ihre Betreuung und das Einzelzimmer sein. Beides seien Privilegien, die üblicherweise niemandem zustünden. Dafür brauche es Protektion. Geld allein genüge nur, wenn noch ein Zimmer frei sei, was praktisch nicht vorkomme. Ich hatte an Bolt gedacht, wer sonst hätte sich für mich einsetzen können. Dass in der Nacht, in der ich eingeliefert wurde, noch Blutspuren auf den Fliesen waren, im Bad durchtränkte Verbände den Abfalleimer füllten – Hinweise darauf, dass ein anderer Patient meinetwegen ausquartiert worden war – hatte ich selbst nicht bemerkt. Laura plauderte es bei ihrem Besuch aus, und sie verriet auch, dass ich die bevorzugte Behandlung dem

Besitzer des Guest House zu verdanken habe, dem jetzigen Hauptaktionär des ehemals staatlichen petrochemischen Konzerns. Dieser Freund und Weggefährte Professor Bolts, ein Herr Mitte vierzig, stand am zweiten Tag in tadellosem Sommeranzug an meinem Bett, gab sich als mein Wohltäter zu erkennen und fragte nach meinem Ergehen. Ein Besuch, der genau drei Minuten dauerte.

Laura hatte am ersten Tag Blumen mitgebracht. Verschwitzt und hilflos, an Schläuchen und Nadeln lag ich da. Wahrscheinlich bot ich keinen besonders angenehmen Anblick, dennoch irritierte mich, in Lauras Verhalten etwas Förmliches zu verspüren, das es zuvor nicht gegeben hatte. Es war nicht so sehr ihre mir inzwischen vertraut gewordene Zurückhaltung, als vielmehr eine Sachlichkeit, durch die ich mich wie einen Gegenstand behandelt fühlte. Laura ging im Zimmer umher, räumte auf, besprach sich mit der Pflegerin, ordnete an. Bolt wünsche mir gute Besserung, er könne mich nicht besuchen. Morgen sei die »Closing Ceremony« des Kongresses, er habe somit viel zu tun. Die Absage meiner Präsentation erwähnte sie mit keinem Wort, verließ das Zimmer, um mit den Ärzten zu reden, wie sie sagte, und hinterließ eine Leere.

Ich hatte drei Tage am Tropf im Bett gelegen, hatte mehr als genügend Zeit gefunden, stets von Neuem die Reise, den Sturz oder wie immer man es nennen wollte: Zeitenflug? zu memorieren, den ich während meiner Ohnmacht erlebt, geträumt, gesehen hatte. Ich überlegte, wie der Anfang gewesen war, erinnerte die eine und andere Sequenz, die ich in Begleitung des Causeurs durcheilt hatte – und machte die Erfahrung, dass, je öfter ich mir einzelne Teile zu vergegenwärtigen suchte, diese undeutlicher und verwischter wurden, wie bei einem Traum, den man behalten möchte und doch verliert. Ich müsste so bald wie möglich zu notieren beginnen, was mir von den Bildern geblieben war, und als mir die Krankenschwester auf mein Drängen hin endlich erlaubte, aufzustehen, mir auch einen Stapel loser Blätter besorgt hatte, setzte ich mich an den Tisch beim Fenster, schrieb in kleinen Paragrafen auf, was geschehen war. Ich notierte: Nachdem ich mich im Bad hingekniet hatte, die Krämpfe mich würgten, fand ich mich unversehens an einem dunklen Ort wieder. Ich war allein, kannte die Straße nicht, wusste nicht, wohin ich gehen sollte. Hunde streunten, ein Rabe krächzte. Doch niemanden traf ich an. Keinen konnte ich fragen, nichts wies den Weg.

Eine Gasse senkte sich entlang von niederen Häusern hinab und mündete auf einen Platz. Von ihm führten Stufen zu einem Tor, darüber stand: »Hier wird bewahrt, was einst gewesen ist.«

Die Tür stand offen, und ich trat ein. Licht flammte auf, ich stand in einen Kuppelbau. Drei Plastiken waren aufgestellt, zehn Meter hoch, aus Bronze, Silber, Gold. Schmuckstücke, deren Repliken ich in den Schaukästen des Flughafens gesehen hatte: Variationen des aristotelischen Kosmos.

Der Causeur tauchte auf, winkte mir mit einer Zeitung zu:

– Sie können sich das Gerümpel sparen, sagte er. Doch erst einmal: Halten Sie sich an mir fest!

Ich sah und fand mich augenblicklich in einem Sturz ins Bodenlose. Der Causeur, die Zeitung unter den Arm geklemmt, presste den Hut an den Kopf, damit er ihm nicht weggerissen wurde.

– Obschon es Jahrzehnte her ist, sagte der Causeur, seit ich Michelangelos »Das Jüngste Gericht« in der Sixtinischen Kapelle gesehen habe: Man fällt mit den Verdammten doch tiefer, als man denkt.

Ich hatte eine irre Angst, denn wir stürzten nicht nur mit den Verdammten hinab in einen dunklen Schlund, über uns brach auch der Himmel ein mit Weltenrichter, Heiligen und Erlösten. Beim Aufprall schoss das einstmals göttliche Licht als eine Feuerkugel hoch: Aus dunklen Wolken stieg die Sonne als neue Mitte auf. In einem All, das finster und unendlich war.

– Ein effektvoller Anfang, finden Sie nicht, sagte der Causeur und lächelte über meine Furcht.

Dann schwebten wir hinab in einen Trichter aus Zeiten und Epochen.

– Wie Sie nun leicht erkennen werden, dreht sich von nun an alles um das Licht. In Malerei, Architektur, vor allem aber in der neu entstandenen Wissenschaft. Und später, nach den Glaubenskriegen, wird auch die Politik sich um das Licht der Sonne als neue Mitte drehen. Doch erst genügte noch ein Strahl, die Menschen zu verwirren.

Als hätten Landers Worte dies bewirkt, leuchtete ein Spotlight in einer schwarzen Fläche auf. Als ich heranflog, wurde sie zum Raum, der mich erneut mit Dunkelheit umschloss, worin das Spotlight sich auf einen Punkt verengte.

– Wo sind wir hier?, fragte ich. Da ist kein offener Raum und Himmel mehr! Das ist ein dunkles Zimmer.

Nachsichtig bat mich der Causeur, ich solle mich, wie in dem Bergwerksstollen damals, doch umdrehen. Als ich das tat, sah ich in dem Dunkel an der Wand eine helle Landschaft, klar in den Details, doch stand sie auf dem Kopf: Der Himmel war zuunterst, mit herbstlich grauen Wolken, darüber wölbten sich die Felder und Äcker, durch dic sich cin Fluss gleißend wie eine Himmelsschlange wand.

– Die Welt, sagte der Causeur, stand nicht nur in der Camera obscura auf dem Kopf, wic Sie gleich sehen werden.

Wir schwebten über dieses Land, das eben noch verkehrt herum zu sehen war, als hätte ein Physikus schnell eine Linse in das Loch gesteckt. Krähen flogen auf, ein Baum hing voll Gehängter. Heere zogen plündernd durch die Dörfer. Auch einen Zug von Kindern sah ich und eine lange Reihe von verstümmelten Gestalten. Schwelbrände beleuchteten den Raum, und als es dunkel wurde, brannten die Scheiterhaufen wie Fackeln an den Straßen und auf Plätzen.

– War schon der Glaube nicht zu retten, so sollte wenigstens die Kirche noch gerettet werden. Man reformierte sie von Norden her, flickte tridentinisch-konziliant an ihrer Südfassade, und man bekam den tollsten Hexensabbat, den die Welt erlebte.

Wir flogen über die verwüsteten, entleerten Länder hin, wo Menschen Hunger litten und irr von Fanatismus waren, dass mir so übel wurde wie noch nie zuvor. Ich hatte Krämpfe, sagte dem Causeur, ich könne nicht mehr weiter. Er jedoch wies mich auf ein Loch hin oder Licht: Dort gäbe es Erleichterung.

Als würde über den zerstörten Feldern eine Blende aufgezogen, weitete sich der Gesichtskreis zu einer klaren, heiteren Ordnung aus. Schnurgerade liefen die Wege zwischen Rondellen und den von Buchsbaum eingefassten Beeten. In regelmäßigen Abständen waren Teiche und Wasserspiele angelegt, wechselten sich ab mit Treppen und Terrassen.

– Das Chaos verlangte nach Descartes'scher Ordnung.

Wir kreisten wie die Tauben überm Park von Schloss Versailles und schauten aus der Vogelperspektive auf die grandiose Symmetrie der Schlösser.

– Der Fürst galt jetzt als Sonne, rief im Kreiselflug mir Landers zu, um den der Adel und der Klerus als Planeten ihre Bahnen zogen. Der Hof bildete einen in sich geschlossenen Kosmos, ein verkleinertes kopernikanisches Modell nach dreißig Jahren Krieg. Doch diese höfische Replika des neuen Kosmos löste sich mehr und mehr von der Bevölkerung ab, von dem aufstrebenden Bürgertum, den Handwerkern, den verelendeten Massen in den Städten. Man spielte Landleben in den Gärten, bukolische Idyllen, die findige Köpfe wie Rousseau in unverdorbener Bergwildnis noch finden wollten.

– Doch sehen Sie hoch, rief der Causeur im Flug. So sah der Himmel dieser königlichen Sonne aus!

Ich sah ein Deckengewölbe aus vergoldetem Stuck, von dessen Rand nackte Gestalten über das Rahmenornament herab ins Leere stürzten. Andere dagegen stiegen mit ausgebreiteten Armen hoch, in eine grelle Blendung Licht, um die kindlich nackte Engel schwebten. Es war ein kühner Illusionismus aus verkürzten Perspektiven. Er suggerierte durch den Sturz und die sich windenden Gestalten eine Höhe, in die – weit über die reich verzierten Simse hinaus – die Auserwählten in ihren farbig flatternden Gewändern an Wolkentürmen hochgewirbelt wurden, einem höchsten Lichtpunkt entgegen, in dem ein Kreuz und die drei Buchstaben »JHS« standen.

– Das nackte Wort und der gemalte Himmel, das war, was noch vom Glauben übrig blieb, hörte ich meinen Begleiter spöttisch sagen.

– Doch in einer Welt, in der alles nur noch in menschlichen Dimensionen existiert, der Kosmos ein Staat und der Himmel eine barocke Kuppel ist, das Paradies ein Fleck Vergangenheit in einem fernen Land, da muss der Mensch notwendigerweise selber für die Harmonien sorgen. Sein Licht ist die Vernunft, die alles Dunkel erhellen sollte, bis zu dem neuerlichen Desaster wie zu Callots Zeiten, doch jetzt in Aquatinta von Goya gemalt.

Und schon befanden wir uns in einem neuen Sturz, ähnlich wie zu Beginn der Reise: ein Fall ins Bodenlose, ich meinem Begleiter hinterher. Der rief, gestikulierte und zeigte auf die Dinge, die mit uns fielen: Bücher und Atlanten, die Enzyklopädie und Newtons Apfel. Es fielen Köpfe, immer mehr und mehr, ein blutiger Hagel abgetrennter Häupter. Wir schlugen hart in einem Nachtbereich von Aufruhr auf.

– So sind wir wieder da, wo unsere Reise begonnen hat?, fragte ich. Nur dass der Sturz nicht ganz so tief war, da ja auch der höfische Kosmos nicht so groß wie der himmlische des Aristoteles gewesen ist?

– Parallelen gibt's, es ist denn auch kein Zufall, dass in eben diese Zeit – durch Kants »Kritik der reinen Vernunft« – eine »zweite Kopernikanische Wende« fiel. Bis dahin wusste man viel darüber, was das Licht bescheint, doch wenig, was es selber ist. War es einstmals göttlich gewesen, dann noch stellar, so wurde es jetzt menschlich in dem Sinn, dass der Beobachter sich am Sehen beteiligt fand, so dass »die Gegenstände vielmehr als Erscheinungen sich nach unseren Vorstellungen« zu richten hatten. Der Kosmos war in uns, und wir in seiner Mitte.

All das aufzuschreiben, bereitete mir große Mühe. Zudem waren meine Aufzeichnungen vom Arzt nicht gern gesehen. Dieser erkundigte sich bei der Pflegerin zwei-, dreimal in gereiztem Ton und mit einem Kopfnicken zu den Blättern auf dem Tisch hin, was ich schreiben würde, worauf sie barsch nachfragte: *What do you write? Is it about the hospital?* Ich versicherte ihr, es seien Reisenotizen, was sie mit unterwürfiger Miene meldete und durch heftige, unduldsame Worte quittiert erhielt. Nachdem der Arzt das Zimmer verlassen hatte, sagte sie, ich solle meine Notizen am Abend oder am frühen Morgen machen. Sie habe Anweisung, dass ich im Bett bleiben müsse, bis auf die Spaziergänge im Flur in ihrer Begleitung. Ich nickte, mir war es egal, ich hatte die Lust ohnehin verloren, auch den letzten Teil der Reise noch zusammenzustoppeln. Zumal ich das meiste vergessen hatte, meine Notizen unvollständig und sehr summarisch bleiben würden. Etwas allerdings geschah gegen Ende unseres Zeitensturzes, das ich nie vergessen werde. Wir waren zu dem Zeitabschnitt gekommen, da die Fotografie, das »Schreiben mit Licht«, erfunden wurde, und ich bat den Causeur, mir endlich doch zu sagen, wozu wir diese Reise machten.

– Wozu? fragte er ungehalten. Ihnen genügt wohl nicht, sich mit einem Thema auseinanderzusetzen, einzig und allein, weil man Näheres über sich und die Welt erfahren möchte?

Und Landers nahm einen menschlichen, weil rat- und hilflosen Zug an. Er, der zynisch sein konnte, von dem eine Kälte und Empfindungslosigkeit ausging, sagte leise und mit einem sanften Bedauern:

– Mich faszinierte dieser zunehmend sich verengende Kosmos, vom Himmelsgebilde zum Gesellschaftsmodell und schließlich zum Seelenbild des Einzelnen – dem parallel ein sich veränderndes Verständnis, was Licht sei, folgte, bis der Punkt erreicht war, da die weitere Untersuchung des Lichts in ein vollständig anderes Verständnis des Weltbaus führte. Es war das Thema, mit dem ich mich in den letzten Monaten meines Lebens beschäftigt habe. Ich gebe zu, ich bin mit meinen Studien nicht sehr weit gekommen, dafür blieb zu wenig Zeit. Sie erinnern sich, was ich Ihnen während des Besuchs im »Park der Wohlfahrt« erzählt habe, als Sie sich an die dreißiger und vierziger Jahre des letzten Jahrhunderts erinnert fühlten? Damals hat es für mich die Schwerkraft noch gegeben, und als die Schergen klingelten, ihre Stiefel auf der Treppe polterten und sie schließlich die Tür eintraten, war es für mich unmöglich gewesen, gleichzeitig mit diesen Leuten in demselben Zimmer zu sein, in dem ich Jahre studiert und geschrieben habe. Ich bin gesprungen, vier Stockwerke tief – und stürzte gleichzeitig durch all die Zeiten, mit denen ich mich beschäftigt hatte, ein Sturz durchs Licht, das einstmals göttlich, dann stellar, schließlich menschlich geworden ist, um am Ende der Kaskade als Welle-Teilchen-Dualismus alle Kategorien des Vorstellbaren, ja Aussprechbaren zu verlassen.

Vielleicht zum ersten Mal, seit ich ihm begegnet war, fühlte ich Sympathie für Landers, merkte überhaupt, dass ich außer diesem prickelnd heiteren Gefühl, das ich bei seinem Nahen jeweils verspürte, nie wirklich etwas für ihn empfunden hatte. Zugleich machte mich der Gedanke betroffen, der Zeitenflug sei die Vision gewesen, die Landers bei dem Sturz aus dem Fenster in den letzten Sekunden seines Lebens, noch geschaut hatte.

– Ja, das gehört leider zu den Nachteilen, wenn man

der Zeit in ihrem bequemen Fortgang nicht mehr angehört, man muss immer von Neuem durchleben und wiederholen, was gewesen ist, sagte Landers. Fast täglich stürze ich durch den Trichter, heute in den Details ein wenig Ihren Erfahrungen angepasst, da ich nur Begleiter bin. Kleine Veränderung, die ich sehr genossen habe.

Er war heiter, sogar verschmitzt, doch die grünfeldsche Kälte war in seinen Blick zurückgekehrt.

– Erinnern Sie sich, während wir stürzten, an die Naturforscher Brewster und Fechner, die in die Sonne starrten? Es war kurz nach Goethes Farbenlehre, bevor wir zu Ihrem Beruf, dem »Schreiben mit Licht« gelangten. Die beiden Herren waren deshalb so fasziniert von den Netzhautbildern, weil sie ihnen die Farbsensationen ihrer eigenen Nerven zeigten. Auch ich hatte noch ein Nachbild, dort, wo ich nach meinem Sturz auf dem Bürgersteig lag. Ich sah ein völlig neues Licht, von dessen angewandter Theorie in technischen Geräten der junge Mann, Lutz Zäuner, am Kongress gesprochen hat: Entzieht man sich ihren Anwendungen, »existiert man nicht«, gebraucht man sie, dann »weiß man nicht«.

Durch eine Tür betraten wir eine Halle, ähnlich derjenigen beim Eingang mit den drei Skulpturen. Doch sie war leer, der seltsame Fremde verschwunden, und als ich mich zum Ausgang wandte, sah ich ins Gesicht des Kochs, der an mir rüttelte und wieder und wieder sagte:

Sir? Sir? You wake up, please, you wake up.

XLIII

DIE LEEREN BLICKE

– Kann ich hereinkommen?

Ich war verblüfft, als nach einem kurzen Klopfen Lutz Zäuner den Kopf zur Tür hereinstreckte.

– Aber klar. Kommen Sie.

Ich freute mich, den jungen Mann wiederzusehen, den einzigen Teilnehmer, zu dem ich einen Kontakt gefunden hatte.

– Wie geht es Ihnen? Hat Sie ja arg erwischt.

– Das kann man wohl sagen. Ich hätte mir nicht träumen lassen, hier in einem Krankenhaus zu landen.

– Werden Sie denn gut betreut?

– Medizinisch bestimmt, doch von Erklärungen oder einem ärztlichen Gespräch hält man noch wenig. Der Patient ist Objekt, das einen Defekt hat. In meinem Fall muss das ein rabiates Bakterium sein. Reisen Sie heute ab?

– Ursprünglich wollte ich am Abend nach der »Closing Ceremony« fliegen, ja. Doch dann habe ich mich anders entschieden. Ich werde noch ein wenig bleiben.

Laura kam vom Gespräch mit dem behandelnden Arzt zurück.

– Er ist mit Ihnen zufrieden, sagte sie und trat neben

Zäuner ans Bettende. Man wird noch ein paar abschließende Untersuchungen machen. In zwei, drei Tagen werden Sie entlassen.

Ob sie meinen Flug umbuchen könne? Und wann er, Zäuner, zurückfliege?

Er fahre erst mal zehn Tage ans Meer. Mit dem Zug, Laura begleite ihn. Allein würde er sich die Fahrt nicht zutrauen. Es wäre mehr Stress als Vergnügen.

Er lächelte, legte den Arm um Lauras Schulter, ließ die Hand sogleich scheinbar flüchtig über ihren Rücken gleiten. Ich begriff, dass Zäuner nicht meinetwegen hier am Bettende stand.

– Wir fahren schon heute Abend, sagte Laura, doch ich habe alles geregelt und mit den Ärzten besprochen. Sie werden abgeholt und später vom Guest House zum Flughafen gebracht. Das Ticket lege ich Ihnen ins Zimmer.

Ich nickte, überspielte den Schmerz, der mein Inneres zusammendrückte: Laura war mir von Anfang an vertraut gewesen, als kennte ich sie schon lange, und ihre Nähe hatte mir Sicherheit gegeben. Ich mochte sie, auch wenn ich nicht in sie verliebt gewesen war, wie einige der Kongressteilnehmer vielleicht angenommen hatten. Dass sie und Lutz Zäuner jetzt offenbar zueinandergefunden hatten, dagegen war nichts einzuwenden. Nur tat es so unsäglich weh, als wäre Laura nicht Laura, sondern jemand anderer, den ich nie kennengelernt habe, weil diese Person mich schon immer verlassen hat – lange, lange vor dieser Reise.

– Hey, Sie haben gestern vielleicht etwas verpasst, sagte Lutz Zäuner. Und ich war ihm dankbar, dass er das Verstummen nicht hatte dauern lassen.

– Die Varieté-Vorstellung gestern Abend! Ich kann Ihnen sagen, so was habe ich noch nie gesehen!

– Es war phantastisch!, sagte Laura, wirklich schade, dass Sie nicht dabei gewesen sind! Doch ich habe heute Morgen gehört, wandte sie sich an Zäuner, dass die Vorstellung böse Folgen hatte. Bolt war sehr aufgebracht.

Während die beiden von dem Abend erzählten, schien die Erinnerung sie eigenartig zu beleben. Ihre Augen glänzten, als sie die Kunststücke schilderten, die der Illusionist und sein Gehilfe vorgeführt hatten.

– Es war jener Herr, den Sie mir während des Eröffnungsbanketts vorgestellt haben, sagte Laura. Kennen Sie ihn schon länger?

Zum Schluss der Vorstellung habe jedermann im Saal eine Zahl auf einen Zettel schreiben können. Von der Zigarre des Illusionisten sei dann eine Null durch den Saal geschwebt, habe sich der Zahl auf dem Zettel angefügt und sie in Geld verwandelt.

– Sie können sich vorstellen, was für ein Tumult in dem Theater entstanden ist, sogar um Zettel und Bleistifte wurde gefeilscht. Immer größere Zahlen schrieben die Leute auf Visitenkarten und Tickets, am maßlosesten der Herr Minister, der diesmal anwesend war. Er hielt eine sehr patriotische Rede, während seine Adjutanten die Banknotenbündel in Säcke füllten.

– Heute Morgen wurde bekannt, sagte Laura, dass

das ganze Geld, das die beiden herbeigezaubert haben, verschwunden sei. Milliarden, die sich in nichts aufgelöst hätten. Man spricht von einer Krise, und die Leute stehen wie gestern Abend die Theaterbesucher vor den Tischchen, wo sie das Geld abholen konnten, vor den Bankhäusern. Sie fürchten um ihr Erspartes.

– Und Sie, Laura, haben Sie denn auch einen Zettel ausgefüllt?

– Nein, sagte sie. Mir ist es nicht einmal in den Sinn gekommen, ich könnte mich mit einem Zettel anstellen.

– Sie aber schon, Lutz?

– Ich habe mein Vortragshonorar mit Null potenzieren lassen und offenbar verspielt.

Er lachte.

– Mich interessierte der Trick, die Virtualität des Vorgangs, das Computerprogramm, das dahintersteckt und bei Transaktionen in Zehntelsekunden Gewinne mitnimmt, was weiß ich.

Er fasste Laura um die Schulter.

– Wenn ich es mir jetzt überlege, so wurde die Täuschung dem Publikum geradezu vorgeführt. Nur wollte sie niemand erkennen: die Nullen aus Rauch, die sich in nichts auflösten.

Dann fügte er mit einem glücklichen Lächeln hinzu:

– Ich bin glimpflich davongekommen. Meinen Verlust kann ich verschmerzen.

Er zog Laura sanft an sich heran.

– Ich habe noch immer genug, um ans Meer zu fahren. Und das zum Glück nicht allein.

Ich saß am Tisch beim Fenster, vor mir meine Notizen, sah hinaus auf einen leeren, durch eine Mauer geteilten Platz. An ihn schloss sich ein langgestreckter sechsgeschossiger Block an, der durch nichts verriet, wozu die Räume gebraucht wurden. Am Morgen, dann nochmals am Nachmittag wurde ich von der Schwester zu ›Nachuntersuchungen‹ abgeholt. Obwohl ich mich kräftig fühlte, zu den jeweiligen Abteilungen ohne Schwierigkeiten hätte zu Fuß gehen können, wurde ich in einen Rollstuhl gesetzt und durch die Gänge geschoben. Es war mir verboten, in den Wartezimmern aufzustehen und herumzugehen, und auf alle Fragen, warum ich im Rollstuhl sitzen müsse, welche Art von Untersuchung vorgenommen würde und weswegen, gab es stets die gleiche Antwort: Weil es angeordnet sei. Ja, dachte ich, während ich gelangweilt an die Wände der Wartezimmer sah und das schäbig verbrauchte Mobiliar betrachtete, »anordnen« sei vielleicht das, was auch ich mit meinem Nachdenken und Notieren zu erreichen hoffte: in die verwirrlichen Erlebnisse eine Abfolge zu bringen. Denn wie sich aus den Röntgenaufnahmen meines Unterleibs, den Ultraschallfotos mit den dunklen Umrissen meiner Organe, der Tomografie, die mich in Schnitte zerlegte, am Ende wieder Herr Clemens Lang zusammensetzte, müsste aus dem Bric-à-brac, das die Reise aus meinem bisherigen Leben gemacht hatte, jemand werden, der nicht »geblieben ist, was er schon immer war« – um den Causeur zu zitieren.

Als ich in einem der Wartezimmer saß, zusammen mit

einer hochschwangeren Frau und deren Mann, die tuschelten, als fürchteten sie die lauten Wörter, wurde ein Patient hereingeschoben, auch er im Rollstuhl. Ich erkannte ihn sofort wieder, trotz der fahlen, zerfallenen Züge, der wirren Haare um seinen Kopf.

– Herr Saleh! Sie hier? Erinnern Sie sich, wir haben nach dem Eröffnungsvortrag miteinander gesprochen …

– Hat man Sie auch interniert?, fragte er, ohne mich wirklich wahrzunehmen, hat man Sie auch in diese Klinik gebracht, weil die Wahrheit verrückt ist?

Der stellvertretende Minister erkannte mich ganz offensichtlich nicht, konnte sich an keinen Eröffnungsabend mehr erinnern. Er hatte den Verstand verloren, und ich musste an den Causeur denken. War das nun das »lange und sehr gute Leben, vielleicht das beste, das er unter den möglichen Schicksalen haben konnte«?

– Man sagt, ich hätte ein krankes Hirn. Doch die Ärzte begreifen nicht, dass ich eine Geschichte bin, ihr stellvertretendes Zeichen, erzählt und geschrieben von einem, den ich nicht kenne. Wir sind Erzählungen, große, kleine – doch Erzählungen. Wir sind Erzählungen, die wir über uns machen, die andere über uns machen, Geschichten von Menschen, die ich bin, und von Menschen, die ich nicht geworden bin. Aber ich muss Ihnen etwas anvertrauen, das die Ärzte nicht verstehen können, mich aber so sehr quält, dass ich nicht mehr schlafen kann: Was geschieht, wenn es den nicht mehr gibt, der die Geschichte erfunden hat, den Schöpfer, und es nur noch Stellvertreter gibt, aber niemanden mehr, den sie vertreten?

Herrn Salehs Augen waren geweitet, sie sahen zur Wand und durch sie hindurch, und ihr Blick war von einer wunderbaren Klarheit, doch vollständig leer.

Ich las meine Aufzeichnungen von dem Zeitensturz nochmals durch. Doch ich empfand ein Unbehagen, als wären die Bilder, Eindrücke und Kommentare des Causeurs nicht von der Übelkeit zu trennen. Ich schob die Blätter zur Seite, blickte durch das Fenster hinaus auf den Hof, die Mauer, den Häuserblock dahinter. Ich hatte genug von diesem Nachttraum, genug vom Causeur und seinen Tricks, genug aber auch von dieser Stadt, dem Ort und den Menschen. Ich sehnte mich nach Sarah, nach meinem Arbeitszimmer, nach dem Alltag überm Fluss, dem Nebel, den Uferbäumen, dem dunkel ziehenden Wasser unter meinen Fenstern. Und ich wollte endlich hinaus aus diesem Krankenhaus, in dem ich lediglich ein Objekt medizinischer Anwendung war.

Ich solle mich bereithalten, nach der Visite würde ich entlassen werden, teilte mir die Schwester beim Frühstück mit. Ich hatte nichts bei mir, was ich hätte einpacken müssen. Ich kleidete mich an. Als ich das Zimmer verließ, mich an der Tür nochmals umwandte, übersah ich absichtlich den Stapel Blätter auf dem Tisch beim Fenster. Was sich seit meinem Zusammenbruch im Bad des Guest House ereignet hatte, wollte ich hier zurücklassen: auch die Erinnerung an die letzte Begegnung mit Laura und Zäuner.

Die Schwester begleitete mich zur Krankenhausapotheke, wo ich das vom Arzt ausgestellte Rezept einzulösen hatte, wurde für die Austrittsformalitäten zur Administration gebracht, um zum Schluss bei der Zahlstelle die Kosten für Aufenthalt und Behandlung zu begleichen. Der Fahrer des Guest House würde mich abholen, sagte die Schwester beim Abschied, dann stand ich im neonbeleuchteten Eingangsbereich mit nicht mehr als einer Plastiktüte Medikamenten in der Hand – schwach und wacklig. Die Geräusche von Schuhen und Stimmen hallten schmerzhaft von den Wänden, es war ein ununterbrochenes Kommen und Gehen von Leuten mit nachdenklich bedrückten Gesichtern, und ich stieg die Stufen zur Eingangstür hinunter, unsicher, als müsste ich das Treppenlaufen erst wieder üben. Als ich durch die Glastür hinaus in den Morgen trat, drang die Stadt mit Lärm und Gestank wuchtig auf mich ein. Ein diffuses Licht fiel auf den Vorplatz, an dessen Ende sich eine Menschenmenge auf dem Gehsteig drängte, aus der sich Gruppen und Einzelne herauslösten, über den Vorplatz zum Eingang strebten, während andere unschlüssig stehen blieben, warteten, als könnten sie sich nicht entscheiden. Ich hockte mich auf eine Treppenstufe, sah in das Treiben vor mir, beobachtete, wie jemand abgeholt oder hergebracht wurde, sich Leute verabschiedeten – und musste an das Lieblingszitat Sarahs aus dem »Paradiso« von Dante denken, sprach es leise vor mich hin: »Quinci si può vedere come si fonda/l'essere beato ne l'atto che vede,/non in quel ch' ama, che poscia seconda« (Hieraus erkennt man, wie die Seligkeit/sich auf die Tätigkeit des

Schauens gründet / und nicht der Liebe, die erst nachher kommt), ein Zitat, das sie immer wieder, wenn ein Anblick sie überwältigte, vor sich hinsprach. Mir fiel ein, dass Sarah einmal mit übermütigem Lachen hinzugefügt hatte, die Photonen, welche die Physiker im letzten Jahrhundert entdeckt hätten, seien die modernen Engel, und wir Menschen, ohne dass wir es wüssten, bewegten uns unablässig in ihren Schauern, die aus dem All herabfielen, dichter als Gewitterregen. Und noch während ich mich zu erinnern suchte, bei welchem Anlass sie so glücklich gewesen war, sah ich in der Menge eine Alte. Sie kam in kleinen, steifen Schritten näher, vorgebeugt, Pantoffeln an den Füßen, das strähnige Haar zum Knoten geschlungen. Sie glich der Bettlerin, die mir ein Stück der fettigen Kugel angeboten hatte, war es vielleicht sogar, und sah mit ihrem Greisengesicht meiner Mutter ähnlich, wie sie zuletzt im Pflegeheim ausgesehen hatte. Und die alte Frau blieb vor der Eingangstür des Krankenhauses stehen, blickte in ihren schmutzigen, zerrissenen Kleidern, ein Tuch fest um die Schultern gezogen, zu der erhellten Glastür, hinter der etwas war, das sie vergessen hatte. Ihr zahnloser Mund mümmelte, die Augen waren groß, leuchteten ohne Verständnis, und doch kämpften widerstrebende Empfindungen in ihr, die zu keinem Erinnern fanden, sie für Augenblicke jedoch festhielten. Dann wandte sie sich mit überwältigender Langsamkeit ab, hatte wahrscheinlich die helle Glastür schon vergessen, schusselte in der Menge weiter, ließ sich von ihr mitziehen, hinein in diese Stadt aus unzähligen Straßen,

Hauseingängen, Kreuzungen und Ecken. Und ich, der dasaß, auf der Treppe zum Eingang des Krankenhauses und die alte Frau beobachtete, konnte nicht aufstehen, nicht zu ihr hingehen, obwohl ich es wollte. Ich schaute, sah nur zu, wie sie langsam und mühsam weiterging, von nirgendwo nach nirgendhin, in einer Welt, von der niemand zu sagen gewusst hätte, wo sich diese befand.

XLIV

EINER DER LETZTEN

Kein Parkwächter, der salutierte, kein Koch, der die Tür öffnete. Ich betrat die Halle, die Plastiktüte in der Hand, nachdem der Chauffeur aufgeschlossen und sich sogleich verabschiedet hatte. Durch die Reihe offener, vergitterter Fenster drang ein staubig rötliches Licht, meine Schritte knirschten auf den Fliesen, und mein Zimmer, dessen Tür nur angelehnt stand, war so, wie ich es verlassen hatte: das Rundbett noch immer zerwühlt, die Decke auf der einen Seite zurückgeschlagen, auf der anderen lag hingeworfen die Jacke. Neben der Mappe mit den Flussbildern stand die Kameratasche, wie ich sie nach dem Ausflug auf dem Bord abgestellt hatte, und durch die Pflanzenblätter vor den Fenstern drangen die Lichtflecke von Teich und Park. Fern rauschte der Verkehr, und ich musste an Sarah und eine ihrer Sticheleien denken, als ich mein Zimmer so unverändert vorfand: Was unbeobachtet sei, existiere nicht weiter, sondern falle in einen Zustand reiner Potentialität zurück, beziehungsweise existiere nach der Vielwelten-Theorie als eine eigene, sich unabhängig weiterentwickelnde, jedoch nicht mehr zu betretende Welt – Sticheleien, denen ich ihr zuliebe jeweils vehement widersprach. So brummelte ich auch jetzt: – Existierte in der Zwischenzeit eben doch!, denn auf dem Boden lagen ein Blatt Papier und ein Umschlag, absichtlich so hingelegt, dass ich sie unmöglich übersehen konnte: ein Gruß von Laura mit einer Telefonnummer, die ich anrufe solle, falls ich etwas benötigte, dazu eine Mail von Sarah, ans Institut geschickt, sowie das Ticket meines Rückflugs. Ich hatte gehofft, schon morgen, spätestens übermorgen zu reisen, nun las ich auf der Buchungsbestätigung, dass ich noch volle drei Tage hier ausharren musste.

Die Nachricht erreichte mich buchstäblich unter der Zimmertür, bei einem letzten Check der Mails. Ich sollte nach Chile weiterfliegen, nachdem ich hier in Boston mit dem Programmleiter am MIT gesprochen hatte: Der Beginn der Arbeit am Paranal-Observatorium ist für Mitte Januar geplant. Mein erster Gedanke war, sogleich zu Dir zu kommen, Dich abzuholen. Professor Bolt, mit dem ich telefoniert habe, meinte, Du seiest hervorragend versorgt. Anfänglich war er etwas ruppig und herablassend, als er dann allmählich realisierte, dass er es mit einer Professorin zu tun hatte, die ihn aus dem MIT in Boston anrief, wurde er die Höflichkeit selbst, offerierte ein Hotelzimmer und einen Wagen, der mich am Flughafen abholen würde, sollte ich doch reisen wollen. Er begann ein Loblied zu singen, wie bereichernd Deine Anwesenheit gewesen sei, wenn auch leider Deine Präsentation nicht hätte stattfinden können. Ist das so? Konntest Du Deine Flussbilder gar nicht zeigen? Seltsam, ich hatte immer das Gefühl, gerade bei der Serie wüsstest Du selbst nicht genau, was Du in dem Motiv suchst, und ich hatte gehofft, vielleicht ergäbe sich eine Klärung durch die Kommentare Deiner Kollegen. Doch das alles ist jetzt nicht wichtig. Ich fliege noch heute nach Hause. Den Flug nach Chile habe ich gecancelt. Gib mir so rasch wie möglich Bescheid, wann Deine Ankunftszeit ist, ich werde Dich abholen. Sei vorsichtig mit dem Essen und versuche, wieder zu Kräften zu kommen. Die Zeit, die ich in Chile gewesen wäre, werde ich freinehmen, so haben wir ein paar Tage für uns. Ich erwarte Dich sehnlichst, Sarah.

Bis zur Rückreise wollte ich mich mit dem Bildmaterial beschäftigen, das ich hier gesammelt hatte. Von einem Portfolio oder Beitrag zur Publikation der Vorträge war keine Rede mehr gewesen: weder hatte ich einen Termin noch irgendwelche Vorgaben über Format und Anzahl der Bilder. Umso freier würde ich auswählen können. Mein Laptop genügte, um fürs Erste die Digitalaufnahmen zu ordnen und eine grobe Auswahl zu treffen. Die Bearbeitung würde ich zu Hause am großen Bildschirm vornehmen. Doch vorerst ginge es mir um das Sichten des Materials, das Erspüren möglicher Kriterien für eine Bildfolge. Dazu bräuchte ich allerdings auch die Kontaktabzüge der Filme, die ich mit der Leica aufgenommen hatte.

Ich suchte nach dem Telefon, fand in der Küche einen an die Wand geschraubten Apparat und wählte die Nummer, die Laura mir auf den Zettel mit dem Gruß notiert hatte. Ich wurde mit Bolts Sekretariat verbunden und erinnerte mich von den Mittagessen her an die etwa dreißigjährige, dunkelhaarige Frau, die antwortete. Sie hatte etwas von Bolts kurz angebundenem Ton übernommen. Auf ihr *yes please* bat ich sie, den Kontakt zu einem Kollegen zu vermitteln, bei dem ich die Dunkelkammer benutzen dürfe, um ein paar Filme zu entwickeln, nein, kein Geschäft, ich wolle die Arbeit selber ausführen, um sicher zu sein, mit guten Materialien arbeiten zu können. Dann fragte ich nach dem Koch und seinem Sohn und erhielt die etwas barsche Auskunft, ich brauche mich nicht um die beiden zu kümmern, es sei alles organisiert, sie träfen im Laufe des Nachmittags ein und würden das Abendessen zubereiten.

Gegen drei Uhr wurde ich vom Sekretariat zurückgerufen, der Chauffeur sei unterwegs, er bringe mich zu Urquart Saar, einem bekannten Fotografen, dessen Atelier nicht weit vom Guest House entfernt sei. Er habe sich bereit erklärt, mir seine Einrichtung zur Verfügung zu stellen.

Nach einer dreiviertelstündigen Fahrt betrat ich über eine schmale Treppe eine Wohnung im ersten Stock, die in einer Straße mit niederen, aneinandergebauten Häusern lag. Die zwei Zimmer, die Urquart mit seiner Frau Sina bewohnte, waren spärlich eingerichtet. Ein Tisch und Stühle, eine Couch, die zu einem Bett ausgezogen werden konnte, ein Schrank und ein Regal mit Büchern, ansonsten stapelten sich Pappkartons an den Wänden, die Urquarts Fotoarbeiten enthalten mussten, doch nichts deutete auf eine Dunkelkammer hin. Ich erwartete deshalb, wir würden von der Wohnung schon bald zum Atelier des Fotografen aufbrechen.

Sina kochte Kaffee, wir setzten uns an den Tisch, und Urquart erkundigte sich nach dem Kongress, den Vorträgen, auch nach meinen fotografischen Arbeiten zu Hause. Er war um die fünfzig, eher klein gewachsen, von einer nervösen Sensibilität, die sich unter seinen ruhigen Bewegungen verbarg. Er sprach langsam, beinahe bedächtig, doch sein Blick war in rascher, steter Bewegung, von wacher Neugier. Sina, die das Tablett mit den Kaffeetassen aus der Küche brachte, war eine füllige, mütterliche Frau, etwas jünger als Urquart, in ein Tuch gekleidet, das ihren Körper mit großen Rankenmustern umschloss.

Er hätte gerne an der einen oder anderen Veranstaltung des Kongresses teilgenommen, sagte Urquart, doch sei ihm gesagt worden, dass nur eine beschränkte Anzahl Zuhörer zugelassen sei, Fachleute, die wissenschaftlich arbeiteten. Er habe stattdessen die Ausstellung Cromptons im Museum studiert. Die Arbeiten seien hervorragend. Ihre Qualität zeige sich vielleicht gerade in der Ambivalenz, die sie beim Betrachter auslösten. Die Gesichter der Stars würden durch Cromptons Porträts enthüllt wie Monumente:

– Etwas zutiefst Zerstörtes kommt in diesen Idolen zum Vorschein, das sich noch immer in der Pose zu verstecken sucht, doch der Raschheit der Kamera nicht entgeht.

Urquart führte bedächtig die Kaffeetasse zum Mund,

ließ sie, nach einem Schluck, noch vor dem Gesicht schweben, angehalten durch einen Gedanken, der ihm durch die Erinnerung an Cromptons Bilder gekommen sein musste.

– Dieses Zerstörte, das sich in den Gesichtern verbirgt, hat seine Ursache in der Popularität, der diese Menschen ausgesetzt sind und die durch Cromptons Porträts paradoxerweise noch erhöht wird.

Er stellte die Tasse zurück, wechselte kurz ein paar Worte mit Sina, die sich daraufhin erhob und kurz danach mit einer Schachtel zurückkam. Ich sah mir die Abzüge an, die lose darin lagen. Urquart arbeitete ausschließlich in Schwarz-Weiß, mit Grauwerten, deren Weichheit oftmals in Kontrast zur Härte des Abgebildeten stand. Andererseits setzte er mit Schlagschatten dunkle, drohende Flächen gegen das scheinbar Idyllische oder nahm ein grobes Korn, um die glatte, glänzende Fläche des Fotos zu brechen.

– Es sind Arbeiten, die ich im Umland der Stadt gemacht habe. Ich wollte zeigen, wie in die Landschaft das »Populäre« eindringt, das, was alle wollen und jeder haben möchte und stets in einer medial vermittelten Form angepriesen wird. Crompton hat etwas Ähnliches in seinen Porträts festgehalten.

Urquarts Aufnahmen dokumentierten einen raschen, aber auch rücksichtslosen Wandel, der machtvoll in bestehende Strukturen einbrach.

– Ich hatte, während ich fotografierte, das ungute Gefühl, auch mir bliebe nichts anderes übrig, als zu tun, was Crompton getan hat, nämlich mit meinen Aufnahmen das zu bestätigen und zu befördern, was ich als eine problematische Entwicklung, beziehungsweise einen verletzenden Bruch aufzeigen möchte. Sehen Sie hier zum Beispiel, die zum Abbruch bestimmten kleinen, traditionellen Häuser, vor denen die Werbetafeln für das Wohnen in der geplanten Blocksiedlung stehen.

Urquart machte eine langsam geführte Handbewegung, die am Ende unvermittelt absackte und von einer hilflosen Resignation zeugte.

– Ich bin mit meiner alten Kamera ein »letzter Mohikaner«, denn es wird schon bald das Papier und die Filme nicht mehr geben. Und obschon auch sie Massenprodukte sind, so braucht es handwerkliches Geschick und Wissen, um mit ihnen Nuancen herauszuarbeiten. Und deswegen sind Sie ja auch hergekommen.

Er hob die Brauen, hob die Schultern und nahm einen Schluck Kaffee.

– Sie möchten Ihre Filme entwickeln, so hat man mir gesagt?

– Ich bin Ihnen dankbar, wenn ich Ihre Dunkelkammer benutzen dürfte. Selbstverständlich bin ich bereit, eine Entschädigung …

– Aber ich bitte Sie, für das, was ich Ihnen zu bieten habe? Er führte dieselbe Bewegung nochmals vor, die er schon einmal gemacht hatte, dieses langsame Schweben der Hand, das plötzlich abbrach, nur galt es jetzt seiner Wohnung.

– Mein Atelier, meine Dunkelkammer. Und Sina,

meine Liebe, ist Assistentin in allen Lebenslagen. Kommen Sie, sie hat alles schon vorbereitet.

Urquart führte mich in die Küche, in einen kleinen, nach einem Hinterhof zu gelegenen Raum mit Balkon. Auf dem wurde gelagert, wie der Fotograf erklärte, was jetzt bereits auf Tisch, Herd und Ausguss bereitgestellt war. Urquart nahm ein Brett, presste es in die Türfüllung des Balkons, beim Ausguss brannte eine blaue Lampe, und wir begannen zu arbeiten.

XLV
DIE BEGLEITER

Als ich gegen Abend ins Guest House kam, öffnete nach dem Klopfen des Chauffeurs, wie in den Tagen zuvor, der Koch. Das Essen war zubereitet, doch ich verspürte wenig Appetit. Der Geruch aus den Töpfen löste im Gegenteil einen Widerwillen aus, und ich versuchte, dem freundlich nickenden Mann, der mich begrüßte, deutlich zu machen, er solle künftig nur ganz einfache Gerichte zubereiten, Reis oder Teigwaren, auch Kartoffeln, dazu ein Gemüse: Speisen, die leicht verdaulich und keinen starken Geruch oder Geschmack hatten. In das Lächeln mischte sich eine Spur entschuldigenden Bedauerns, als der am Rücken operierte Mann die Hände hob, nach dem Tisch wies, wo in Schüsseln und Schälchen die Speisen dampften. Er hatte sie – unter Schmerzen – für mich zubereitet, um mir nach der Krankenhauskost eine Freude zu bereiten, und ich sah in dieser Geste, hätte ich sie mit der Kamera festhalten können, genau das, was Urquart, während wir in der Küche Filme entwickelten, »fundamentale Menschlichkeit« nannte. Er hatte mir erklärt, für ihn sei sie eine Art Grundton, der in allen Arbeiten, egal, was sie zum Thema hätten, anwesend sein müsse.

– Sie ist der ins Bild komponierte Ausdruck der Liebe

zu dem, was ich sehe. Egal ob das Motiv hässlich oder schön, abstoßend oder reizvoll ist.

Ich setzte mich aufs Bett. Ich müsse mich einen Moment ausruhen, werde später noch etwas zu mir nehmen. Ich lauschte auf das Rauschen des Verkehrs im offenen Fenster, spürte dem zunehmenden Dämmern im Zimmer nach, sah zu, wie die Konturen an Schärfe verloren, einsanken ins rußige Dunkel, das in seiner Dichte durch den Geruch nach Holzkohlefeuern verstärkt wurde, die irgendwo draußen brennen mussten. Ich hatte dabei die Empfindung, als wäre auch ich nur ein Gegenstand, wie das Bord, mein Laptop, die Mappe mit den Flussbildern, sank mit Nachttisch, den Kleidern auf dem Stuhl in den Dämmer einer Müdigkeit, die in mir bleiern hockte. Ich hatte mir für den ersten Tag zu viel zugemutet und fand später beinahe keine Kraft mehr, doch noch von dem Reis und einem fremdartigen Gemüse zu essen, das mir der Koch schließlich warm gestellt hatte: Ein kleines, trübes Licht brannte auf dem Tisch, und während ich da vor meinem Teller saß, der Koch in gebührendem Abstand mir beim Essen zusah, war ich mir der Einsamkeit bewusst geworden, die mich mit dem etwa gleichaltrigen Mann verband. Wir waren in dem Moment ein Motiv, das gut in ein Portfolio gepasst hätte: der koloniale Nachfahre am Tisch, bedient vom aufwartenden Einheimischen, beides versehrte Figuren …

– Was macht Ihr Rücken, ist die Wunde besser geworden?

Ich dachte an den Nachmittag bei Urquart, an die Filme, die wir entwickelt hatten. Die Negative erinnerten mich an einzelne Erlebnisse und an Stimmungen, und die versetzten mich wieder zurück in den Moment der Aufnahme: Dort warst du, das ist deine Sicht gewesen. Ich konnte die eigene Erzählung sehen, der ich gefolgt war und die durch die Zeit der Krankheit, durch die Distanz, die sie geschaffen hatte, jetzt deutlich hervortrat.

– Rücken geht, sagte der Koch, und sein Gesicht zog sich zu einem Ausdruck des Schmerzes zusammen, den er sonst verbarg, Rücken besser, sagt er, aber alles entzündet.

– Sie haben Fieber?

Der Koch lächelte. Was für eine Frage. Sorgte sich irgendjemand darum, wie es ihm wirklich ging? Nicht einmal den Sohn hatte man ihm mehr zur Seite gegeben.

– Ja, ein wenig, aber es geht jetzt bald besser.

Bin im Guest House. Noch wacklig. Beschäftige mich mit dem Portfolio. Ein Fotograf hilft. Freue mich auf die gemeinsamen Tage. C. Dann fügte ich noch die Ankunftszeit hinzu. Mit Umsteigen und Wartezeiten wäre ich fast achtzehn Stunden unterwegs.

Sarahs Antwort kam umgehend:

Eben zu Hause angekommen. Es ist kalt und Winter geworden. Erster Schnee. Werde Dich abholen. Ruhe Dich aus. Du hast eine lange Reise vor Dir. S.

Seltsam war, dass auf keinem der Bilder, die ich entwickelt hatte, der Causeur zu sehen war, obwohl ich mich an Aufnahmen erinnern konnte, die ich von ihm gemacht hatte, allerdings nie allein, nie als Porträt. Bei der Eröffnungszeremonie des Kongresses beispielsweise hatte ich ihn fotografiert. Ich startete den Laptop, sah die Fotos durch, ob sich bei den Digitalbildern eine Aufnahme von ihm fände, doch der Causeur fehlte. Als hätte ein Geheimdienst ihn aus meinen Aufnahmen wegretouchiert, wie das mit den in Ungnade gefallenen Mitstreitern Lenins auf dem berühmten Foto gemacht worden war. Beim Durchsuchen der Bilder bemerkte ich außerdem, wie wenig ich über Landers Leben wusste – außer, dass er sich mit Kulturgeschichte beschäftigte, früh in seiner Jugend aus seinem Elternhaus abgehauen war, seinen Namen geändert hatte und doch ein Opfer der Verfolgung wurde, hatte ich nichts von ihm erfahren. Warum hatte ich nicht nachgefragt? Doch so, wie der Causeur damals auf dem Flughafen nur einfach da gewesen war, blieb seine Begleitung auch während der Reise und des Kongresses von fragloser Selbstverständlichkeit.

Ich vermisste ihn.

Am nächsten Tag saß ich in Urquarts kleiner Wohnung, Sina kochte wiederum Kaffee, und er sah die Abzüge durch, die ich am Vortag entwickelt hatte. Ich zeigte danach im Laptop eine Auswahl von Aufnahmen, die ich mit der Digitalkamera gemacht hatte, und Urquart, dem Sina über die Schulter sah, ging sehr sorgfältig die Bilder durch.

– Sie schauen mit fremden Augen. Ihnen fallen Dinge

auf, die uns so selbstverständlich sind, dass wir sie nicht sehen. Ja, mir gefällt das Thema »Abfall«, das Sie gefunden haben: Es ist eben nicht nur »refuse«, das aus dem Gebrauch Zurückgewiesene, oder »waste«, das noch die Bedeutung des achtlos Verschwenderischen hat, es ist auch »fall«, das Abgefallene, Stürzende – da! bei dem Fahrradfahrer oder hier, dieser Herr in der Gesellschaft, wo war das? Bei der *Opening night*? Ja? Auch er ist aus dem Gleichgewicht. Sogar in diesen scheinbar so festlichen Bildern ist ein Moment des Abfalls – sowohl des »refuse« wie des »fall«.

Und nachdem er sämtliche Bilder durchgesehen hatte, sagte er:

– Sehen Sie, ich würde Ihr Portfolio von den letzten Aufnahmen her aufbauen, von den Fotos, die Sie im Dorf gemacht haben, das Sie mit dem Schiff besuchten, bei den Jungen an den Webstühlen. Die Fahrt auf dem Strom, hinein in die Stadt, in die Verwüstung und Verelendung, wo die Zeichen des »Populären« immer dichter werden.

Das aber war Urquarts Thema, nicht meines. Seine Erwähnung des Stroms bewog mich jedoch, bei meinem Abschiedsbesuch am folgenden Tag die Mappe mit den Flussbildern mitzubringen und sie Urquart für seine Gastfreundschaft zu überlassen. Sina, die ihrem Mann auch diesmal über die Schulter blickte, als er Blatt für Blatt betrachtete, sagte:

– Vergehen, vergehen, vergehen – das sagen diese Fotos.

Urquart lachte über die Bemerkung seiner Frau, führte seine Hand über meine Fotomappe hin und sagte, nachdem sie zurück auf den Tisch gefallen war:

– … und vergessen. Obschon die Landschaft durch technische Eingriffe verändert ist, wie Sie uns erklärt haben, ist sie dennoch schön. Vielleicht geschieht dies mit allem, was zuerst als gewaltsamer Eingriff empfunden wird: Lass genügend Zeit verstreichen, und die Veränderungen – wie auch ich sie festzuhalten versuche – fügen sich in unsere Wahrnehmung ein. Sie stören nicht mehr, erscheinen uns selbstverständlich und deshalb auch als schön, wie der gestaute Strom auf Ihren Bildern.

XLVI

OBSERVATORIUM

Schnee! Schnee!

Nachdem die Maschine durch eine tief liegende Wolkendecke gestoßen war, sich die Kabine verdunkelt hatte und im Fensterrund Nebeltücher vorbeigefetzt waren, öffnete sich der Blick auf die von einer Schneeschicht bedeckte Landschaft: In ihr Weiß zeichneten die Straßen, Dörfer und Waldstücke dunkle Linien und genarbte Flecken. Ein im Gegensatz zu dem verlassenen Stadtmoloch nüchterner, in vielen Teilen gereinigter Raum lag ausgebreitet unter uns, und ich fühlte zur Erleichterung auch eine aufkeimende Freude.

Zurück! Zurück!

In den Stunden vor dem Flug hatte ich keinen Blick mehr auf die Abzüge geworfen, auch den Laptop nicht gestartet. Mein Koffer war bereits gepackt gewesen, bis auf die Sachen, die ich noch brauchte, Toilettenbeutel und Schlafanzug. Landers Büchlein hatte ich einen Augenblick lang in der Hand gehalten, unschlüssig, ob ich es zurücklassen sollte, dann steckte ich es doch in die Außentasche meines Rollkoffers. Ich ging im angrenzenden Park spazieren, ohne Kamera. Keine weiteren Bilder, so wenigstens hatte ich mir vorgenommen, keine Gedanken an das Portfolio, auch keine an Laura. Sie hatte mir vielleicht doch mehr bedeutet, als ich mir eingestehen wollte, wie der Stadtmoloch auch, obschon ich mir nichts sehnlicher wünschte, als von ihm wegzukommen?

Spazieren! Runde um Runde.

Nicht nachdenken, nur gehen, auf dem Spazierweg um den rechteckigen Teich, über dessen algigem Wasser die Mücken tanzten: ein Rundgang von knapp zehn Minuten, durch das Schattendunkel der Büsche und Bäume, zwischen wuchernden, üppigen Pflanzen hindurch. Die beiden Wächter ließen mich auch während der Schließzeiten meinen Rundgang machen, als wüssten sie, wie nötig für mich das Gehen sei, wackelten mit dem Kopf, als ich ihnen beim Abschied ein Bakschisch in die Hand drückte.

Sarah holte mich am Flughafen ab, erkannte mich sofort in der Menge, als ich mit all den anderen Reisenden die Stufen herab zur Gepäckausgabe kam, langsam wie ein alter Mann, der Schritt für Schritt sein Gewicht in die Knie sacken lässt. Auch ich hatte Sarah inmitten der Wartenden, Winkenden entdeckt, eingepackt in ihre rote Daunenjacke, mit Schal und Mütze. Reglos stand sie in der Menge, blickte zu mir hin: ein spontanes, gegenseitiges Wiedererkennen. Und doch trennte uns noch die spiegelnde Scheibe.

Ich hatte es genossen, allein und ungestört den Weg um den Teich herumzuspazieren, mich auf einer Bank auszuruhen, dem Gärtner zuzusehen, wie er vor dem Verschlag, in dem er wohnte, sein Essen zubereitete, später dann sein Geschirr in dem algigen Wasser auswusch, dies mit so viel Sorgfalt und Ausdauer tat, als müsste mit den Gefäßen auch das Wasser sauberer werden. Von Zeit zu Zeit blickte ich zu einem offenen Fenster in einem der angrenzenden Häuser hoch, das hell von der Sonne erleuchtet war. Dort saß ein Mann über Büchern, auch dann noch, als bereits die Schatten den Raum verdunkelt hatten. Gegen drei Uhr kam eine Frau in den Park. Mit kleinen, hastigen Schritten ging sie zielstrebig zu dem Pagodenbau in der einen Ecke des Teichs. Dort setzte sie sich in ihrem bunten Gewand auf den nackten Boden, schlug die Beine unter und saß bis zum Schließen des Parks einfach nur da, sah aufs Wasser – und diese in sich ruhende, gänzlich neutrale Gestalt ließ mich meinen Vorsatz, bis zur Abreise keine Fotos mehr zu machen, vergessen. Ich holte die Kamera im Zimmer, fotografierte die Frau, wie sie dort saß: ein dunkel gewölbter Rücken vor Teich und Park. Und weil ich die Leica schon einmal bei mir hatte, porträtierte ich auch den Gärtner, die beiden Wächter und den Lesenden in seinen Wörterwelten am Fenster.

Nach der Fahrt vom Flughafen zur Stadt, als wir in unsere Straße einbogen, die Haustür aufstießen und zur Wohnung hochstiegen, Sarah den Koffer die zwei Stockwerke hinaufschleppte, hockte ich mich oben ein wenig atemlos auf den Treppenabsatz. Ich zog die Schnürsenkel auf, die ich vor mehr als zwanzig Stunden geknotet hatte, sagte zu Sarah, die die Wohnungstür aufschloss:

– Ich kann es kaum glauben, wieder daheim zu sein.

Und ich dachte an die Nacht, in der ich gegen drei Uhr morgens durch die Stadt chauffiert worden war: Ten minutes more! um schließlich, wie eben jetzt, auf einem Treppenabsatz zu sitzen, verzweifelt darüber, die Unterkunft nicht finden zu können, in der ich übernachten sollte.

Ich zog mich am Geländer hoch:

– Du kannst dir nicht vorstellen, wie froh ich bin, wieder zu Hause zu sein!

Ich betrat die Wohnung, deren Flur und Küche erfüllt waren von einem kühlen Schneelicht, sog den vertrauten Geruch ein, ging, nachdem ich abgelegt hatte, in mein Arbeitszimmer, stand da unter der Tür, machte dann ein paar vorsichtige Schritte hinein. Der Arbeitstisch, der Schrank, die Drähte mit den letzten Abzügen, die ich vor der Reise hingehängt hatte, waren noch festgehalten in den Blicken, die ich bei einem letzten Kontrollgang vor der Reise auf sie geworfen hatte. Das Zimmer und seine Einrichtung lösten sich nur langsam aus der Vergangenheit, rückten zu mir in die Gegenwart herauf, doch blieb eine Lücke spürbar, in die sich all die Eindrücke der Reise geschoben hatten. Als ich ans Fenster trat, hinaus auf den Fluss sah, der zwischen den geweißten Ufern und Baumgerippen strömte, musste ich an Sina denken, an ihren Kommentar zu meinen Flussbildern:

Vergehen! Vergehen!

Und hörte Urquarts ruhiges, resignierendes: und vergessen.

Sarah hatte Kaffee gekocht, Teller und Tassen auf den Tisch gestellt. Sie trug jetzt ihr Hausdress, flapsige Hosen, dazu einen weit geschnittenen Pullover mit Rollkragen aus rotem Velours: Stets zog sie sich sogleich um, wenn sie nach Hause kam, streifte die Alltagskleidung wie eine überflüssige Haut ab, bewegte sich leicht und mit der ihr eigenen Geschmeidigkeit zwischen Herd und Tisch, während ich schwer im Stuhl saß, noch immer das Dröhnen der Triebwerke im Ohr. Ich blickte aus dem Fenster über den rot leuchtenden Globus hinweg in den graunebligen Himmel über den Dächern, sah Sarah zu, wie sie in dieser unverwechselbaren Art hantierte, stets konzentriert, ganz auf das bezogen, was sie gerade tat: Brot aufschneiden, die Drei-Minuten-Eier abschrecken, spitzfingrig die Folie von der Butter ziehen.

– Komm erst einmal an, sagte sie, setzte sich an den Tisch, das eine Bein über die Stuhllehne gehängt, sah mich mit diesem offenen Blick an, der mich vorbehaltlos in ihr »raumzeitliches All« einließ, wie ich jeweils liebevoll-spöttisch sagte, in diese Vergangenheit aus Lichtjahren und Galaxienentstehung, mit der sie sich täglich beschäftigte.

– Du siehst noch immer krank aus, sagte sie, hielt die Tasse zwischen ihren Händen. Auch ich bin froh, dass du wieder da bist. Ich habe mir große Sorgen gemacht.

Sie nahm einen Schluck, ohne den Blick von mir zu

lösen, erst dann lachte sie auf, sah kurz aus dem Fenster in den bleiernen Himmel.

– Als ich die Nachricht von deiner Einlieferung ins Krankenhaus bekam, war ich gerade im Büro von Geoffrey Willcock, du kennst ihn, ich habe ihn vor Jahren an einem Kongress getroffen, und er, der meinen Schrecken mitbekommen hat, sagte spontan: – *Bad luck for him*, was immer dein Mann hat, es kann nichts so schlimm sein, wie in eines dieser Krankenhäuser eingeliefert zu werden. Sie sind geradezu berühmt für ihre resistenten Bakterienstämme. Klar tat es ihm leid, und er hat sich tausend Mal für seine unbedachte Äußerung entschuldigt, nur meine Angst wurde dadurch nicht gerade kleiner.

Und Sarah, während ich ein paar Bissen aß, erzählte:

– Kaum warst du fort, kam die Anfrage, ob ich Interesse an einem Gastaufenthalt am »Paranal-Observatorium« hätte. Allerdings müsste ich mich kurzfristig entscheiden. Ein Lückenbüßer-Angebot, wie ich annehme. Doch sei's drum, ich habe sogleich mit dem Forschungsdekan gesprochen, und der hat herumgedruckst. Schließlich sagte er zögerlich zu. Ich habe dann all den Papierkram ausgefüllt, der heute verlangt wird, und entschloss mich, eine Stippvisite beim MIT zu machen, um danach von dort aus weiter nach Chile zu fliegen.

Geoffrey hat von Paranal geschwärmt, er war mehrere Monate dort, hat in Santiago de Chile gewohnt und ist für jeweils eine Schicht von vierzehn Tagen nach Antofagasta geflogen und von dort mit dem observatoriumseigenen Geländewagen ins Basislager gefahren. Er hat unterhalb des Gipfels im Kontrollgebäude gearbeitet und in der Residencia gewohnt. Sie ist in den Berg hineingebaut: eine Anlage, in der es neben den Zimmern und Verwaltungsräumen eine Kantine, Entspannungsräume, ein Schwimmbecken und auch zwei kleine künstliche Gärten unter Glaskuppeln gibt. Nachts werden die Kuppeln lichtdicht gemacht, auch Türen und Fenster sind mit Verdunklungsvorrichtungen versehen. Besonders bei Neumond brauche man eine Taschenlampe, wenn man nach draußen gehe, hat Geoffrey erzählt, es sei aber strengstens verboten, sie gegen die Observatorien zu richten: In ihrer Umgebung ist astronomische Dunkelheit. Geoffrey hat dort, in Paranal, wie er sagte, nach dem jahrelangen, ermüdenden Forschungsbetrieb wieder zu seiner alten Begeisterung gefunden. Es muss überwältigend sein, auf zweitausend Metern Höhe, ohne fremdes Licht, in einer trockenen, klaren, von keinem Staub getrübten Luft, den Nachthimmel zu sehen: ein so grandioses, vergessenes, nicht mehr zu schauendes Vergnügen, dass er an vielen Abenden hinausgegangen sei, nur einfach um zu schauen. Es sei Beten mit den Augen.

– Boston kenne ich, wie du weißt, von meinen Studienjahren her. Damals mochte ich die Stadt nicht. Sie war mir zu groß, zu unübersichtlich, und ich kam mit der amerikanischen Lebensart nicht zurecht. Ich wohnte im Süden, an der Sheridan Street, in einem Quartier, an dem das Beste die Nähe zu einem Park war, Jamaica Plane, der einen kleinen See und wundervolle Spazierwege hatte. In ihn zog ich mich in den freien Stunden, vor allem an den Wochenenden, zurück. Bei Regen oder wenn es zu kalt geworden war, fuhr ich zur Stadt, hielt mich um die Holland Street im alten Kern auf, der noch entfernt an Europa erinnerte. Dort hatte ich ein Café entdeckt, das zugleich Buchhandlung war – was es bei uns hier damals noch nicht gab –, und habe in einer Ecke, im ersten Stock, englische Klassiker gelesen. Meine Abneigung gegen die Stadt, die sehr heftig war, kann ich heute nicht mehr verstehen. Bei meinem jetzigen Besuch fühlte ich mich wie zu Hause, bin stundenlang gewandert, *down town* durch die Häuserschluchten, entlang des Charles River, habe die alten Plätze aufgesucht, bin nochmals mit dem Bus hinausgefahren – was habe ich mich damals über die schrägen Typen aufgeregt, die im Bus hockten, gestörte, verkommene, irre Gestalten – und bin dann vom Platz mit dem Einkaufszentrum die Sheridan hinaufgegangen. Es war früher ein mittelständisches Quartier gewesen, nun aber sah man, dass den Leuten das Geld fehlt, um ihre Häuser in Stand zu halten. Vernachlässigte Vorgärten, kaputte Veranden, Materialien, die, an den Wänden aufgeschichtet, verrotten. Und was für ein Gegensatz zu der Wohnung, die mir für die Zeit meines Aufenthaltes zur Verfügung gestellt worden ist, ein Appartement, das einem Professorenpaar gehört, das einen Forschungsauftrag in China hat: großzügig, geschmackvoll eingerichtet, im sechsundzwanzigsten Stockwerk gelegen. Auch eine Art Observatorium, doch mit Sicht in einen künstlichen Himmel: Der Blick aus den Frontfenstern ging auf die benachbarten Wolkenkratzer und die Hafenbucht. War diese Aussicht schon am Tag atemberaubend, so verwandelte sie sich am Abend in eine Himmelsvision aus geometrischen Lichtmustern, fixen Sternrastern, zwischen die hinein sich die Meteoritenschweife der Straßen zogen, in der Schwärze der Meeresbucht die fernen Galaxien scheinbar unbewegter Schiffe blinkten – und ich habe an meinen Dante gedacht, an seine Lichtvisionen des »Paradiso«, und wie er da neben mir stünde, und ich müsste ihm erklären, was das ist, diese Fülle an Lichtern, und dass hinter den unzähligen Fenstern einsame Seelen in die Bildschirme schauen, in bläulich zuckende Parallelwelten, erzeugt durch subatomare Gesetze, die so rätselhaft sind wie seine Lichtvision am Schluss der »Divina Commedia«.

Ich lächelte. Ich liebte Sarah, fand ihre Obsession für den alten Dichter rührend. Ihre fixe Idee, die Jenseitswelt des Florentiners sei voller Analogien zu den heutigen astrophysikalischen Erkenntnissen, hatte für mich etwas Tröstliches: Auch ihr vollständig neues Weltbild, unvergleichlich mit allen vorangegangenen, bliebe noch mit dem verbunden, was ein Dichter vor Jahrhunderten aufgeschrieben hatte.

Ich mochte noch nicht von Landers und der Reise erzählen, doch um unser altes Spiel der Sticheleien aufzunehmen, sagte ich, es sei nicht weiter verwunderlich, während sie sich in einem virtuellen Himmel herumgetrieben habe, sei ich durch ein sehr konkretes Inferno gewandert.

– Dass unsere Küche und die Zimmer im Purgatorium liegen, das allerdings ist mir jetzt, nach deiner Schilderung, noch klarer geworden.

XLVII

DER WEISSE BERG

Nein, gut hatte ich nicht geschlafen. Ich spürte den Jetlag, meine Nerven vibrierten, als wären die feinen Erschütterungen des Flugzeugs in den Körper eingedrungen. Nach einem Erschöpfungsschlaf lag ich wach da, und die Traumbilder – verwirrende Collagen aus den Eindrücken der letzten Tage – fanden ihre Fortsetzung in quälenden Gedanken, die ohne mein Zutun im Kopf abliefen: Niemals sei ich aus den Schatten vergangener Geschichten herausgekommen, hielte mich abseits, während andere selbstbewusst ihre Ausstellungen zeigten. Es sei ein Glück gewesen, dass ich meine Fotografien nicht präsentieren musste, denn die Mappe mit den Flussbildern taugte nicht wirklich. Auch Urquart habe mir nur eben höflich die Unfähigkeit attestiert, das Thema »Strom und Fall« umzusetzen. Überhaupt habe die Reise mir gezeigt, dass ich nicht mehr als ein kleiner Knipser sei. Grünfeld habe lediglich die »besondere Begabung« herbeigeredet, um mich in die Abenteuer mit Anna zu schicken. Und noch immer würde ich auf einen Scharlatan wie den Causeur hereinfallen, hätte mich mit Laura ebenso lächerlich gemacht wie mit Anna, dafür den Helden am Schiffssteg gegenüber dem schottischen Teilnehmer gespielt, um letztlich doch lieber im Krankenhaus am Tropf zu hängen, als mich der Kritik des Auditoriums auszusetzen – – und ich stand auf, tappte im Dunkeln in mein Arbeitszimmer, um dem Sog nicht enden wollender Selbstherabsetzung zu entkommen.

Es hatte doch auch diese andere Reise gegeben, die nicht erst am Boden vor der Toilettenschüssel begonnen hatte. Eine durch Epochen, durch die »großen Erzählungen«, auch wenn sich die eigene, biografische einmischte, die »kleine Erzählung« eben.

Ich drückte den Schalter, und das Licht sprengte meine düsteren Gedanken weg. Ich sah auf meinen Arbeitstisch, den Computer, auf Bücher und Mappen und Stapel von Abzügen. Die Lampen spiegelten sich in den Scheiben, die Schieferschwärze war einzig durchbrochen von den Bahnhofsleuchten am anderen Ufer. Ich startete den Computer. Ich wollte prüfen, ob die Stufen und Kreise, die ich auf einer Fahrt zurück ins Guest House entdeckt hatte – die Slumhütten, Handwerkerhäuser, Werbebilder mondäner Wohnungen und Fernsehmonitore –, für eine Anordnung der Aufnahmen taugten. Dazu müsste ich eine Auswahl der digitalen Bilder ausdrucken, um sie zusammen mit den Abzügen, die ich bei Urquart gemacht hatte, auf dem Arbeitstisch auslegen zu können.

Und ich saß in meinem Schlafanzug vor dem Bildschirm, klickte mich durch die Aufnahmen vom Institut, der Wohnsiedlung, des Parks, der Ausstellung, des Ausflugs auf dem Fluss, wählte die bereits markierten Fotos aus, und der Drucker begann in der Stille mit einem hochziehenden Seufzer, dem ein Geräusch bekräftigenden Zuredens folgte, die Bilder auszuspucken.

Nach nochmaligen Stunden eines unruhigen Schlafs fand ich Sarah in der Küche am gedeckten Tisch. Sie sah mich über die Zeitung hinweg prüfend, auch besorgt an, während ich die Wangen aufblies, abwinkte und in den Stuhl sank:

– Ein, zwei Tage, dann ist das Durcheinander hoffentlich ausgestanden.

Ich schenkte mir eine Tasse Kaffee ein.

– Wir könnten einen Spaziergang machen und mit der Bahn zur Waldstation fahren.

Von dort sei es lediglich eine halbe Stunde bis zum Bergrestaurant.

– Die Nebelgrenze liegt laut Wetterbericht bei acht-, neunhundert Metern, mit ein wenig Glück scheint auf der Aussichtsterrasse die Sonne.

Wir waren nicht die Einzigen, die an diesem späten Vormittag auf die Idee gekommen waren, dem Grau zu entfliehen. Doch die Menge, die den Bahnwagen entstieg, verlor sich rasch auf den verschiedenen Wegen, die zwischen die Bäume und hinauf in den dichten Nebel führten. Ich ging zudem langsam, blieb öfter stehen. Den Pfad bedeckte gefrorenes Laub, war mit Eiskristallen bestreut, die sich von den mit Raureif überzogenen Zweigen lösten. Je höher wir kamen, desto länger wurden die Nadeln, desto dichter war auch der Nebel, erloschen die Geräusche, tauchten die Stämme und Äste als dunkle

Spalten und Risse auf, während das schneeige Weiß eine Helle in die neblige Hülle brachte, als wären wir in einen Kokon eingeschlossen.

Klar hatte ich die Leica in die Jackentasche gesteckt und konnte auch nicht widerstehen, Aufnahmen von den breit einfallenden Lichtbahnen zu machen, die in den Nebeltröpfchen feinste Farbbrechungen schillern ließen, während Sarah weiterging. Es würde um ein Dutzend Meter gehen, ob die Hügelkuppe aus dem Nebel hinaus ins Blau des Himmels ragte, und Sarah konnte ihre Neugier nicht zügeln. Schwankend zwischen Enttäuschung und wieder aufkeimender Hoffnung, strebte sie der Höhe zu. Als ich aus dem Wald heraustrat, saß sie auf einer Bank unterhalb des Restaurants im strahlenden Sonnenlicht. Wie so oft, wenn ein Anblick sie überwältigte, zitierte sie ihren Lieblingsvers aus Dantes »Paradiso«, dass die Seligkeit sich auf das Schauen gründe und nicht auf die Liebe, die erst danach käme, zeigte ins gleißende Licht des Himmels über dem Nebelmeer, und ich lächelte, setzte mich mit einem Seufzer zu ihr:

– Hast du eine Ahnung, wie wunderbar es ist, diese kühle und saubere Luft zu atmen?

Nach einer Weile, während der wir schweigend ins Licht geschaut hatten, begann ich zu erzählen. Von dem schwarzen Dom, in den das Flugzeug eingetaucht war, vom Verkehr, den zerfallenden Häusern und verarmten Leuten – jenem Ort der Verdüsterung, in dem die Bildschirme und hinterleuchteten Reklamen über verelendeten Hütten noch wie scheinbare Lichtblicke gewesen seien. Erzählte von Landers, der mich schon in der Abflughalle mit allerlei Merkwürdigkeiten traktiert, sich dann als mein Begleiter vorgestellt habe und auch tatsächlich während der ganzen Reise immer wieder aufgetaucht sei. Erzählte von seinem »Buch der Halbwahrheiten« und jenem Zeitenflug oder Sturz – wie immer man es benennen wolle –, während ich zusammengebrochen im Bad gelegen habe.

– Am Ende standen wir in einer leeren Halle, und Landers habe beim Abschied gesagt, im Verlauf der Neuzeit sei alles auf das Maß unserer Menschenwelt zusammengedrückt worden, in eine grässliche Beengung. Doch dann sei Feynman gekommen, habe in seinem berühmt gewordenen Vortrag gesagt: »Am Grund ist noch sehr viel Platz«, und wir Menschen seien, durch die Spaltung des Atoms und des Individuums, hinab in stets größer werdende, von noch elementareren Teilchen bevölkerte Räume gestürzt, die wir einzig noch mathematisch beschreiben könnten, die uns aber die unzähligen Bildschirme beschieden hätten: Türen in ein neues Jenseits.

– Ist es nicht wunderbar, hier an der Sonne zu sitzen? Sarah streckte sich. Obwohl es eine so einfach zu erklärende Erscheinung ist, verblüfft sie mich doch immer wieder, die Tatsache nämlich, dass es in der Höhe wärmer als da unten, im feuchtkalten Grau ist. Da kann man doch verstehen, weshalb jedermann hier hinauf, auf diese Seite der Nebeldecke kommen möchte.

Sarah stand auf, zog mich hoch, umarmte mich.

– Am 6. Januar fliegen wir nach Santiago de Chile. Ich habe für uns beide gebucht. Dann wird kein ›seltsamer Fremder‹, dann werde ich deine Begleiterin sein und dich wie Dantes Beatrice hinauf in die Höhe des »Paranal-Observatoriums« führen, in eine vollständig virtuelle Welt, von der aus du in eine Vergangenheit schauen wirst, die Milliarden Lichtjahre zurück in das kosmische Dunkel reicht, bis nahe an den Ursprung des Universums – in Bildern, selbstverständlich nur in Bildern.

Und sie lachte über mein unzufriedenes, mürrisches Gesicht.

XLVIII

DAS PORTFOLIO

Obwohl das Wohnzimmer angenehm und gut eingerichtet war, benutzten wir es selten. Sarah wie auch ich selbst verbrachten die meiste Zeit in unseren Arbeitszimmern, während die Küche dem gemeinschaftlichen Aufenthalt diente. In ihr wurde nicht nur gekocht und gegessen, sondern auch geredet, gelesen, ein Tee oder abends ein Glas Wein getrunken. Doch diesmal hatten wir uns ins Wohnzimmer gesetzt, in dem die gemeinsame Bibliothek war, es eine Musikanlage und einen Fernseher gab und ein Original aus Jakob Tuggeners Venedig-Bildern hing. Das Fenster ging zur Straße hin, und die gegenüberliegenden Häuser, das einfallende Licht spiegelten sich auf dem niederen Glastisch, der zwischen Sessel und einem Sofa mit schwarzen Lederpolstern und verchromten Stahlrohren stand: Dieses Design-Möbel war ein »Erbstück« aus Sarahs Wohngemeinschaft während der Studienzeit. Eine Mitbewohnerin hatte es bei ihrem Wegzug einfach stehen lassen. Seither war es bei jedem Wohnungswechsel mitgekommen, obschon das Möbel unbequem war und das Leder sich beim Sitzen kühl anfühlte. Sarah fand es jedoch hübsch anzusehen, und das Sofa erinnerte sie wohl auch an ihre ersten Studienjahre.

Ich hatte vorgeschlagen, das Portfolio, das ich in den letzten Tagen fertiggestellt hatte, im Wohnzimmer anzusehen. Das Tageslicht war dort besser als in der Küche, und die Mappe ließ sich auf dem Glastisch bequem auslegen. Im Sessel, Sarah gegenübersitzend, erklärte ich ihr, Urquart, bei dem ich ein paar Filme entwickelt hätte, sei der Ansicht gewesen, ich solle meine Fotos als eine allmähliche Annäherung an die Stadt anordnen, quasi vom dörflichen Umland her, um auf dem Weg der Flussfahrt beispielsweise zu den verschiedenen Ansichten der Stadt zu gelangen. Ich sei jedoch bei der Entdeckung eines diesseitigen Infernos geblieben, die ich während einer Fahrt vom Institut ins Guest House gemacht habe.

– Diese Vorstellung von einer Schattenwelt hat mich während des ganzen Aufenthaltes immer wieder neu beschäftigt.

Und etwas verschüchtert fügte ich hinzu, dass das Portfolio auch eine Hommage an sie und ihre Liebe zur »Göttlichen Komödie« sei, worauf ich mich in den Sessel zurückfallen ließ.

DER ORT UND DIE MENSCHEN

Portfolio von Clemens Lang

Sarah schlug die Mappe auf – und ich beobachtete sie, versuchte an ihrem Gesichtsausdruck abzulesen, was sie dachte und empfand, während sie die einzelnen Fotos betrachtete. Sie ging langsam Blatt für Blatt durch. Die Fotos waren auf weiches Papier gezogen, schwarz-weiß, bis auf eine Aufnahme gegen Schluss der Mappe. Sarah ließ sich Zeit. Hatte sie zuvor über meine Schüchternheit gelächelt, so war jetzt ein Berührt- und Betroffensein in ihre Züge gekommen, wie ich befriedigt sehen konnte, aber auch Freude, weil ich die Mappe ihr gewidmet hatte:

für Sarah, die nie dort gewesen ist

Die Fotos waren nach »Kreisen und Stufen« gegliedert, die jeweils eine Nummer und eine Bezeichnung trugen. Zum Beispiel: »1 Die Einfallstraße«. Darin aufgenommen hatte ich Aufnahmen von Behausungen, die an einer Mauer entlang aus Tuch, Karton, Blech errichtet waren, eingeschwärzt vom Ruß der Abgase, und Haufen von Abfall glichen. Die kleinen Handwerkshäuser, so zerfallen sie waren, wirkten dagegen schon beinahe komfortabel. Ich mochte sehr das Porträt der alten Frau, die auf der Schwelle vor der zugenagelten Tür saß und mir winkte. Sarah schaute es betroffen an. Der zweite Kreis war »Die Stadt«, Aufnahmen von meinem Fahrer auf dem nächtlichen Parkplatz, nur Hemd, Hose, hängende Schultern im fahlen Licht. Man hätte ihn sich auch unter der Zufahrtsrampe zur Autobahn – dem folgenden Bild – vorstellen können, die wie ein gewaltiges Trümmerstück in den nächtlichen Smog ragte. Sarah blätterte durch die Kreise, die Titel wie »Plattenbau«, »Der Park«, »Das Quartier« trugen und von Verwüstung und Vernachlässigung zu Aufnahmen von den geordneteren, doch nächtlichen Stadtvierteln führten, wie ich sie in beiden Städten angetroffen hatte. In den 6. Kreis hatte ich die Fotos von der *Opening night* unter dem Titel »Die Villa« eingeordnet und mit zwei für mich typischen Porträts eröffnet: die Dame in Abendrobe, die den Kopf in den Nacken wirft und auflacht, und jener Herr, der besorgt auf sein Taschentuch sieht, mit dem er sich über die Stirn gefahren ist. Doch wichtig war mir, zu zeigen, dass auch da, in diesem prunkvollen Gebäude, Zerfall und Zerstörung waren, und ich freute mich, als Sarah lange das eher düster gehaltene Foto des Saals mit Lüster und goldstuckatierter Decke betrachtete, in dem das Buffet nach dem Ansturm der Gäste, einem Schweinetrog glich, hinter dem ein Koch in hoher Mütze steht, erschöpft, das Gesicht verwischt, ein unscharfer Fleck. Sarah sah von der Mappe verblüfft auf, als sie zu dem Trümmerfeld mit den geweißten Köpfen gelangte, die in regelmäßigen Abständen aufgestellt waren. Eine Aufnahme im Kreis 7 »Der Kongress « fand sie offenbar komisch und lächelte in sich hinein: Die gedrängte Gruppe Teilnehmer zwischen Bäumen, auf dem leeren Platz beim Schiffsausflug, die so offensichtlich ratlos dastehen – und alle Gesichter blicken zu einem Hund hin, der vorbeitrottet, ohne auch nur den Kopf zu wenden. Einzig der letzte Kreis in meinem »Höllentrichter« brachte Falten auf Sarahs Stirn. Offenbar verstand sie nicht, was ich mit den Aufnahmen aus Cromptons Ausstellung wollte, den riesigen Porträts von Stars, einer Betrachterin (Laura!) andächtig vor den nackten Models. Und Sarahs Stirnfalten rückten jetzt auch noch die Brauen zusammen, als sie das Foto von dem Schaufenster mit den übereinandergestapelten Fernsehmonitoren betrachtete und schließlich zum letzten Bild des gesamten Portfolios kam, dem Porträt einer jungen, sehr hübschen Frau, vorgeneigt und festgehalten vom Arm eines Mannes, der mit der anderen Hand eine Kamera ans Auge hält. Auf ihre Frage, was genau ich mit diesem Kreis »Die Bildschirme« meine, sagte ich ein wenig ungehalten, das müsse ihr doch beim Betrachten klar geworden sein: Die Anordnung führe von Stufe zu Stufe zu einer immer größeren Virtualität und zunehmenden Lebensferne, bis der Zustand reiner Künstlichkeit erreicht sei und zum »Neutrum« führe, etwas geschlechtslos Unentschiedenem, das ich deutlich in dieser jungen, mondänen Frau gespürt habe. Sarah nickte. Sie kannte mich gut genug, um nicht weiter nachzufragen. In Dingen, die mir selbst noch nicht ganz klar sind, werde ich stur und neige zu übertriebenen, oft extremen Aussagen wie dieser: Für mich sei jetzt endgültig eine Phase zu Ende gegangen, die ihren Ausdruck im Schrank mit den Mappen habe. Diese seien zu archivierter Vergangenheit geworden. Die Themen, an denen ich immer wieder weitergearbeitet hätte, wie der alte Fotograf im Souterrain, erachtete ich als abgeschlossen. Ich würde neuen, anderen Motiven nachgehen, die ich während der Reise entdeckt habe, die mich beunruhigten, antrieben, die ich hier in diesen scheinbar geordneteren Verhältnissen mit ihren wohlhabenden Menschen genauso finden müsste. Und ich wollte mich mit der Geschichte der Wahrnehmung beschäftigen, auf die mich der Causeur aufmerksam gemacht habe.

Sarah sah meinem Eifern zu, lächelte und fragte, weshalb ich mich verteidige:

– Du hast eine neue Bildsprache gefunden. Sie ist berührend, sehr menschlich und ohne die Distanz, die sonst in deinen Fotos ist. Hier bist du beteiligt, du nimmst dich nicht heraus oder zeigst bloß mit dem Objektiv wie mit einem ausgestreckten Finger darauf. Diese Bilder sagen: Das bin auch ich.

Dann fügte sie hinzu:

– Ich weiß nicht, ob es stimmt, dass diejenigen, die sich um Aufmerksamkeit bemühen, tiefer in der eigenen Hölle stecken als andere. Und bestimmt gibt es keinen wie immer gearteten Determinismus, den ich aus deinen Erzählungen von diesem »seltsamen Fremden« herausgehört habe. Weder ist unser Schicksal, noch das Verhalten der Elementarteilchen in irgendeiner Weise vorbestimmt.

Und Sarah fand zu ihrem alten Spott:

– Darüber hinaus aber hat deine Theorie einen Mangel: Wenn schon unbedingt eine Analogie zu den Höllenkreisen gezogen werden soll, so könnte der Herr Fotograf nun wirklich einmal Dante lesen. Es sind nämlich neun und nicht nur acht Kreise! Um den neunten muss der Herr sich noch bemühen!

Ich hatte den Einwand erwartet, erhob mich, ging in mein Arbeitszimmer und kam mit einem Abzug zurück, den ich in Seidenpapier eingeschlagen hatte.

– Ich konnte das Bild nicht einordnen, sagte ich, ich fand dafür keinen Ort.

Ich zog das Papier ab, blickte auf den Abzug in meiner Hand, schüttelte leicht den Kopf.

– Es ist die letzte Aufnahme vor meiner Erkrankung.

Zwischen den Leitplanken der Einfallstraße, auf dem einen Meter breiten Mittelstreifen, krabbelt der Säugling im Qualm der Auspuffrohre, zieht hinter sich her eine Spur Scheiße, die aus ihm läuft. Und dieses Bild, so nah, ist überblendet von der Spiegelung der Autoscheibe: ein schattenhaftes Gesicht mit der Kamera vor dem Auge, das dieses Kind fotografiert.

Das Foto in der Hand, setzte ich mich neben Sarah aufs Sofa, reichte ihr den Abzug, während ich gleichzeitig den Arm um ihre Schultern legte, sie leicht an mich zog. Wir beide sahen auf das Bild in ihren Händen, und in dem Augenblick spürte ich: Was immer auch geschehen war und noch geschehen wird, es hat seine Richtigkeit. Mich erfüllte ein prickelndes Gefühl, als wäre der Causeur in meiner Nähe.

Und ich blickte über die Schulter hinter mich.

NACHWEISE

– Zitat S. 73+304, aus: Mark Twain, Der unheimliche Fremde und andere böse Geschichten, übersetzt von Richard Bellinghausen, Bastei Lübbe-Verlag, Bergisch Gladbach 1981.

Für die Inhalte der Vorträge sind folgende Werke benutzt worden, aus denen zum Teil wörtlich zitiert wird oder Sätze modifiziert wiedergegeben werden. Wortlaut und Erkenntnisse sind geistiges Eigentum der jeweiligen Autoren:

– Paradigma Fotografie, Fotokritik am Ende des fotografischen Zeitalters, Band 1, hrsg. von Herta Wolf, Suhrkamp Taschenbuch, Wissenschaft, Frankfurt 2002.

– Diskurse Fotografie, Fotokritik am Ende des fotografischen Zeitalters, Band 2, hrsg. von Herta Wolf, Suhrkamp Taschenbuch, Wissenschaft, Frankfurt 2003.

Besonders erwähnt seien die Arbeiten von:

– Joel Snyder: Das Bild des Sehens, Bd. 1, S. 31

– Jonathan Crary: Die Modernisierung des Sehens, Bd. 1, S. 67

– Herta Wolf: Das, was ich sehe, ist gewesen, Bd. 1, S. 89

– Wolfgang Hagen: Entropie der Fotografie. Skizzen zu einer Genealogie der digital-elektronischen Bildaufzeichnung, Bd. 1, S. 195

– Barry King: Über die Arbeit des Erinnerns. Die Suche nach dem perfekten Moment, Bd. 2, S. 173

Ebenfalls verwendet wurde:

– Jonathan Crary: Techniken des Betrachtens, Sehen und Moderne des 19. Jahrhunderts, Verlag der Kunst, Dresden 1996.

Zitat S. 230: »Die wenigsten Menschen leben ihre Biografie.« Aphorismus von Egon Friedell, Steinbruch. Vermischte Meinungen und Sprüche. Verlag der Wiener Graphischen Werkstätte, Wien 1922.

DANK

Ich danke Herrn Professor Bruno Binggeli, Physiker und Astronom, für die Anregungen, die ich durch Gespräche und sein Werk »Primum mobile, Dantes Jenseitsreise und die moderne Kosmologie«, erschienen im Ammann Verlag, Zürich, 2006, erhalten habe.

Mein Dank gilt überdies meinem Lektor Klaus Siblewski für seine Mitarbeit, Herrn und Frau Adrian und Ruth Lüthi, die mir großzügig und gastfreundlich ihr »Stöckli« in Burgdorf für die Lektoratsarbeit überlassen haben, sowie Herrn und Frau Mathias und Esther Münger-Mathys, Burgdorf, dass ich ihre Wohnung zum Arbeiten benutzen durfte.

Ich danke Pro Helvetia für den Werkbeitrag, sowie dem Aargauer Kuratorium für den Druckkostenbeitrag.

schweizer kulturstiftung
prohelvetia

AARGAUER
KURATORIUM